De kleur van water

Vertaald door Pieter Bijker

James McBride

De kleur van water

Een schrijnend verhaal over wat familie werkelijk kan betekenen

1999 OOIEVAAR AMSTERDAM

Dit boek is geschreven voor mijn moeder, haar moeder
en moeders over de hele wereld.

Eerste druk 1998
Tweede druk 1999

Oorspronkelijke titel *The Color of Water. A Black Man's Tribute to His White Mother*

Omslagontwerp Erik Prinsen, Zaandam
ISBN 90 5713 342 3

Uitgeverij Ooievaar is een onderdeel van Uitgeverij Prometheus

Ter nagedachtenis van Hudis Shilsky,
eerwaarde Andrew D. McBride
en Hunter L. Jordan sr.

Als kind heb ik nooit geweten waar mijn moeder vandaan kwam – waar ze was geboren, wie haar ouders waren. Als ik er weleens naar vroeg, antwoordde ze: 'God heeft mij gemaakt.' Wanneer ik vroeg of ze een blanke was, zei ze: 'Ik heb een lichte huidskleur', om vervolgens van onderwerp te veranderen. Ze heeft twaalf zwarte kinderen opgevoed en zag erop toe dat ieder van ons een universitaire of hogere beroepsopleiding zou volgen. We zijn arts, hoogleraar, scheikundige of onderwijzer geworden – en toch heeft geen van ons ooit haar meisjesnaam gekend voordat we volwassen waren. Het heeft me veertien jaar gekost om haar opmerkelijke verhaal te achterhalen (als dochter van een orthodox-joodse rabbi trouwde ze in 1942 met een zwarte man), en ze vertelde het me eerder om mij een gunst te bewijzen dan vanuit de behoefte om haar verleden weer op te rakelen. Dit is haar leven zoals ze het aan mij heeft verteld, en tussen de bladzijden van dat leven door zult u ook het mijne aantreffen.

I

Dood

Ik ben dood.

Jij wilt dat ik je over mijn familie vertel, en dat terwijl ik wat hen betreft al vijftig jaar dood ben. Laat me met rust. Val me niet lastig. Zij willen niets met mij te maken hebben en ik niet met hen. Schiet nou maar op met je vragen, dan kan ik weer naar *Dallas* kijken. Ach, mijn familie – als je erbij had gehoord dan had je helemaal geen tijd gehad voor deze onzin, voor je *roots* zal ik maar zeggen. Je kunt nog beter naar *The Three Stooges* op tv kijken dan dat je hen zou ondervragen: neem nou mijn vader, daar zou je echt niet bij aan hoeven te komen. Hij zou een hartaanval krijgen als hij je zag. Hij zal trouwens wel dood zijn, en anders moet-ie inmiddels honderdvijftig zijn.

Ik werd als orthodoxe jood geboren in Polen op 1 april 1921, 1 april, ja. Ik weet niet meer hoe mijn geboorteplaats heette, maar mijn joodse naam ken ik nog wel: Ruchel Dwajra Zylska. Mijn ouders veranderden die naam toen we naar Amerika verhuisden en voortaan heette ik Rachel Deborah Shilsky, en ik zelf veranderde díe naam weer op mijn negentiende. Ik heb hem niet meer gebruikt sinds ik in 1941 voorgoed uit Virginia verhuisde. Wat mij betreft is Rachel Shilsky dood. Zij moest sterven zodat ik, de rest van mij, kon leven.

Mijn familie ging in de rouw toen ik met je vader trouwde. Ze zeiden *kaddisj* en namen de *sjiewa* in acht. Zo rouwen orthodoxe joden om hun doden. Ze bidden, draaien de spiegels naar de wand, zitten zeven dagen lang op dozen en bedekken hun hoofden. 't Is een heel gedoe, en misschien is dat wel de reden waarom ik niet meer joods ben. Er waren te veel regels waarop je moest letten, te veel geboden en 'dit kan niet' en 'dat mag niet', maar kreeg je ooit te horen dat ze van je hielden? Niet bij mij thuis. Daar werd bij ons niet over gepraat. Bij ons was het van: 'Doe de spijkers in die kist daar', of mijn vader die zei: 'Stilte als ik slaap.'

Mijn vader heette Fishel Shilsky en hij was een orthodoxe rabbi. Nadat hij was gedeserteerd uit het Russische leger is hij over de Poolse grens geglipt, waar mijn moeder later aan hem werd uitgehuwelijkt. Hij vertelde altijd dat hij onder vuur was genomen toen hij deserteerde, en de gave om alles te ontlopen wat hem niet aanstond heeft hij nooit meer verloren zolang ik hem kende. *Tatte* noemden we hem. Dat betekent 'vader' in het Jiddisch. Een oude vos was het, vooral waar het om geldzaken ging. Hij was klein, donker, zwaar behaard en kortaf. Hij droeg een wit hemd, een zwarte broek en een *tallis* over zijn hemdsmouwen, dat was zo'n beetje zijn uniform. Die broek droeg hij totdat hij glom van het vuil en vanzelf rechtop kon blijven staan, maar o wee als die zwarte pijpen jouw kant op snelden, want met mijn vader viel niet te spotten. Hij was een keiharde man.

Mijn moeder heette Hudis en met haar volgzame, zachtmoedige karakter was ze precies zijn tegenpool. Ze werd in 1896 geboren in Dobryzn in Polen, maar als je er nu navraag naar zou doen zou niemand zich haar familie herinneren: alle joden die niet zijn gevlucht voordat Hitler met Polen had afgerekend zijn omgekomen tijdens de holocaust. Ze had een knap gezicht, met donker haar en krachtige jukbeenderen, maar ze had polio gehad. De linkerhelft van haar lichaam was erdoor verlamd en ze had een zwak gestel. Ze kon haar linkerhand niet gebruiken, de kreupele pols hield ze dicht op haar borst. Haar linkeroog was vrijwel blind en ze was ernstig mank aan haar linkerbeen, dat ze achter zich aan sleepte tijdens het lopen. Ze was een ingetogen vrouw, mijn lieve *Mamme*. Zo noemden we haar: Mamme. Als ik bij iemand op deze aarde tekort ben geschoten, is zij het wel...

2

De fiets

Toen ik veertien jaar was, kreeg mijn moeder twee nieuwe hobby's: fietsen en pianospelen. Met die piano had ik geen moeite, maar van die fiets werd ik hoorndol. Het was zo'n groot oud barrel, blauw met witte opdruk, met zware banden, enorme spatborden en midden op het frame een claxon op batterijen die je met een knop moest bedienen. Vandaag de dag zouden verzamelaars waarschijnlijk grif vijfduizend dollar neerleggen voor zo'n geval, maar destijds werd hij meegebracht door mijn stiefvader, die hem ergens in Brooklyn op straat had gevonden, een paar maanden voor zijn overlijden.

Ik weet niet of hij er bewust de brui aan gaf of niet, maar ik denk het niet. Toen hij overleed was hij tweeënzeventig, een nette, sterke, gemoedelijke en ogenschijnlijk onfeilbare man die ik, hoewel hij mijn stiefvader was, altijd als mijn pa heb beschouwd. Hij was kalm en bedaard, en zijn traditionele kleding – gleufhoed, wollen vest en bretels – zag er altijd piekfijn uit, ook al had hij het smerigste werk gedaan. Hij deed alles rustig en nauwkeurig, maar onder zijn haast machinale traagheid en vriendelijke gedrag ging een kruising schuil van ingetogen indiaan en zwarte plattelandsbewoner – standvastig, gehard, onverschrokken en intelligent. Hij liet zich niets wijsmaken en maakte ook anderen niets wijs. Toen hij met mijn moeder, een blanke jodin, trouwde had ze al acht zwarte kinderen van gemengd bloed, van wie ik met amper één jaar oud de jongste was. Samen voegden ze er nog vier aan toe zodat we op een mooi rond dozijn kwamen, en hij zorgde voor ieder van ons alsof we zijn eigen kinderen waren. 'Ik heb er genoeg om een honkbalteam te beginnen,' grapte hij soms. De ene dag was hij er nog, de volgende – een beroerte, en weg was hij.

Na zijn overlijden ging ik nauwelijks meer naar school, ik haalde de ene onvoldoende na de andere. Ik bracht het jaar samen met mijn vrienden door met bioscoopbezoekjes op Forty-second Street bij Times Square. 'James voert zijn eigen revolutie,' grinnikten mijn broers en zusters. Toch maakten mijn zusters zich zorgen en werden mijn oudere broers kwaad op me. Ik trok me er niets van aan. Mijn kameraden en ik hadden genoeg aan onze films: *Superfly*, *Shaft*, en wiet, zoveel als we maar te pakken konden krijgen. Ik stal tasjes en pleegde winkeldiefstallen. Ik heb zelfs nog een keer een straatdealertje beroofd. En als ik dan aan het einde van de middag thuiskwam na een dag van spijbelen, blowen, messen trekken en metroritjes, reed mijn moeder daar rond op haar blauwe fiets.

Als vertraagd fietste ze door onze straat, Murdock Avenue in de St. Albanswijk in Queens, de enige blanke in de wijde omtrek; de auto's zwenkten langs haar heen en hun zwarte bestuurders gaapten deze vreemde blanke dame van middelbare leeftijd op haar antieke rijwiel aan. Pas later begreep ik dat dit haar manier was om haar rouw te betonen. Hunter Jordan, mijn stiefvader, was dood. Mijn biologische vader, Andrew McBride, was veertien jaar daarvoor overleden toen ze zwanger was van mij. Het was duidelijk dat ma niet meer de behoefte voelde om te hertrouwen, ondanks de inspanningen van enkele wijkpriesters, die met hun Cadillacs en brede glimlachen heel goed wisten dat zij, en dus ook haar gezin, volledig aan de grond zat. Met haar eenenvijftig jaren was ze nog slank en knap, met haar zwarte krullen, donkere ogen, stevige neus, stralende lach, en de tred van haar o-benen waaraan je haar van een kilometer afstand kon herkennen. Wij noemden het 'mama's donderpas', en als ze op die manier jouw kant op beende dan zwaaide er wat. Ik had haar weleens kwaad met gebalde vuisten op behoorlijk linke types zien afstappen, maar dat was voordat pa overleed. Nu leek ze zich vast te bijten in haar pianospel, het ontduiken van schuldeisers, het belang van onze opleidingen, waarvan ze ons door pure wilskracht wist te doordringen, en haar fietstochten die haar door heel Queens voerden. Ze weigerde auto te leren rijden. Pa's oude auto stond nog wekenlang voor de deur langs de stoep geparkeerd. Geruisloos. Schoon. Gepoetst. Dag in dag uit fietste ze er pal langs, alsof hij niet bestond.

Het beeld van mijn moeder op die fiets vatte voor mij haar hele bestaan samen: haar buitenissigheid, de manier waarop het haar totaal ontging hoe men over haar dacht, die nonchalance ten overstaan van het dreigende gevaar dat in mijn ogen uitging van de zwarten en blanken die op haar neerkeken omdat ze een blanke was in een zwarte wereld. Ze sloeg er geen enkele acht op. Ze fietste zo traag dat, als je haar van verre gadesloeg, het leek alsof ze stilstond, een bevroren beeld tegen de voorjaarshemel, een blanke vrouw van middelbare leeftijd op een antieke fiets, te midden van de zwarte kinderen die om haar heen raasden op hun Sting-Ray-fietsen en skateboards, *wheelies* maakten en honkballen langs haar hoofd lieten suizen of rotjes op de straat lieten knallen. Ze had er geen oog voor. In haar bloemetjesjurk en zwarte instappers fietste ze aarzelend, links en rechts kijkend, langs de splitsing waar mijn vrienden en ik straathonkbal speelden, over Lewiston Avenue, over de helling op Mayville Street waar een schat van een jongen, Roger, was doodgereden, weer naar boven langs Murdock Avenue, over de oprijlaan, en naar de voordeur. Daar stapte ze wankelend af, waarbij ze nog net haar evenwicht wist te bewaren voordat de fiets op de stoep kletterde. 'Poe!' zei ze dan, terwijl mijn broers en zusters, die vanaf het bordes van ons huis een oogje op haar hielden, hun hoofden schudden. Mijn zuster Dotty zei vaak: 'Ik wou dat je die fiets liet staan, mam', en in stilte viel ik haar bij, omdat ik niet wilde dat mijn vrienden mijn blanke moeder op die fiets zouden zien. Dat ze blank was, dat was al erg genoeg, maar om nou rond te rijden op een fiets die honderd jaar geleden al ouderwets was...? En dat nog wel als volwassene? Ik vond het maar niks.

Als kind vond ik mijn moeder altijd maar raar. Ze deed geen moeite om contact te houden met onze buren. Haar verleden was een raadsel waarover ze weigerde te praten. Ze dronk thee uit een glas. Ze sprak Jiddisch. Ze had een diepgeworteld wantrouwen tegenover de autoriteiten en was zozeer aan haar privacy gehecht dat zij en ons gezin er alleen maar eigenaardiger door leken. Ons gezin was met twaalf kinderen enorm, groter dan andere gezinnen die ik kende, zodat zelfs ma ons weleens riep met de woorden: 'Hé, James, Judy-Henry-Hunter-Kath, hé jij daar, kom eens even hier.' Het was niet zo dat ze vergat hoe we heetten, maar we waren met zovelen dat ze geen tijd had voor onbeduidende details zoals onze namen. Thuis zwaaide zij de scepter, want onze stiefvader woonde ergens anders. Hij woonde tot kort voor zijn overlijden in Brooklyn, ver van het stadsgewoel. In het weekeinde kwam hij langs met eten en driewielers, klaar om alles te repareren wat we die week weer hadden stukgemaakt. De praktische kanten van onze opvoeding werden overgelaten aan ma, die zich opwierp als hoofd blauweplekkenchirurgie ('Doe er maar wat jodium op'), minister van Defensie ('Als iemand je slaat, geef je maar 'n flinke lel terug'), religieus raadsvrouw ('Geef God in alle zaken voorrang'), psychologe ('Denk er maar niet meer aan') en financieel raadgeefster ('Wat heb je aan geld als je zaagsel in je hoofd hebt?'). Op rassen- en identiteitskwesties ging ze niet in.

Ik weet nog hoe ik als kind droomde dat ik in het tv-programma *Father Knows Best* zat, waarin de vader elke dag thuiskomt in zijn driedelige pak en alle kinderen bij hem op schoot passen, anders dan bij ons thuis, waar we rondliepen in gescheurde broeken en goedkope Bo-Bo gympen die je voor 1,99 dollar bij John's Bargains kocht, met onze ouders die altijd druk en afwezig waren, mijn stiefvader die alleen in het weekeinde langskwam in een T-shirt zonder mouwen en met een gereedschapskist in de aanslag, en ma die in elke arm een stapel luiers, knijpers, vuile was, wattenstokjes en een kind droeg terwijl een derde aan haar rokken hing. Ze kon amper de billen van de ene drogen of een ander zette het alweer op een schreeuwen. Toen we nog in het Red Hook-woningbouwproject woonden in Brooklyn, voordat we naar het in verhouding paradijselijke St. Albans in Queens verhuisden, legde ma ons elke avond in bed als stukken vlees in een vitrine, om en om met drie à vier kinderen per bed, de een met zijn hoofd naar het hoofdeinde, de volgende met zijn voeten, enzovoort. 'Hoofdjes omhoog, voetjes naar beneden,' zei ze dan terwijl ze ons goedenacht kuste en over de bedden verdeelde. Zodra ze weg was, barstten de ruzies uit over wie er aan de kant van de muur mocht liggen. 'Ik mag aan de binnenkant!' riep ik dan, maar Richard, de broer die vóór mij kwam en zodoende mijn meerdere was, schudde zijn hoofd en zei: 'Nee, nee, nee. Dávid slaapt aan de binnenkant. Ik slaap in het midden. En jíj, druiloor, jij slaapt aan de buitenkant', en dus lag ik de hele nacht de lucht van Davids adem en Richies tenen in te ademen, totdat de combinatie van beide me te machtig werd, ik me omdraaide en met een smak op de koude betonnen vloer belandde.

Bij mij thuis was het motto 'doden of gedood worden', en ma was zich daar terdege van bewust, sterker nog, ze had het systeem zelf ingevoerd. Je kreeg het gevoel dat je volledig aan jezelf was overgeleverd totdat je er helemaal radeloos van werd, en dan dook zij plotseling weer op om je te redden.

Ik was als de dood voor mijn eerste schooldag. Hoewel de Openbare Lagere School nr. 118 maar acht blokken bij ons vandaan lag, mocht ik niet met mijn broers en zusters meelopen, want kleuters moesten verplicht met de bus. Die noodlottige ochtend achtervolgde ma me door de keuken om me aan te kleden, terwijl mijn broers en zusters lachend toekeken bij mijn paniekaanvallen. 'De bus is helemaal niet zo eng hoor,' schamperde er een, 'behalve die slangen dan.' Een ander viel bij: 'Soms vergeet de chauffeur je weer thuis te brengen', en ze barstten met zijn allen in lachen uit.

'Stilte allemaal,' zei ma terwijl ze mijn kostuum voor de eerste schooldag inspecteerde. De kleren waren schoon, maar niet nieuw. De broek was van Billy geweest, het hemd was van David en mijn jas was overgegaan van Dennis op Billy, David, Richie en nu op mij. Het was een grijze jas met een bontkraag waar de stukken letterlijk door iemand uit waren gebeten. Ma borstelde hem af met een kleerborstel, zette acht à negen kommen op tafel, vulde ze met havermout, droeg de oudste op om de anderen te eten te geven en haalde een kam door mijn haren. Het was alsof mijn krullen met een hooimachine werden bewerkt. 'Kom,' zei ze, 'ik breng je wel naar de bushalte.' Ik had een onverwachte troostprijs gewonnen: ma en ik met zijn tweetjes. Het was geloof ik voor het eerst dat mijn moeder en ik ooit alleen waren geweest.

Het werd een dagelijks terugkerend hoogtepunt, een herinnering zo dierbaar dat ze als in mijn geheugen getatoeëerd staat: ma die me naar de bushalte bracht en me elke middag weer afhaalde op de hoek van New Mexico en 114th Road, waar ze, in haar bruine overjas, een bonte hoofddoek om haar zwarte haren gebonden, met de rest van de ouders stond te wachten totdat de gele schoolbus de hoek om zwaaide en met sissende luchtremmen tot stilstand kwam.

Terwijl met het verstrijken van de weken mijn schoolvrees afnam, begon me geleidelijk aan iets op te vallen aan mijn moeder, namelijk dat ze in niets leek op de moeders van de overige schoolkinderen. Ze leek nog het meeste op mijn kleuterjuffrouw, mevrouw Alexander, een blanke. Met mijn neus tegen het raam gedrukt terwijl de bus de bocht nam en de voordeur openzwaaide, zag ik dat ma altijd een eindje bij de andere moeders vandaan stond, en zelden met hen sprak. Ze stond altijd rustig een beetje achteraf te wachten, met haar handen in haar jaszakken, en tuurde aandachtig door de busraampjes tot ze me zag, waarna ze naar me lachte en zwaaide wanneer ik haar van achter het raam begroette. Wanneer ik de bus uitkwam nam ze me vlug bij de hand en negeerde de blikken van de zwarte vrouwen terwijl ze me snel met zich meetrok.

Toen we op een middag van de bushalte naar huis liepen, vroeg ik ma hoe het kwam dat ze niet op de andere moeders leek.

'Omdat zij mij niet zijn,' antwoordde ze.

'Wie ben jij dan?' vroeg ik.

'Ik ben je moeder.'

'Maar waarom lijk je dan niet op de moeders van Rodney of Pete? Hoe kan het dat je niet eens op mij lijkt?'

Met een zucht haalde ze haar schouders op. Ze had dit duidelijk al vaker meegemaakt. 'Natuurlijk lijk ik op je. Ik ben je moeder. Je moet niet zo veel vragen stellen. Ontwikkel jezelf. Je school, die is belangrijk. Zet Rodney en Pete maar uit je hoofd. Zet hun moeders uit je hoofd. Denk aan je school. Zet de rest uit je hoofd. Wat kunnen jou Rodney en Pete schelen? Als zij linksaf slaan, sla jij rechtsaf. Begrepen? Als zij linksaf slaan, sla jij rechtsaf. Heb je me gehoord?'

'Ja.'

'Ik weet waarover ik praat. Je moet niet achter de andere kinderen aan lopen. Blijf jij maar bij je broers en zusters, en daarmee uit. En vertel nooit iets over jezelf aan anderen!' Discussie gesloten.

Toen ik een paar weken later weer eens uit de bus stapte, was ma er niet. Ik raakte in paniek. Ergens diep in mijn geheugen hoorde ik haar nog waarschuwen: 'Op een dag zul je moeten leren om alleen naar huis terug te lopen', maar de herinnering flakkerde als een verre stormlamp op een stormachtige zee, om ten slotte te worden verzwolgen door mijn paniek. Ik was de weg kwijt. Mijn huis lag maar twee blokken verderop, maar het had evengoed vijftien kilometer kunnen zijn, want ik had geen flauw idee waar het was. Ik stond op de hoek van de straat en probeerde mijn tranen te bedwingen. De andere ouders keken me vriendelijk aan en vroegen waar ik woonde, maar ik durfde het hun niet te vertellen. In gedachten hoorde ik de waarschuwing van ma nog die ze ons alle twaalf had ingeprent vanaf het moment dat we konden lopen: 'Vertel nooit ofte nimmer iets over jezelf aan anderen!' Dus ik schudde mijn hoofd: nee, ik weet niet waar ik woon. Een voor een gingen ze weg, totdat er nog maar eentje was overgebleven, een zwarte vader die met zijn zoon voor me bleef staan en zei: 'Maak je maar geen zorgen, je moeder komt er zo aan.' Ik sloeg geen acht op hem. Hij stond in de weg, de tranen prikten in mijn ogen terwijl ik langs hem heen probeerde te kijken, over de straat in de verte om te zien of het blanke gelaat in de vertrouwde bruine overjas al verscheen. Maar dat was niet zo. Er verscheen helemaal niemand, behalve een stel kinderen die beslist niet op ma leken. Het was een bonte verzameling meisjes en jongens die er allemaal even haveloos uitzagen, met hun ongekamde haren en slonzige jassen en hun gejoel en geschreeuw, en pas toen ze vlak bij me waren herkende ik de gezichten van mijn oudere broers en zusters en van mijn zusje Kathy dat achter ze aan slenterde. Huilend stortte ik me in hun armen, terwijl ze lachend om me heen kwamen staan.

3

Koosjer

Het huwelijk van mijn ouders werd geregeld door een *row*, een hoge rabbi die de beide ouderparen afgaat, de bruidsschat vaststelt en zorgt dat het huwelijkscontract volgens de joodse wet wordt gesloten, wat inhield dat er geen liefde aan te pas kwam. Mijn moeders familie had geld en aanzien, moet je weten. Ik weet niet waar Tattes familie vandaan kwam. Mamme was zijn toegangsbewijs voor Amerika, en toen hij eenmaal hier was, had ze voor hem afgedaan. Hij kwam hier op borg van de oudste zuster van mijn moeder, Laurie, en haar man, Paul Schiffman. Je kon Amerika niet zomaar binnenwandelen. Je had iemand nodig die zich borg voor je stelde, iemand die zei dat-ie garant voor je stond. Hijzelf kwam eerst, en na een paar maanden liet hij zijn gezin overkomen – Mamme, Sam, mijn oudere broer, en ik. Toen we in Amerika aankwamen was ik twee jaar oud en Sam was vier, en ik herinner me dan ook niets meer van de lange, gevaarlijke reis, behalve wat ik uit de film ken. In de schoenendoos onder mijn bed bewaar ik een schriftelijke verklaring waaruit blijkt dat ik hier op 23 augustus 1923 arriveerde op de stomer Austergeist. Twintig jaar lang droeg ik die verklaring dag en nacht bij me. Ze was mijn vrijgeleide. Ik wilde niet dat ze me het land uit zouden zetten. Wie? Om het even wie... de overheid, mijn vader, wie dan ook. Ik dacht dat ze je net zo makkelijk Amerika uit konden zetten als ze je wegstuurden uit een honkbalwedstrijd. Mijn vader zei vaak: 'Ik ben een staatsburger en jij niet. Ik kan je terugsturen naar Europa wanneer ik maar wil.' Daar dreigde hij vaak mee, dat hij ons zou terugsturen naar Europa, vooral mijn moeder, die als laatste van haar familie hierheen was gekomen en een groot deel van haar leven op de vlucht was geweest voor Russische soldaten in Polen. Ze vertelde vaak over de tsaar of de keizer, en hoe de Russische soldaten het dorp binnenvielen en alle joden bijeendreven om ze in koelen bloede neer te schieten. 'Ik moest rennen voor mijn leven,' vertelde ze dan. 'Ik rende ervandoor, met jou en je broer in mijn armen.' Ze was doodsbang voor Europa en ze was blij dat ze in Amerika was.

Toen we net van de boot kwamen, gingen we eerst bij mijn grootouders wonen, mijn *Zajde* en *Boebbe*, op de hoek van 115th en St. Nicholas in Manhattan. Hoewel ik piepklein was, herinner ik me Zajde nog goed. Hij had een lange baard en een opgeruimd karakter en leek de hele dag niets anders te doen dan gloeiend hete thee uit een glas drinken. In mijn familie droegen alle mannen lange baarden. Op Zajdes bureau prijkte een foto van hemzelf en mijn grootmoeder, die nog in Europa was genomen. Ze stonden er zij aan zij op, Zajde met zijn baard, in een zwart pak en met een hoed op, en Boebbe met een pruik, of *sjajtel*, zoals het religieuze gebruik voorschreef. Ik geloofde dat Boebbe kaal was onder die pruik. Daarom moesten vrouwen hun hoofden bedekken: omdat ze kaal waren.

Ik was dol op mijn grootouders. Het waren warme mensen en ik hield van hen zoals alle kleinkinderen van hun grootouders houden. Hun flat was schoon en behaaglijk en ingericht met zware, donkere, mahoniehouten meubelen. Op de eetkamertafel lag altijd een smetteloos wit kanten tafellaken. Ze waren streng orthodox en aten elke dag koosjer. Je weet niet wat dat betekent, koosjer. Jij denkt dat het iets met *halwa*-repen te maken heeft. Je moet er maar eens over lezen, want ik weet er ook niet zoveel van. Er zijn mensen die er boeken over volschrijven, die moet je het maar eens vragen! Of anders sla je de bijbel er maar op na! Verdorie! Wie ben ik helemaal? Ik ben niemand! Wie ben ik om dit aan de mensen te vertellen? Ik weet er niets van! Bij ons ging het zo: voor elke maaltijd werd de tafel opnieuw gedekt, een ander tafelkleed, ander servies, andere vorken, lepels, messen, enzovoort. En de maaltijden mochten niet door elkaar worden gegeten. Dus je at de ene keer zuivelproducten en dan weer een vleesmaaltijd. Dan at je ook alleen maar zuivel of alleen maar vlees. Je mocht het niet door elkaar eten. En geen varkensvlees natuurlijk – geen varkenskarbonaadjes met aardappelsalade of eieren met spek, zet dat maar uit je hoofd. Je bleef netjes zitten en at wat de pot schafte, en je gedroeg je zoals het hoorde. Voor de zuivelmaaltijden hadden we een speciaal tafellaken, dat je niet hoefde te wassen, maar gewoon met een vaatdoek kon afvegen. En op vrijdagavond moest je bij zonsondergang de kaarsen aansteken en je gebeden zeggen, dan begon de sabbat. Die duurde tot zonsondergang op zaterdag. Je mocht geen lichten aan- of uitdoen, geen papier verscheuren, niet autorijden of naar de bioscoop, je mocht niet eens de kachel aansteken. Je moest stil blijven zitten lezen bij kaarslicht. Of gewoon stil blijven zitten. Dat vond ik het moeilijkste, stilzitten. Als klein meisje rende ik altijd al graag rond. Ik ging graag naar buiten, gewoon om wat rond te rennen. Op de sabbat mocht ik alleen maar damesromans lezen. Dat heb ik jarenlang gedaan.

Ik weet nog dat Zajde in zijn flat overleed. Ik weet niet waaraan hij is overleden, hij ging gewoon dood. Destijds bleven de mensen niet eeuwig treuzelen en moeilijk doen zoals tegenwoordig, met slangen die uit hun mond steken terwijl de dokters hun zakken vullen en dat soort toestanden. Ze stierven gewoon. Dood. Daag. Nou, reken maar dat hij dood was, schat. Hij werd opgebaard op zijn bed en de kinderen werden zijn slaapkamer binnengeleid om hem te bekijken. Ik en mijn broer Sam moesten worden opgetild om hem te kunnen zien. Zijn baard lag plat op zijn borst en zijn handen waren ineengevouwen. Hij droeg een korte, zwarte das. Hij scheen te slapen. Ik weet nog hoe ik tegen mezelf zei dat hij onmogelijk dood kon zijn, want het leek nog maar zo kort geleden dat hij nog leefde en grapjes maakte en gek deed en nu lag hij daar, zo dood als een pier. Hij werd nog dezelfde dag voor zonsondergang begraven en we namen de sjiewa in acht om hem. Alle spiegels in huis werden bedekt. De volwassenen bedekten hun hoofden. Iedereen zat op dozen. Mijn grootmoeder droeg nog lang daarna rouwkleding. Maar weet je, ik vond dat ze hem te snel begroeven. Ik wilde aan iemand vragen: 'Wat nu als Zajde niet dood is? Wat nu als hij ons voor de gek houdt en straks onder de grond weer wakker wordt?' Maar bij ons thuis stelden kinderen geen vragen. Je deed wat je werd gezegd. Je gehoorzaamde, en daarmee uit.

Ik ben er altijd aan blijven denken, en volgens mij verklaart dat waarom ik nu nog claustrofobisch ben; ik wist niet wat doodgaan betekende. Je moet weten dat er in mijn familie niet werd gesproken over de dood. Je mocht het woord niet eens noemen. Vroeger spuugden joden op de vloer wanneer ze het Jiddische woord voor 'dood' gebruikten. Ik weet niet of het bijgeloof was of niet, maar als mijn vader het woord 'dood' gebruikte, kon je er donder op zeggen dat het spuug binnen twee seconden in de rondte zou vliegen. Waarom? Waarom ook niet! Al braakte hij thuis de hele vloer onder, dan nog mocht niemand er iets van zeggen. Ik weet niet waar dat gespuug goed voor was, maar toen mijn grootvader overleed bleef ik me maar afvragen: wat nu als Zajde niet dood is, wat dan? En als hij daar maar ligt tussen al die andere doden, terwijl hij nog leeft? Lieve Heer... in besloten ruimtes voel ik me altijd alsof ik geen adem meer krijg en op het punt sta om te sterven. Daarom vraag ik jullie altijd om erop toe te zien dat ik dood ben als ik sterf. Schop me en knijp me, overtuig je ervan dat ik niet meer leef, want de gedachte om levend te worden begraven en daar maar te liggen, helemaal in elkaar gedrukt en bedolven en omgeven door de doden terwijl ik nog leef, lieve Heer, daar krijg ik het doodsbenauwd van.

4

Black Power

Toen ik klein was vroeg ik me vaak af waar mijn moeder vandaan kwam, wie haar op deze wereld had gezet. Als ik haar weleens vroeg waar ze vandaan kwam, antwoordde ze: 'God heeft mij gemaakt', om vervolgens van onderwerp te veranderen. Wanneer ik haar vroeg of ze een blanke was, zei ze: 'Nee. Ik heb een lichte huidskleur', en dan veranderde ze weer van onderwerp. Het beantwoorden van vragen over haar eigen verleden strookte niet met ma's opvattingen over de opvoeding van twaalf nieuwsgierige, wilde, donkergekleurde kinderen. Zij deelde de lakens uit en aan haar gezag werd niet getornd. Omdat ze weigerde in details te treden over zichzelf of haar verleden, en mijn stiefvader zelden aanwezig was om vragen over hemzelf of mama te beantwoorden, kreeg ik de meeste informatie over ma's verleden van mijn broers en zusters. We ruilden informatie over ma zoals andere mensen honkbalplaatjes ruilen op ruilbeurzen, waarbij we elkaar nieuwtjes toevertrouwden die bestonden uit roddelverhalen, nonsens, wijsheden en soms gewoon pure kletspraat. 'Wat kan jou het schelen?' schamperde mijn oudere broer Richie toen ik hem vroeg of we geen grootouders hadden. 'Jij bent toch maar een adoptiekindje.'

Mijn broers en zusters en ik konden elkaar urenlang plagen en voor de gek houden. Dat was onze manier om het hoofd te bieden aan omstandigheden waarop we geen greep hadden. Ik zei tegen Richie dat ik hem niet geloofde.

'Het kan me niet schelen of je me wel of niet gelooft,' snoof hij. 'Ma is je echte moeder niet. Je echte moeder zit in de gevangenis.'

'Je liegt!'

'Wacht maar af totdat ma je volgende week terugbrengt naar je echte moeder. Waarom denk je dat ze de hele week al zo aardig tegen je doet?'

Plotseling schoot me te binnen dat ma inderdáád al de hele week aardig tegen me had gedaan. Maar deed ze niet altijd aardig tegen me? Ik wist het niet meer, gedeeltelijk omdat, in mijn verwarde gedachtegang van een achtjarige, de vrees toenam dat Richie weleens gelijk kon hebben. Het was nu eenmaal zo dat ma niet echt op me leek. Eigenlijk leek ze ook niet op Richie of David – of, wat dat betreft, een van haar andere kinderen. We waren allemaal onmiskenbaar zwart, in verschillende tinten bruin, sommigen lichter, sommigen donkerder, sommigen met een heel lichte huid, en hadden allemaal krullend haar. Ma had naar eigen zeggen 'een lichte huidskleur', een bewering die ik aanvankelijk voor lief had genomen, maar waarvan ik later tot de slotsom kwam dat ze niet waar was. De moeder van Billy Smith, mijn beste vriend, was even licht als ma en had bovendien rode haren, maar voor mij stond het buiten kijf dat Billy's moeder zwart was en mijn moeder niet. Diep van binnen zat me iets dwars, een soort constant zeurend gevoel dat met de jaren bleef toenemen en me duidelijk maakte wat er aan de hand was. Het zat me als het ware in het bloed, en waar dat gevoel ook vandaan kwam, het zat me geweldig dwars. Toch weigerde ma toe te geven dat ze blank was. Waarom was niet duidelijk, maar zelfs mijn onderwijzers schenen te beseffen dat zij blank was en ik niet. Op ouderavonden was de meest gestelde vraag door mijn onderwijzers: 'Is James geadopteerd?' Waarop ma altijd furieus reageerde.

Ik zei tegen Richie: 'Als ik ben geadopteerd, ben jij het ook.'

'Nietes,' antwoordde Richie. 'Jij bent de enige, en je gaat terug naar je echte moeder in de gevangenis.'

'Dan loop ik nog liever weg.'

'Dat kun je niet doen. Als je dat doet, komt ma in de problemen. Je wilt toch niet dat mam in de problemen komt, of wel soms? Het is toch niet haar schuld dat je bent geadopteerd, of wel?'

Hij had me te pakken. Ik voelde de paniek in me opkomen. 'Maar ik wil niet naar mijn echte moeder. Ik wil hier blijven bij mam...'

'En toch moet je weg. Het spijt me, man.'

Het ging maar door, totdat ik in huilen uitbarstte. Ik weet nog hoe ik de hele dag zenuwachtig door het huis ijsbeerde terwijl Richie zichzelf in slaap giechelde, in de wetenschap dat hij mijn leven had verwoest. Die nacht lag ik klaarwakker in bed te wachten totdat ma om twee uur 's nachts thuiskwam van haar werk, waarna ze het verhaal ontzenuwde terwijl ik in mijn versleten Fruit of the Loom-ondergoed aan de keukentafel zat. 'Je bent niet geadopteerd,' lachte ze.

'Ben jij dan mijn echte moeder?'

'Natuurlijk.' Dikke zoen.

'Wie zijn mijn grootouders dan?'

'Je grootvader Nash is dood, en je grootmoeder Etta ook.'

'Wie waren ze?'

'Het waren de ouders van je vader.'

'Waar kwamen ze vandaan?'

'Uit het Zuiden. Kun je je hen nog herinneren?'

Ik kon me vaag mijn grootmoeder Etta herinneren, een stokoude zwarte vrouw met een prachtig gezicht, die erg verward leek en altijd in een blauwe jurk rondliep met een hengel, terwijl het visgerei met aas en vislijn en al rond haar enkels bungelde. Ze kwam me onwerkelijk voor.

'Heb jij ze gekend, mam?'

'Ik kende ze heel, heel erg goed.'

'Hielden ze van je?'

'Waarom stel je zo veel vragen?'

'Ik wil het gewoon weten. Hielden ze van je? Want je eigen ouders hielden niet van je, of wel?'

'Mijn eigen ouders hielden wel van me.'

'Waar zijn ze dan?'

Een korte stilte. 'Mijn moeder is vele, vele jaren geleden overleden,' zei ze. 'Mijn vader was een oude vos. En dat waren genoeg vragen voor vannacht. Lust je een koffiebroodje?' Genoeg gepraat. In een gezin met twaalf kinderen was het al een grootse prestatie om langer dan vijf minuten ma's onverdeelde aandacht te krijgen, maar een middernachtelijk tussendoortje was nog veel spannender. Ik staakte mijn vragen en at mijn broodje, hoewel ik me altijd bleef afvragen hoe de vork in de steel zat, deels door mijn groeiend zelfbewustzijn en deels uit angst om haar veiligheid, want ook als kind was ik me al scherp bewust van het feit dat zwarten en blanken niet met elkaar konden opschieten, waardoor ma en wij in een tamelijk lastig parket zaten.

In 1966, toen ik negen jaar was, had de *Black Power*-gedachte zich door alle lagen van onze wijk, St. Albans in Queens, verspreid. Malcolm X was een jaar eerder vermoord, en zijn dood had hem nog beroemder gemaakt dan hij tijdens zijn leven was geweest. Afrokapsels waren in de mode. De Zwarte Panters vormden een macht van betekenis. Openbare gebouwen, standbeelden, monumenten en zelfs bomen, die de avond daarvoor nog hun gebruikelijke fletse kleuren hadden gehad, bleken de volgende ochtend te zijn beschilderd in de fonkelende 'bevrijdingskleuren' rood, zwart en groen. 's Avonds klonk er conga-getrommel op straat, waar tieners samendromden om over de revolutie te praten. Mijn broers en zusters marcheerden door het huis terwijl ze gedichten voordroegen van de Last Poets, een soort rapgroep die opruiende poëzie ten gehore bracht, begeleid door conga's en pakkende zangpartijen, met titels als 'The Revolution Will Not Be Televised' en 'On the Subway'. Elke zaterdagochtend fietsten mijn vrienden en ik naar de hoek van Dunkirk Street en Ilion Avenue om bij de Sun Dew-frisdrankfabriek naar de *dragsters* uit de buurt te kijken en te zien wie er het hardst over een helling in de weg kon rijden waar zelfs de langzaamste auto's nog van de grond raakten. Mijn stiefvader was een keer met vijfentwintig kilometer per uur over die helling gereden in zijn Pontiac uit '64, en toen zat ik al tegen het plafond. Deze lui reden wel honderdveertig, hun auto's scheerden als vogels door de lucht en kwamen vierenhalve meter verderop weer neer, waarbij ze vaak in een slip raakten en soms tegen de muur van de Sun Dew-fabriek knalden, voordat ze weg pruttelden als een verwrongen hoop metaal, grilles en bumpers. Op de motorkappen van hun auto's stonden namen als 'Smokin' Joe', 'Miko' en 'Dream Machine' gekalkt, maar onze favoriet was een glanzend zwarte opgevoerde GT, waarop met witte sierletters BLACK POWER op de motorkap en het dak stond geschreven. Hij was de snelste, en zijn bestuurder was uiteraard de stoerste. Hij reed als een krankzinnige, en wanneer hij weer een arme Corvette in het stof had doen bijten, gooide hij het stuur van zijn machtige wagen om, keerde, en reed een ereronde voor ons. Dan reed hij langzaam voorbij met één gespierde arm uit het raam, terwijl zijn wagen een zwaar geronk liet horen en wij juichten en floten en met geheven vuisten 'Black Power!' riepen. Vervolgens lachte hij en gaf hij plankgas waarna hij er met gierende banden vandoor scheurde in een wolk van glinsterend metaal en schroeiende uitlaatgassen en met knipperende achterlichten in de achterafsteegjes verdween, voordat de kit hem te pakken kon krijgen. We dachten dat hij God was.

Maar een deel van mij was, om voor de hand liggende redenen, doodsbang voor Black Power. Ik dacht dat Black Power mijn moeder de das om zou doen. Ik had de angst van blanken voor negers, zoals we toen werden genoemd, kritiekloos overgenomen. Dat begon toen een ernstige blanke nieuwslezer op onze zwart-wit tv een nieuwsbericht voorlas over een bijeenkomst van de Zwarte Panters onder leiding van Bobby Seale, Huey Newton of een van die jonge zwarte militante leiders, die tegen ettelijke honderden kwade Afrikaans-Amerikaanse studenten schreeuwde: 'Black Power! Black Power! Black Power!' terwijl de menigte meebrulde. Ik deed het zowat in m'n broek. Ik dacht bij mezelf: *deze mensen gaan ma vermoorden*. Ma scheen zich er echter niet druk over te maken. Haar motto was: 'Zolang het je schoolwerk en kerkgang niet beïnvloedt laat het me koud, en in alle andere gevallen is mijn antwoord nee.'

Ze stond op absolute privacy en uitmuntende schoolcijfers en wantrouwde buitenstaanders, zwart of blank. Ons werd ingeprent dat we nooit iets moesten loslaten over ons gezinsleven tegenover mensen met gezag: onderwijzers, maatschappelijk werkers, politieagenten, winkeliers, zelfs niet tegen onze vrienden. Als iemand naar ons gezinsleven vroeg, moesten we antwoorden met: 'Ik weet het niet', wat ik dan ook jarenlang deed. Ma's woning was een wereld op zich, die ze zelf had gemaakt. Thuis stelde ze het oudste kind aan als 'koning' of 'koningin' die in haar afwezigheid het huishouden moest bestieren. Wij voerden dat verder door en wezen hofnarren, slaven, muzikanten, barden, huisdieren en clowns aan. Op straat spelen werd ontmoedigd en vaak verboden, en als het je toch lukte om naar buiten te glippen, waarschuwde ze: 'Maak dat je voor donker weer thuis bent', een regel waaraan ze streng de hand hield. Vaak stelde ik die regel tot het uiterste op de proef door in de avondschemering, wanneer het laatste zonlicht nog net over de westelijke horizon viel, het huis binnen te sluipen en zachtjes de deur achter me dicht te trekken in de hoop dat ma naar haar werk toe was, om haar als ik me omdraaide tegenover me aan te treffen, met haar handen in haar zij, de riem in de aanslag, terwijl haar woedende blik zich telkens weer van het raam op mij richtte en ze met getuite lippen probeerde vast te stellen of het buiten licht of donker was. 'Het is nog licht,' opperde ik dan met trillende stem, terwijl mijn broers en zusters zich achter haar verzamelden om het aanstaande bloedbad te aanschouwen.

'Noem je dat licht?' beet ze me dan toe met een handgebaar naar het raam.

'Ziet er best donker uit,' klonk het vrolijk bij mijn broers en zusters achter haar vandaan. ''t Is hartstikke donker, mam!' riepen ze, gesmoord giechelend. Als ik geluk had begon er ergens in huis een baby te huilen en ging ze weer weg, waarbij ze in het voorbijgaan de riem over de deurknop hing. 'Waag het niet nog een keer,' zei ze dan waarschuwend over haar schouder, en ik was weer een vrij man.

Maar al had ze wel belangstelling gehad voor Black Power, dan had ze geen tijd om erover te praten. Ze werkte als typiste in de late dienst bij de Chase Manhattan Bank, waarvoor ze om drie uur 's middags van huis ging en rond twee uur 's nachts weer thuiskwam, dus hield ze weinig tijd over voor spelletjes, laat staan voor identiteitscrises. Door haar en mijn vader was ons gezin behept met een merkwaardige mengeling van joods-Europese en Afrikaans-Amerikaanse achterdocht en paranoia. Mijn vader, Andrew McBride, een predikant van de baptistengemeente, had van zijn kant zijn twijfels gehad over de maatschappelijke acceptatie van zijn gemengde gezin. Hij zag erop toe dat zijn kinderen niet in de problemen raakten, was zuinig met geld en vertrouwde op de voorzienigheid van onze Vader om voor de rest te zorgen. Nadat hij was overleden en ma was hertrouwd, leek mijn stiefvader, Hunter Jordan, die draad weer op te pakken met zijn nadruk op opleiding en kerkgang. Van haar kant had ma geen ander opvoedkundig model voor ons dan wat haar was bijgebracht door haar eigen orthodox-joodse familie, die, ondanks de schijnbare tekortkomingen – een onbuigzame aard, een zekere felheid, een fixatie op geld en een diep wantrouwen tegenover alle buitenstaanders, om maar te zwijgen van het tirannieke gedrag van haar vader – het beste en het slechtste vertegenwoordigde van de immigrantenmentaliteit: hard werken, geen gezeur, een streven naar perfectie, een wantrouwen tegenover de autoriteiten en een diep geloof in God en een goede opleiding. Mijn ouders waren a-materialistisch. Ze geloofden dat geld zonder kennis geen waarde had, dat een opleiding die door het geloof werd geleid de juiste manier was om je aan de armoede in Amerika te ontworstelen, en met het verloop der jaren werden ze in het gelijk gesteld.

Toch maakte de tweestrijd deel uit van ons bestaan; hij stond op onze gezichten, op onze handen en armen geschreven, en om te zien hoe de tegenstrijdigheden in de kern van dat bestaan leefden en voortwoekerden, hoefden we niet verder te kijken dan onze eigen moeder. Ma's tegenstrijdigheden botsten en knalden tegen elkaar op alsof het botsauto's op Coney Island waren. Ze vond dat blanken zich uitgesproken kwaadaardig gedroegen tegenover zwarten, maar stuurde ons toch naar blanke scholen zodat we de beste opleidingen zouden krijgen. Op zwarte mensen kon je meer vertrouwen, maar alles wat met zwarten te maken had leek net beneden de maat te zijn. Ze had een hekel aan mensen met geld, maar zat er zelf voortdurend om verlegen. Ze had een grote hekel aan racisten, zwart of blank, en verafschuwde de burgerlijke zwarten die met rijke blanken trachtten te wedijveren door uit de hoogte te doen en 'idiote dingen te doen zoals plastic kleden over hun sofa leggen of theedrinken met hun pink in de lucht'. 'Idioten!' siste ze dan. Ze kon ouders die pochten op de prestaties van hun kinderen niet uitstaan, maar stond er wel op dat wij de hoogste carrières zouden nastreven. Ze was tegen de bijstand en heeft er, ondanks onze armoede, nooit aanspraak op gemaakt, maar nam het op voor degenen die er wel gebruik van maakten. Ze haatte restaurants en weigerde er een voet binnen te zetten, al zouden de maaltijden er gratis worden uitgedeeld. In feite was ze het liefste onder de armen, de arme arbeiders uit het Red Hook-woningbouwproject in Brooklyn, de cementgieters, bakkers, doughnutverkopers, omaatjes en traditionele zwarte kerkgangers met wie ze haar leven lang bevriend was. Met hen hadden zij en mijn vader de New Brown Memorial Baptist Church gesticht, een kleine kerk in een bedrijfspand in Red Hook, die nog steeds bestaat.

Ma is dol op die kerk en is nog altijd dol op Red Hook, een van de gevaarlijkste en meest verwaarloosde woningbouwprojecten van New York City. Zo nu en dan neemt ze 's ochtends vroeg de lokale trein van haar woonplaats Ewing in New Jersey naar Manhattan, waar ze overstapt op de metro naar Brooklyn. Daar dwaalt ze tussen de flats rond alsof ze de paus is, de enige blanke in de wijde omtrek, naar bekenden wuivend, langs verslaafden heen stappend of glimlachend naar jonge moeders die kinderwagens voor zich uit duwen. Vervolgens glipt ze het half verduisterde trapportaal binnen van Dwight Street 80, waar jonge gozertjes in sweatshirts met capuchons onheilspellend staren naar die vreemde oude blanke dame, die met haar Nikes, rode sweater, o-benen en jichtige knieën langzaam de drie donkere en naar urine stinkende trappen beklimt om een bezoek te brengen aan haar beste vriendin, mevrouw Ingram op nummer 3G.

Als kind verbaasde ik me vaak over het gemak waarmee ma zich tussen zwarte mensen bewoog. De meeste blanken die ik kende leken doodsbang te zijn voor zwarten. Zelfs als klein kind was ik me daar al van bewust. Ik las het in de krant, tussen de regels door, als mijn favoriete sportverslaggevers in de *New York Post* en de vroegere *Long Island Press* weigerden om Cassius Clay Mohammed Ali te noemen, of als ze Floyd Patterson omschreven als een 'goed katholieke neger', en snijdend commentaar gaven op zwarte sporters als Bob Gibson van de St. Louis Cardinals, die ik vereerde. In wezen hoefde ik de krant niet open te slaan om het te zien. Ik zag het op de gezichten van blanken die mij, ma en mijn broers en zusters aanstaarden in de metro of ons uitlachten, naar ons wezen en dingen mompelden als: 'Kijk haar nou met die kleine nikkertjes.' Ik weet nog dat een blanke man haar boos opzij duwde toen ze met een stel van ons een roltrap op wilde, maar ma negeerde hem gewoon. Ik weet nog dat twee zwarte vrouwen naar ons wezen en zeiden: 'Moet je die blanke teef zien', en hoe een blanke man ergens in Manhattan ma uitschold en haar een 'nikkerhoer' noemde. Ma negeerde hen allemaal, tenzij de beledigingen een bedreiging vormden voor haar kinderen, dan draaide ze zich om en vocht terug als een straatkat, blazend, laaiend en onverschrokken. Ze had een soort nonchalante manier om aanvaringen uit de weg te gaan, waarbij ze beledigingen aan haar blanke adres wist te omzeilen zoals een ervaren bokser stoten afweert. Toen Malcolm x, de vermeende gesel van het blanke ras, werd vermoord, antwoordde ze op mijn vraag wie hij was: 'Een man die zijn tijd vooruit was.' Ze was werkelijk gesteld op Malcolm x. Ze plaatste hem praktisch op één lijn met haar andere helden van de burgerrechtenbeweging: Paul Robeson, Jackie Robinson, Eleanor Roosevelt, A. Philip Randolph, Martin Luther King jr. en de Kennedy's – alle Kennedy's. Wanneer Malcolm x het had over 'de witte duivel', ging ma er gewoon van uit dat zulke toespelingen geen betrekking hadden op haar. Ze was zo trots op de burgerrechtelijke successen van zwarte Amerikanen, alsof het haar eigen overwinningen waren. Zelf praatte ze soms over 'de blanke' in de derde persoon, alsof ze er niets mee te maken had, wat in feite ook zo was, aangezien de meeste van haar vrienden en kennissen zwarte vrouwen uit de kerk waren. 'Wat bezielt die blanken toch?' peinsde ze wanneer ze weer iets doms las in de *New York Daily News*. 'Nu die vent dood is, vechten ze om zijn geld. Toen hij nog leefde moesten ze niets van hem hebben, en moet je ze nu eens zien. Vergeet het maar, schat,' – zo sprak ma tegen de krant – 'je man is dood, begrepen? Dood is-ie – ffft! Je hebt je kansen gehad. Kun je hem terugkrijgen met geld? Nee, dus!' Dan richtte ze zich tot ons en stak steevast dezelfde preek af: 'Je hebt geen geld nodig. Wat heb je aan geld als je zaagsel in je hoofd hebt?! Ontwikkel jezelf! Is de hele wereld gek, of ben ik het? Ik geloof dat ik het ben.'

Dat was ze waarschijnlijk ook – althans, dat vond ik. Ik kende geen andere blanke vrouw die elke nacht om één uur in Manhattan op de metro stapte en dan in slaap viel totdat ze drie kwartier later bij haar halte in Queens aankwam. Ik kon vaak de slaap niet vatten totdat ik haar sleutel in het slot hoorde. Haar gebrek aan bezorgdheid om haar veiligheid – vooral onder zwarte mensen, tussen wie ze vaak enorm opviel en me een makkelijk doelwit leek voor overvallers – was mij een raadsel. Nu ik volwassen ben, kan ik haar begrijpen; nu snap ik hoe haar christelijke principes en geloof in God haar overeind hielden bij alle gevechten die ze tijdens haar leven heeft geleverd, maar als kind was mijn geloof niet zo sterk. Ma nam me een keer mee op bezoek bij mijn stiefzuster in Harlem, Jacqueline, die we Jack noemden. Ze was de dochter uit een eerder huwelijk van mijn vader, en meer een tante dan mijn zuster. Ze praatten tot laat in de avond en onderussen bakte Jack enorme hoeveelheden traditionele zwarte gerechten uit het Zuiden voor ons: macaroni met kaas, zoete aardappeltaart en biscuits. 'Neem dit maar mee naar huis voor je kinderen, Ruth,' zei Jack tegen mam. We deden het eten in boodschappentassen en namen het mee in de metro zonder dat er iets gebeurde, maar toen we in St. Albans in de buurt van ons huis uit de bus stapten doken er twee zwarte mannen achter ons op, van wie er een ma's handtas beetgreep. De boodschappentas vol macaroni met kaas en zoete-aardappeltaart scheurde open en het eten vloog in de rondte terwijl ma haar handtas vastklemde en de overvaller met zich meetrok in een waanzinnige rondedans; geen van beiden bracht een geluid uit terwijl ze wanhopig om het tasje streden, waarbij ze van de stoep de donkere, verlaten straat op tolden als twee ballerina's die in een dodendans waren verstrengeld. Als versteend keek ik toe. Uiteindelijk kreeg de overvaller de handtas te pakken en rende hij ervandoor, terwijl zijn maat hem uitlachte en ma op de grond viel.

Ze stond op, nam me kalm bij de hand en begon naar huis te lopen zonder een woord te zeggen.

'Gaat het?' vroeg ze me na enkele seconden.

Ik knikte. Ik was zo bang dat ik geen woord kon uitbrengen. Al het eten dat Jack voor ons had klaargemaakt lag achter ons op de grond, totaal verpest. 'Waarom heb je niet geschreeuwd?' vroeg ik, toen ik eindelijk mijn stem had hervonden.

'Het is maar een handtas,' zei ze. 'Maak je er maar niet druk over. Laten we gewoon naar huis gaan.' Het voorval bevestigde mijn angst dat ma zich voortdurend in gevaar bevond.

Elke zomer werden we samen met andere arme kinderen uit de binnenstad gratis door de Fresh Air Fund-organisatie naar gastgezinnen of op zomerkamp gestuurd. Mijn fortuinlijkere broers en zusters mochten naar een gastgezin, maar ik moest naar kampen waar ze ons twee weken lang met tien kinderen tegelijk in een hut huisvestten. Soms leek het meer op een gevangenis of werkkamp dan op een zomerkamp. De kinderen vochten de hele tijd. Het eten was afschuwelijk. Ik had voortdurend ruzie. Ze noemden me 'Cochise', vanwege mijn lichte huid en krullen. Desondanks vond ik het er geweldig. De eerste keer dat ik ging, bracht ma me naar het verzamelpunt, een wijkcentrum in Far Rockaway, een buurt die ooit de thuishaven was geweest van blanken en joden uit de middenklasse, zoals de toneelschrijver Neil Simon, maar inmiddels allang een zwarte wijk was, en mijn moeder scheen de enige blanke te zijn in de wijde omtrek. Binnen stelden de kampleiders een tafel op waar ze onze schoenen en hemden uittrokken, onze tenen controleerden op voetschimmel en ons onderzochten op mazelen en waterpokken, waarna ze ons weer naar buiten stuurden om in een gele schoolbus te stappen waarmee we de lange rit zouden maken naar het noorden van New York. Terwijl ik van achter het busraampje naar ma keek, het enige blanke gezicht in een zee van zwarte gezichten, kwam er een zwarte man aanlopen met zijn zoon. Hij had een snor en een sik en droeg een zwartleren broek, een zwartleren jas, kilo's sieraden en een zwarte baret. Hij zag er ontzettend stoer uit. Zijn zoon was bijzonder knap, goed gekleed en erg stijlvol. Hij legde de bagage van zijn zoon achter in de bus en toen het jongetje wilde instappen stak zijn vader, in plaats van hem te omhelzen, zijn hand uit, waarna vader en zoon elkaar een broederlijke, indrukwekkende en omslachtige Black Power-groet brachten die 'de dribbel' werd genoemd, zo'n handdruk die vijf minuten duurt, met in elkaar gehaakte vingers, opgestoken en ingetrokken duimen, botsende wijsvingers, krakende polsgewrichten en rinkelende armbanden. Het zag er ongelooflijk hip uit. De hele bus keek ernaar. Uiteindelijk klom het jongetje buiten adem in de bus en ging achter me zitten, waar hij tegen het raam tikte en naar zijn vader zwaaide, die nu naast ma stond en terug zwaaide naar zijn zoon.

'Waar heb je zo leren groeten?' vroeg iemand aan het jongetje.

'Dat heb ik van mijn vader geleerd,' zei hij trots. 'Hij is een Zwarte Panter.'

De bus kwam ronkend tot leven terwijl de angst me naar de keel vloog. Een Zwarte Panter? Naast mijn ma? Het was alsof mijn ergste nachtmerrie tot leven kwam. Ik had geen idee wie de

Panters eigenlijk waren. Ik had het beeld dat de media van hen gaven zonder meer voor waar gehouden.

De bus schakelde ratelend terwijl ik opstond om mijn raampje te openen. Ik wilde ma waarschuwen. Wat nu als die Zwarte Panter haar wilde vermoorden? Het raampje zat klem. Ik probeerde een ander raam te bereiken. Een kampleider pakte me beet en duwde me terug op mijn plaats. Ik zei: 'Ik moet mijn moeder iets vertellen.'

'Dan schrijf je haar maar een brief,' zei hij.

Ik sprong op de bank achter me, waar de zoon van de Zwarte Panter zat – zijn raam stond open. De kampleider zette me terug op mijn plaats.

'Ma, ma!' gilde ik naar het gesloten raam. Ma zwaaide. De bus trok op.

Ik riep: 'Pas op voor hem!' maar we waren al te ver weg en mijn raampje zat dicht. Ze kon me niet horen.

Ik zag hoe de Zwarte Panter naar zijn zoon zwaaide. Hoe ma naar mij zwaaide. Geen van beiden scheen de ander op te merken.

Toen ze uit het zicht waren verdwenen, draaide ik me om naar de zoon van de Zwarte Panter en gaf hem een vuistslag midden in zijn gezicht. Het jongetje hield zijn kaak vast en staarde me geschokt aan, terwijl zijn gezicht versmolt tot een hoopje tranen en ongeloof.

5

Het Oude Testament

Mijn vader was rondreizend predikant. Hij was net als iedere andere rondreizende predikant, behalve dat hij rabbi was. Hij was niet anders dan al die andere schoften die je tegenwoordig op tv ziet, behalve dat hij in synagogen predikte en minder gladde praatjes had. Hij was keihard, en het duurde nooit lang voordat de joodse gemeenten hem doorhadden en weer wegstuurden, dus waren we vaak onderweg toen ik nog een klein meisje was. In die tijd kon iedere orthodoxe jood die beweerde dat hij rabbi was, predikend rondtrekken en werken als voorzanger en zo. Destijds was dat het enige wat er voor sommige van die joden op zat: rondtrekken, prediken en zingen. Er waren niet zo veel baantjes voorhanden als tegenwoordig. Leven. Dat was je baan. Overleven. Het Oude Testament lezen en hopen dat het iets te eten opleverde, dat deed je.

Kijk, orthodoxe joden doen alles op contract. Tenminste, bij ons thuis. Een huwelijkscontract. Een preekconsent. Voor alles had je een contract. Geld was belangrijk voor hen omdat ze niets anders bezaten, een echte woning bijvoorbeeld. Wij niet in elk geval. Tatte tekende een contract met een synagoge, en wanneer dat na een jaar niet werd verlengd, pakten we ons boeltje en verhuisden we naar het volgende stadje. We hebben op zo veel plaatsen gewoond dat ik me ze niet meer kan herinneren. Glens Falls in New York; Belleville in New Jersey; Port Jervis in New York; Springfield in Massachusetts; een of ander stadje dat Dover heette. Ik herinner me Belleville omdat iemand ons daar altijd tweedehands kleding gaf. Zo betaalden de gemeenteleden ons, met voedsel, onderdak en afgedankte kleding. Ik herinner me Springfield in Massachusetts omdat mijn zuster Gladys daar is geboren. We noemden haar Dee-Dee. Ze was vier jaar jonger dan ik. Dee-Dee werd rond 1924 op de wereld gezet. Ik weet niet of ze nog in leven is. Naast mij zou ze het enige nog levende kind van mijn moeder zijn.

We sleepten al onze bezittingen per bus van stad naar stad – kleding, boeken, hoeden, en van die enorme dekbedden die mijn moeder had meegebracht uit Europa. Ze zaten vol ganzenveren. In het Jiddisch heten ze *piezyna*. Ze waren zo warm dat je erin kon wonen. Mijn zuster en ik sliepen er altijd onder, waarheen we ook verhuisden. Onderweg trokken we veel aandacht, omdat we arm en joods waren en mijn moeder invalide was. Daar was ik me heel erg van bewust. Dat ik joods was en een invalide moeder had. Ik schaamde me voor mijn moeder, maar je moet begrijpen dat ik pas heb leren liefhebben toen ik christen werd.

Een tijdlang woonden we in Glens Falls, in het noorden van New York, boven een joodse winkel waarvan de lieve joodse eigenaars taarten voor ons bakten en ons appels gaven. We gingen sleetjerijden en ondernamen dingen met het hele gezin, en mijn ouders leken het met elkaar te kunnen vinden. We haaden het daar zo slecht nog niet, maar zoals gebruikelijk werd Tattes contract niet verlengd en moesten we weer verhuizen. Gelukkig kreeg hij een aanbod om een synagoge onder zijn hoede te nemen in Suffolk, in Virginia. Hij zei tegen Mamme: 'We verhuizen naar het Zuiden.' Mamme wilde niet gaan. Ze zei: 'Misschien kunnen we hier in de buurt wat krijgen', omdat haar zusters en moeder in New York City woonden, maar ze had evengoed tegen een muur kunnen praten.

Tatte zei: 'We verhuizen', en zo vertrokken we rond 1929 naar Suffolk in Virginia. Ik was toen acht of negen jaar.

Ik kan me de geur van het Zuiden nog goed herinneren. Het rook er naar azalea's. En bladeren. En pinda's. De hoofdvestiging van Planter's pindafabriek stond in Suffolk. Het bedrijf werd geleid door meneer Obici. Hij was een belangrijk figuur in de stad. De grote man van de pinda's. Hij gaf veel geld weg aan de mensen. Hij liet een ziekenhuis bouwen. Een pond pinda's kostte bijna niets in Suffolk. De boeren verbouwden en vervoerden pinda's en maakten er arachideolie, pindakaas en zelfs zeep van. Het jaarboek van de middelbare school heette *De Pinda*. Er werd een keer een wedstrijd gehouden wie het beste logo voor Planter's kon ontwerpen. De winnares was een of andere vrouw. Ze kreeg vijfentwintig dollar, wat in die tijd een kapitaal was.

Suffolk was destijds een gat, met één lange hoofdstraat, twee bioscopen (een voor zwarten en een voor blanken), een paar winkels, een paar boerderijen in de directe omgeving en een spoorlijn die de zwarte en blanke stadsdelen van elkaar scheidde. Het belangrijkste evenement dat men in Suffolk in jaren had meegemaakt, was die keer dat er een rondreizend circusgezelschap met de trein naar de stad was gekomen, met een opgezette walvis in een goederenwagon. Dat vonden ze prachtig. Ze vonden alles prachtig wat anders of nieuw was of van buiten de stad kwam, behalve joden. De kinderen op school noemden me 'Jezusmoordenaar' en 'jodenkind'. Die naam is me nog lang bijgebleven. Jodenkind. Het is zo makkelijk om een kind te bezeren.

Tatte werkte in de plaatselijke synagoge, maar hij had zijn oog laten vallen op een groot, oud gebouw, een soort schuur aan de andere kant van de spoorlijn, in het zogeheten gekleurde deel van de stad, waar hij een kruidenierszaak wilde beginnen. Nou, daar waren sommige bezoekers van de synagoge helemaal niet blij mee. Ze wilden niet dat hun vrome rabbi een zakenman werd – die nota bene zaken deed met nikkers! – maar Tatte zei: 'We vertrekken niet nog eens. Ik heb genoeg van dat verhuizen.' Hij wist dat ze hem vroeg of laat de laan uit zouden sturen – laten we wel wezen, hij was een beroerde rabbi. Hij had een joodse vriend in de stad, Israel Levy, die zich bij de bank garant stelde zodat Tatte het oude pand kon kopen. Tatte zette er een toonbank en een oude kassa neer, hing wat planken op, bevestigde buiten een bord waarop KRUIDENIERSZAAK SHILSKY of zoiets stond en de zaak was geopend. De zwarte mensen noemden het 'de winkel van ouwe Shilsky'. Zo noemden ze hem. Ouwe Shilsky. Achter zijn rug lachten ze hem en zijn oude voddenwinkel uit, maar in de loop van de jaren maakten ze de ouwe Shilsky rijk en viel er niets meer te lachen.

Onze winkel was een gammel, eigenaardig, groot houten gebouw, dat eruitzag alsof het bij elkaar werd gehouden met lijm en tandenstokers. Het stond helemaal aan de rand van de stad, in de buurt van de gevangenis, met uitzicht over de kade. Op de begane grond bevonden zich de winkel, een opslagruimte, een koelruimte, een keuken met een petroleumstel en een binnenplaats. We sliepen boven. We hadden daar geen aparte woon- of eetkamer, alleen maar een paar slaapkamers. Dee-Dee en ik sliepen samen in een kamer onder ons grote dekbed. Mamme sliep vaak bij ons op de kamer, en mijn broer Sam en Tatte sliepen in de andere. Mijn ouders hadden niet zo'n hartelijke relatie als de meeste ouders. Mamme was een heel goede echtgenote en moeder. Ondanks haar algehele slechte gesteldheid – ze kon met één oog nauwelijks zien en leed aan ernstige maagpijnen, die met de jaren steeds erger werden – kon ze met één hand meer doen dan ik met twee. Ze kookte matseballen, *kneidlach, gefilte fisj, koegl,* gehakte levertjes en meer koosjere gerechten dan ik kan opnoemen. Ze stopte onze sokken. Ze leerde me vis, vlees en groenten te snijden op een grote snijplank. Ze hield zich aan de religieuze gebruiken van een joodse huisvrouw en was haar man trouw, maar Tatte toonde in het geheel geen liefde voor haar. Hij schold haar uit voor van alles en nog wat en treiterde haar met haar handicap. Dan zei hij: 'Ik word misselijk als ik naar je kijk', of: 'Waarom doe je nog moeite om je op te maken?' Voor hem was zijn huwelijk een zakelijke overeenkomst. Hij wilde alleen maar geld. Dat, en een echte Amerikaan zijn. En die twee dingen zijn hem ook gelukt, maar het kostte hem zijn gezin, dat hij te gronde heeft gericht en kapotgemaakt.

We hadden geen gezinsleven. Die winkel was ons leven. We werkten er van 's ochtends tot 's avonds, behalve wanneer we naar school moesten, en dan hield Tatte precies bij hoe lang we wegbleven. Om klokslag drie uur stond hij voor de winkel op straat met zijn handen in zijn zij te wachten totdat Sam, ik en later ook Dee-Dee de zes blokken van school naar huis rennend hadden afgelegd. Dan konden we zo weer aan het werk. Ons huiswerk maakten we als er even geen klanten waren. We waren de enige winkel die 's zondags open was, omdat we onze sabbat van vrijdag- tot zaterdagavond vierden, dus op zondagen liep de zaak als een trein, want dan kwamen naast de vaste klanten ook de blanken hun boodschappen bij ons doen.

We verkochten alles in die winkel: sigaretten, per pakje of per stuk – Camels, Lucky Strikes en Chesterfields voor een cent per stuk en Wings voor een halve cent elk – kolen, timmerhout, brandhout, petroleum, snoep, Coca-Cola, zuiveringszout, melk, room, fruit, boter, conserven en vlees. IJs was een goedlopend product. We bewaarden het in de grote houten koelkast achter in de winkel en verkochten het per blok of in kleinere brokken, die vijftien cent per stuk kostten. Die koelkast was zo groot dat je erin rond kon lopen, iets wat ik nooit deed. Ik heb nooit gehouden van dingen die achter me konden dichtvallen of waarin ik opgesloten kon raken. Ik ben claustrofobisch. Ik kan het niet uitstaan om ergens klem te zitten of me opgesloten te voelen. Ik beweeg me graag. Als klein meisje had ik dat al. Hobby's? Had ik niet. Rennen. Dat was mijn hobby. Wanneer Tatte niet thuis was, stormde ik soms de winkel uit en begon ik te rennen. Het maakte niet uit waarheen. Ik rende langs de achterafstraatjes waar de zwarten woonden of stak de spoorlijn over naar de blanke wijk. Ik vond het heerlijk om te sprinten, om gewoon de wind langs mijn gezicht te voelen en van alles te zien en niet thuis te zijn. Ik heb altijd graag gerend.

Natuurlijk had ik ook wel iets om voor weg te rennen. Als klein meisje deed mijn vader dingen met me... Hij kwam 's avonds bijvoorbeeld bij me in bed liggen en dan deed hij dingen met me op seksueel gebied die ik aan niemand kon vertellen. Als we weleens in Portsmouth naar het strand gingen, kwam hij met me mee het water in, zogenaamd om me te leren zwemmen, en dan hield hij me heel dicht tegen zich aan, in de buurt van zijn geslachtsdelen, en kreeg hij een erectie. Als we dan weer op het strand terug waren, vroeg Mamme: 'Lukt het al beter met zwemmen?' en dan zei ik: 'Ja, Mamme', terwijl hij me maar met zo'n dreigende blik stond aan te kijken. Mijn God, wat was ik bang voor hem.

Wanneer hij maar kans zag probeerde hij dicht bij me te komen of bij me in bed te kruipen en me aan te randen. Ik was bang voor Tatte en voelde geen enkele liefde voor hem. Ik was doodsbenauwd voor hem en voelde me altijd opgelucht wanneer hij van huis was. Het heeft me in veel opzichten beïnvloed, wat hij me aandeed. Als kind had ik een erg lage dunk van mezelf, en daar heb ik nog jarenlang last van gehad; zelfs nu houd ik er nog niet van om dominante of bazige mensen om me heen te hebben, daar word ik nerveus van. Ik vertel je dit alleen maar omdat je mijn zoon bent, en ik wil dat je de waarheid kent, niets minder dan dat. Als kind had ik echt een lage dunk van mezelf. Ik voelde me minderwaardig.

Daar zullen de mensen wel raad mee weten, hè? Ze zullen wel zeggen: 'Ach, ze voelde zich minderwaardig, dus is ze maar met een nikker getrouwd.' Nou, dat kan me niets schelen. Je vader heeft mijn leven veranderd. Hij leerde me over een God die me verhief en vergaf en me een nieuw mens maakte. Ik had geluk dat ik hem leerde kennen, anders was ik als prostituee geëindigd of dood geweest. Wie weet wat er met me zou zijn gebeurd. Ik werd herboren in Christus. Dat kon ook niet anders, na wat ik had meegemaakt. Het was natuurlijk niet vierentwintig uur per dag een kwelling om joods te zijn. We hadden het vaak leuk, vooral met mijn moeder. Met Pesach bijvoorbeeld, wanneer het huis brandschoon moest zijn. Er mocht nergens ook maar een kruimeltje gezuurd brood te vinden zijn. We vonden het heerlijk om de voorbereidingen te treffen. Je moest een speciaal servies voor het Pesach gebruiken en we gaven een grote seider, waarop de hele familie bij elkaar zat. Op tafel stonden matses en peterselie, gekookte eieren en andere traditionele joodse schotels. Er werd een lege stoel vrijgehouden voor de komst van Elia – zie je, joden geloven dat de echte Messias nog moet komen. We moesten de Haggada lezen en Tatte overhoorde ons kinderen over waarom we het Pesach vierden. Nou, geloof maar dat we zorgden dat we het antwoord wisten zodat we geen oorvijg van hem kregen, maar om je de waarheid te zeggen keek ik altijd naar Elia's lege stoel, en dan wilde ik maar dat ik op dezelfde plek was als hij, waar dat ook mocht zijn, en dat ik bij iemand anders thuis zat mee te eten, waar je vader 's nachts niet bij je in bed kroop en je dromen verstoorde, zodat je niet meer wist of hij het echt was of alleen maar dezelfde nachtmerrie die zich keer op keer herhaalde.

6

Het Nieuwe Testament

Ma hield van God. Ze ging elke zondag naar de kerk, als enige blanke in de wijde omgeving, en verminkte daar de prachtige kerkgezangen met haar stem, die het midden hield tussen een onderkoelde motor die niet wil starten en een jammerende wasmachine. Mijn broers en zusters en ik probeerden ons lachen in te houden terwijl ma zich met geestdriftige bezieling op de gezangen wierp: '... Mijn sterke rots, mijn tegenweer...' Almaar verder steeg ze, haar schrille stem, die ons deed denken aan Curly van *The Three Stooges*, werd steeds hoger. Het klonk zo afschuwelijk dat ik vaak dacht dat eerwaarde Owens, onze predikant, zou opstaan om het lied te onderbreken. Hij zat altijd in spirituele vervoering verzonken achter zijn kansel, met gesloten ogen en gekleed in een lange blauwe toga met een witte boord en bolstaande mouwen, alsof hij klaar was om zelf ten hemel te varen, totdat een van ma's valse noten hem deed opschrikken. Dan opende hij met een ruk één oog, alsof iemand zojuist een straal koud water over zijn rug had gegoten. Met dat oog keek hij ijzig in het rond en staarde hij naar het veertigtal parochianen om te zien waar het piepende geluid vandaan kwam. Wanneer zijn blik dan op ma bleef rusten knikte hij, alsof hij wilde zeggen: 'O, het is zuster Jordan maar', waarna hij weer terugzonk in zijn spirituele vervoering.

In het dagelijkse leven heette ma 'mevrouw McBride' of 'mevrouw Jordan', dat hing ervan af of ze de naam van mijn vader of die van mijn stiefvader gebruikte, maar in de kerk van eerwaarde Owens heette ze zuster Jordan. 'Zuster Jordan heeft vandaag heel wat kinderen meegebracht,' sprak eerwaarde Owens vaak verwonderd wanneer ma naar binnen stommelde met zes van ons op haar hielen. 'Héél wat kinderen.' Wij vonden hem erg grappig. Hij gaf ons les op de zondagsschool en fungeerde ook als buurtkapper, die eens per maand onze haren knipte toen we eenmaal groot genoeg waren om ons te verzetten tegen ma's eigen pogingen op dat gebied – ze zette letterlijk een potje op je hoofd en knipte dan langs de rand je haar weg. Hij was een magere man die synthetische kostuums droeg en een ouderwets, in glimmende golven naar achteren gekamd en geplakt kapsel had. Hij kon niet erg goed lezen – op mijn twaalfde las ik al beter dan hij. Dan stond hij daar op de kansel, met een zakdoek in de hand, als een bezetene met de bijbelverzen te worstelen. Hij begon altijd met: 'Ons vers van vandaag is... ehh, hmmmm, ehh...' en bladerde door zijn bijbel tot hij eindelijk het beoogde vers vond. Je kon de klok horen tikken: 'Tik, tak, tik, tak', terwijl hij, met zijn vinger op het boek en stil voor zich uit prevelend, zwoegde op de woorden. Intussen wachtten de kerkgangers gespannen af en probeerde mijn zuster Helen, de pianiste van de kerk, haar gegiechel te onderdrukken, onder de dreigende blikken van ma, die met gebalde vuisten naar haar zwaaide en haar stilzwijgend beloofde dat ze zich zou wreken zodra de kerk uitging.

De preken van eerwaarde Owens begonnen als een klein boemeltreintje en eindigden als een bulderende locomotief. Hij begon met een langzame, lijzige stem, waarna hij opgewarmd raakte en zich als een dol geworden stotteraar hortend en stotend over zijn onderwerp boog: 'Wij... (stilte)... weten... vandaag de dag... hrmmm... eh... Ik zeg u: WIJ... weten... DAAAT... (stilte) hmmm... JEZUS (kerkgangers: "Amen!") ... hmmm, IS GEKO-

MEN... ("Juist! Amen!") Ik zeg u dat Hij IS GEKOMEN! ("Ga door!") Hij IS-GEKOMEN-OM-HET-VOLK-VAN-JERU-ZALEM-TE-LEIDEN-AMEN!' Vervolgens ging hij over op een soort brabbelende 'amen'-stijl, waarbij hij razendsnel sprak en de woorden als kanonschoten uit zijn mond knalden. De 'amens' vlogen je als kogels om de oren. 'Hoe heerlijk is het AMEN om de Heer te kennen AMEN en ik zeg u AMEN dat als u AMEN zelf maar AMEN tot de Here komt AMEN er geen AMEN weg meer terug is AMEN AMEN AMEN! Mag ik een AMEN horen?' ('AMEN!')

En daar zaten we dan op de vijfde rij, met zuster Jordan die met haar zondagse hoed en blauwe jurk zat te gniffelen en te lachen en zo nu en dan net zoals de anderen haar handen in de lucht wierp. Ma was dol op de kerk. Op alle kerken. Zelfs op de Whosoever Baptist Church van eerwaarde Owens, hoewel hij niet haar favoriete predikant was, omdat hij zijn vrouw had verlaten of andersom – daar zijn we nooit achtergekomen. Ma was een groot kenner van predikanten; ze kon hen onderscheiden zoals een Franse wijnkenner een rode Beaujolais van een witte Vouvray kan onderscheiden. Eerwaarde Owens stond, ondanks zijn kwaliteiten als predikant, niet eens in haar topvijf. Op die lijst van uitverkorenen stonden mijn vader zaliger, wijlen eerwaarde W. Abner Brown van de Metropolitan Baptist in Harlem, eerwaarde Edward Belton, onze huisvriend, en een paar anderen die stuk voor stuk zwart en, met uitzondering van eerwaarde Belton, morsdood waren. Ze zag hen als mannen van de oude stempel, waardige en toegewijde heren die waren opgegroeid in het Zuiden en zich het leven van vroeger nog hadden herinnerd. Ze wisten nog hoe je de kerkgangers op de oude manier warm moest krijgen, zonder politieke toespraken, kwaadsprekerij en negatieve verhalen, maar met echte preken over God en een oprechte belangstelling voor hun parochianen. 'Je vader,' mijmerde ze vaak voor zich uit, 'die had z'n laatste dubbeltje nog aan de eerste de beste gegeven.' Ze hield niet van grote kerken met politiek geëngageerde predikanten, en evenmin van pinkstergemeenten waar het al te wild aan toe ging. En ondanks haar lichte afkeer van eerwaarde Owens en zijn eigenaardige aanpak (op een keer hield hij een preek over het woordje 'de' – D-E –) respecteerde ze hem omdat zijn kerk en preken qua stijl veel leken op die van haar 'eigen' kerk, de New Brown Memorial. In tegenstelling tot de New Brown was de Whosoever echter niet in een bedrijfspand gevestigd, maar in een klein, vrijstaand bakstenen gebouwtje dat zo'n vierenhalve meter van de straat stond, met een bord boven de deur dat was beschilderd door iemand die bij het schrijven geen rekening had gehouden met de beschikbare ruimte. Er stond: WHOSOEVER BAPTIST CHURCH.

Ik heb ma nooit 'gezegend' zien worden in de Whosoever Baptist; met andere woorden, ik heb nooit gezien dat ze 'de geest' kreeg en buiten zichzelf raakte – God zij dank. Ik kon er nooit tegen als mensen gezegend werden. Het overkwam meestal vrouwen, van die grote matrones die ik goed kende en van wie ik hield, maar wanneer onze lieve Heer hen vervulde en in zalige verlossing verhief, sprongen die lieve, vriendelijke dames, die me altijd over mijn bol aaiden, op de wang zoenden en dubbeltjes gaven, als lijnverdedigers bij de Pittsburgh Steelers op uit hun stoelen. 'O, jáááá!' riepen ze dan, en ze dansten met uitgestrekte armen tussen de banken door. Ze kronkelden zich alsof ze de Roze Panter waren of kregen heftige stuipen, waarbij hun handtas de ene kant op vloog en hun hoed de andere; ondertussen stelde een of andere arme oude diaken met een nuchtere gelaatsuitdrukking verbeten pogingen in het werk om zich aan hen vast te klampen zodat ze zichzelf niet zouden bezeren, totdat ze hem ten slotte als een vlieg van zich af sloegen. Soms hielden twee, drie mensen de bezetene vast zodat ze zich geen letsel toebracht, terwijl wij vol ontzag toekeken hoe ze stuiptrekte en gilde: 'Jezus, Jezus! Ja!' begeleid door eerwaarde Owens met zijn bevlogen kreten: 'AMEN' en 'o, ja!' Ik begreep nooit waarom God met zo'n overgave bezit zou willen nemen van die mensen, totdat ik zelf volwassen werd en de aard en kracht van Gods vele zegeningen leerde begrijpen, maar zelfs als kind wist ik al dat God almachtig was, gelet op ma's absolute eerbied voor Hem, en ook doordat ze in de kerk soms iets deed wat ik haar thuis of elders nooit zag doen. Dan boog ze ergens tijdens de dienst, meestal wanneer de kerkgangers een van haar lievelingsliederen zongen, zoals 'We've Come This Far by Faith' of 'What a Friend We Have in Jesus', haar hoofd en begon ze te huilen. Dat waren de enige keren dat ik haar ooit zag huilen. 'Waarom huil je in de kerk?' vroeg ik haar op een middag toen de dienst voorbij was.

'Omdat God me gelukkig maakt.'

'Waarom huil je dan?'

'Ik huil omdat ik gelukkig ben. Is daar iets mis mee?'

'Nee,' zei ik, maar ik vond van wel, want gelukkige mensen leken anders te huilen dan zij deed. Ma's tranen leken van elders te komen, ergens ver weg, een plek binnen in haar waar ze geen van ons kinderen ooit toeliet, en zelfs als kind had ik al het gevoel dat er pijn achter verscholen ging. Ik dacht dat het kwam doordat ze zwart wilde zijn, net als alle andere kerkgangers, omdat God misschien wel meer van zwarten hield, en toen we op een middag van de kerk naar huis liepen vroeg ik haar of God zwart of blank was.

Een diepe zucht. 'Lieve help... God is niet zwart. Hij is ook niet blank. Hij is een geest.'

'Houdt Hij meer van zwarte of blanke mensen?'

'Hij houdt van alle mensen. Hij is een geest.'

'Wat is een geest?'

'Een geest is een geest.'

'Welke kleur heeft Zijn geest?'

'Hij heeft geen kleur,' zei ze. 'God heeft de kleur van water. Water heeft geen kleur.'

Dat wilde ik wel geloven, ook naarmate ik opgroeide, maar mijn oudere broer Richie, die in alles mijn voorbeeld was, geloofde er niets van. Op zijn veertiende was Richie van een giechelende, kakelende kwelgeest die het altijd op mij had gemunt veranderd in een knappe, flitsende tiener en uitstekende tenorsaxofonist. Hij werd toegelaten op de middelbare school voor de kunsten in Manhattan en had een punt bereikt waarop alles in zijn leven stond of viel met jazz. Hij begon een leren jack en een ronde vilten hoed te dragen, net als de legendarische tenorsaxofonist Lester Young, en ging bij een R&B-groep uit de buurt spelen. Het kostte ma steeds meer moeite om hem naar school te krijgen. De andere jongens uit de buurt noemden hem 'Hatt' en hadden ontzag voor hem. De meiden waren weg van hem. Hij liep over van de creatieve gaven en handelde volgens zijn eigen ideeën, zonder toestemming of medeweten van mam. Een paar blokken verderop stond een bijna tweeënhalve meter hoge steen met een gedenkplaat waarop een of andere historische gebeurtenis werd herdacht, en toen we op een ochtend naar de winkel liepen merkte ma dat de steen was beschilderd in de zwarte bevrijdingskleuren rood, zwart en groen. 'Wie kan dat nou gedaan hebben?' vroeg ze zich af. Ik wist het wel, maar mocht het niet zeggen. Richie had het gedaan.

Al mijn zusters en broers kregen vroeger of later, net als ikzelf, wel een of ander soort identiteitscrisis over onze huidskleur, maar Richie had een unieke manier om ermee om te gaan. Als kind geloofde hij dat hij niet zwart of blank was, maar groen, zoals die stripfiguur, de Hulk. Hij verzon er spelletjes over en integreerde het personage volledig in zijn dagelijkse leven: 'Ik ben dr. Bruce Banner,' zei hij dan wanneer hij zag dat ik het laatste broodje met rookworst en kaas opat. 'Ik moet een stuk van je broodje hebben. Geef me alsjeblieft een stukje, nu, anders word ik boos. Ik moet een stukje hebben! Maak me alsjeblieft niet boos. Geef me je bróódje!!! GEEF ME – o, nee! Wacht... AAAARRRRRGGGHHHH!' en zo werd hij de Hulk, en als ik m'n broodje inmiddels niet snel naar binnen had gepropt, tja, dan kreeg de Hulk het.

Op een ochtend stak Richie op zondagsschool zijn hand op en vroeg hij aan eerwaarde Owens: 'Is Jezus blank?'

Eerwaarde Owens antwoordde ontkennend.

'Waarom is Hij op dit plaatje dan blank?' vroeg Richie, terwijl hij onze schoolbijbel omhooghield.

Eerwaarde Owens zei: 'Jezus heeft alle kleuren.'

'Waarom is Hij hier dan blank? Volgens mij is dit een blanke.' Richie hield de afbeelding omhoog zodat iedereen in de klas haar kon zien. 'Vinden jullie dit geen blanke?' Niemand zei iets.

Eerwaarde Owens wist niet wat hij moest zeggen. Hij stond daar maar, terwijl hij met zijn zakdoek zijn gezicht afveegde en dezelfde geluiden maakte als tijdens zijn preken. 'Tjaaaa... ehh. Tjaaa... ehhh...'

Ik was in verlegenheid gebracht. De andere kinderen staarden Richie aan alsof hij gek was. 'Richie, laat nou maar,' mompelde ik.

'Niks hoor. Als ze een plaatje van Jezus willen maken, en als Hij niet blank en niet zwart is, dan hadden ze Hem grijs moeten maken. Jezus zou grijs moeten zijn.'

Daarna ging Richie niet meer naar zondagsschool, hoewel hij altijd in God is blijven geloven. Ma bleef maar proberen hem er weer heen te sturen, maar hij vertikte het.

Ma was erg trots op onze relatie tot God. Met Pasen moesten we altijd een voorstelling verzorgen in de New Brown Church, waar we op onze instrumenten speelden of een bijbelverhaal voordroegen voor de hele gemeente. Ma keek reikhalzend uit naar die dag, terwijl mijn broers en zusters en ik hem vreesden als de pest en altijd wachtten tot op de ochtend van de dag zelf voordat we het bewuste bijbelverhaal uit ons hoofd leerden. Ik had nooit moeite met deze sessies die je geheugen zo op de proef stelden, maar er was een jaar waarin mijn oudere broer Billy, wiens geheugen later goed genoeg zou blijken om hem door een studie medicijnen aan Yale University te slepen, in zijn pak met stropdas in de kerk naar voren stapte, zich tot de kerkgangers wendde en begon: 'Toen Jezus zou opgaan naar...' om vervolgens zijn hele tekst kwijt te raken. Hij stond daar maar wat nerveus te trillen en wist zich duidelijk geen raad, terwijl mijn broers en zusters en ik krampachtig onze adem inhielden om niet in lachen uit te barsten.

'Kom, dat geeft toch niet...' mompelde mijn peetvader, diaken McNair, in zijn stoel op het podium naast de predikant, terwijl ma met een rood aanlopend gezicht en trillende spieren vanuit haar stoel naar Billy keek. 'Probeer het nog maar eens,' zei hij.

'Oké,' zei Billy, die slikkende bewegingen maakte. 'Toen Jezus zou opgaan naar... Nee, wacht... Hm. Jeruzalem was... Wacht eventjes...' Hij stond daar maar, aarzelde, keek naar het plafond, beet op zijn lip en probeerde zich wanhopig het bijbelverhaal te herinneren dat hij nog maar een halfuur eerder uit zijn hoofd had geleerd, terwijl de kerkgangers mompelden: 'Kom, het geeft toch niet... blijf het maar proberen', en ma hem woedende blikken toewierp.

Er gingen nog een paar pijnlijke seconden voorbij. Ten slotte zei diaken McNair: 'Goed, je hoeft ons geen bijbelverhaal te vertellen, Billy. Draag maar gewoon een bijbelvers voor.'

'Het maakt niet uit welk vers?' vroeg Billy.

'Welk vers je maar wilt,' zei de diaken.

'Oké.' Billy wendde zich weer tot de kerkgangers. Niemand sprak een woord; alle gezichten waren nu op hem gericht.

'Jezus weende,' zei hij. Hij ging weer zitten.

Doodse stilte.

'Amen,' zei diaken McNair.

Toen de kerk uitging, liepen we achter ma aan terwijl ze naar buiten schreed, en mijn peetvader sprak haar aan bij de uitgang. 'Het is niet erg, Ruth,' zei hij grinnikend.

'O jawel,' zei mam.

Thuis kreeg Billy een pak op zijn billen van ma.

7

Sam

Onze winkel stond op een kruising aan de rand van de stad, op een lange, glooiende heuvel. Als je voor de winkel stond en goed keek kon je de stad zien – de spoorlijn, en de warenhuizen, zoals Leggets en Woolworth. Als je recht voor je uit keek kon je het gerechtsgebouw, de gevangenis, het provinciaal secretariaat en de weg naar Norfolk zien. Aan je linkerhand lagen abattoir Jaffe en de kade, waar de rivier de Nansemond onder de Main Street-brug doorstroomde. De kade was groot en donker. Schepen van over de hele wereld hielden daar stil om aan te leggen of reparaties te verrichten, en de zeelui kwamen vaak onze winkel binnen om mij en mijn zuster Dee-Dee uit te nodigen hun schepen te komen bekijken. 'Nee, nee, bedankt,' zei mijn moeder dan. Ze verstond geen woord van wat ze zeiden, maar zodra ze 'kom met ons mee' zeiden, sprong ze op uit haar stoel bij de deur en bleef ze hoofdschuddend voor die grote zeemannen staan. 'Nee, nee, ga weg. Stuur ze weg,' zei ze dan in het Jiddisch. Ze verloor hen geen moment uit het oog.

De winkel stond precies op de kruising waar de weg naar Norfolk en Portsmouth Suffolk bereikte. Er was altijd veel verkeer op die kruising. Ik bedoel geen verkeer zoals tegenwoordig. In die tijd vond je het verkeer al druk als er twee, drie auto's voorbijkwamen. Of mensen te voet. Of boeren met muilezels, die wagens met ladingen pinda's trokken. Of vrachtwagens met soldaten van de bases bij Norfolk. Of een ploeg geketende dwangarbeiders. Destijds verplaatste men zich op de meest uiteenlopende manieren.

Op een middag zat ik in de winkel achter de toonbank, toen er een auto voorbijreed, vol met in witte lakens gehulde mannen. Hun gezichten waren bedekt met witte kappen, waarin twee kijkgaatjes waren geknipt zodat ze konden zien. Ze reden in van die oude zwarte rammelkasten, van die Ford-A's, met twee man in het open voorste gedeelte en twee in het achterste passagiersgedeelte. Na die ene reden er nog meer auto's voorbij, het waren er zoveel dat het wel een optocht leek. We kwamen achter de toonbank vandaan en gingen voor de winkel staan om naar ze te kijken. 'Wat is dat nou weer?' vroeg Dee-Dee. 'Ik weet het niet,' zei ik.

Het was de Ku Klux Klan die door de stad reed.

Ik zou het verschil niet hebben geweten tussen de Ku Klux Klan en mijn favoriete merk pindarepen, maar onze zwarte klanten glipten naar buiten en spoedden zich hun huizen binnen zodra ze hen zagen. Ze lieten zich niet zien en hielden zich heel, heel erg gedeisd wanneer de Klan opdook. De Klan reed vaak bij het volle daglicht door de hoofdstraat, en niemand die er iets aan deed. Ik had het gevoel dat de dood altijd rond Suffolk waarde. Ik hoorde steeds weer verhalen over mensen die opgeknoopt waren aangetroffen of uit het water bij de kade waren gevist. En wij voelden ons ook niet op ons gemak, bij ons thuis, want in het Zuiden was er altijd veel sterke drank en er werd veel gezopen, en joden waren er niet populair. Tatte bewaarde een geladen pistool onder de toonbank, naast de kassa. Dat pistool maakte hij vaker schoon dan zijn eigen broek, en hij hield het altijd in de aanslag voor iedereen die aan zijn centen wilde komen. Hij vertrouwde niemand. Hij dacht altijd dat de zwarten hem probeerden te bestelen. Hij zette mijn moeder vaak in een stoel naast de deur neer en zei dan in het Jiddisch tegen haar: 'Pas op de *sjwartses.*' Hij kleedde die mensen helemaal uit en rekende hun het dubbele voor zijn goedkope spullen, en dan maakte hij zich nog zorgen dat hij werd bestolen!

Ik was altijd bang dat Tattes pistool tijdens het schoonmaken zou afgaan en hem per ongeluk zou doden. Hoewel ik bang voor hem was, wilde ik niet dat hem iets overkwam. We hadden een buurvrouw, mevrouw Brown, een blanke met een opgezette middelvinger van een of andere infectie die ze had gehad – destijds kregen mensen infecties en verloren ze hun vingers en tanden alsof het niets was. Het was zelfs zo dat mijn moeder en vader allebei een kunstgebit hadden. Mijn moeder kreeg haar gebit het eerst, en later heeft die ouwe Tatte er stiekem een voor zichzelf geregeld. Op een dag snauwde hij me een opdracht toe, zoiets van: 'Pak die stukken zeep eens', en toen ik in zijn mond keek, zag ik een stel gloednieuwe witte smakkers. Ik zei tegen mezelf: 'Ik vond 'm al zo raar klinken.' In elk geval was mevrouw Brown een van de weinige blanken in Suffolk die aardig tegen me deden. Ze had een dochter, Marilyn, en een zoon, Simon. Simon was alcoholist, en kwam 's avonds altijd wankelend thuis. Later is hij vermoord door een dronkelap die op zijn veranda klom en een mes in zijn nek stak. Marilyn werkte in de stad; toen haar baas zijn pistool een keer schoonmaakte in zijn kantoor schoot hij zichzelf per ongeluk dood, en Marilyn moest over zijn lijk heen stappen om naar buiten te kunnen. Dat was een behoorlijke schok voor haar, en voor mij ook, omdat Tatte altijd bezig was zijn pistool schoon te maken, en als het af zou gaan en hij per ongeluk dood zou gaan, was ik echt niet van plan over zijn lijk heen te stappen om naar buiten te komen. Ik zou nog liever uit het raam springen, en hij zou daar maar moeten blijven liggen als aas voor de vliegen totdat iemand anders hem vond. Ik heb nooit tegen lijken of pistolen gekund. Daarom heb ik mijn kinderen nooit met speelgoedpistolen laten spelen.

Maar in die tijd hadden de mensen pistolen en geweren om te jagen, om te leven. Het waren de jaren dertig, het was crisis, en de mensen waren arm en gebruikten geweren en hengels om te overleven. Als je ziek werd, dan mocht je bidden dat God je genadig was, want je ging gewoon dood. Destijds heersten er overal tuberculose en dubbele longontstekingen, en Mamme was erg bang dat een van haar kinderen dat zou krijgen, want in Europa was een van haar broers gestorven tijdens een griepepidemie. Maar toen we de winkel eenmaal op poten hadden, verdienden we genoeg geld om een dokter te kunnen betalen. De zwarte mensen, onze klanten, kwamen naar onze winkel om zuiveringszout te kopen, met handen tegelijk, dat zout was hun dokter. Het was van dat spul dat je vroeger kon kopen en innam alsof het aspirine was. Het was een bepaald merk: BC Powder. Het kostte vijfentwintig cent en zat in een klein blauw-wit pakje. De mensen zeiden dat ze zich er beter en fitter door voelden. Natuurlijk zat er destijds cocaïne in, maar dat wisten de mensen niet. Ze namen zuiveringszout tegen elke kwaal. Het was zelfs zo dat je bezorgd werd als iemand er te veel van insloeg voor zijn vrouw of kind, omdat iemand die zo veel zuiveringszout gebruikte stevig ziek was en vermoedelijk op sterven lag. In die tijd werden de mensen ziek en gingen ze dood alsof het de nieuwste mode was. Plof! Zo dood als een pier.

Ik zou willen dat sommige van die zwarte jongelui van nu konden zien hoe zwarten in Suffolk destijds leefden. Lieve Heer, je zou het niet geloven. Hutjes zonder stromend water, zonder fundering, zonder badkamer, met een toilet op het erf. Geen verharde wegen of elektriciteit. Soms wandelden Mamme en ik over die zandweggetjes achter de winkel, en veel van die weggetjes liepen gewoon dood in de bossen. Zo was het leven daar voor zwarten. Een doodlopende weg.

Ze beklaagden zich niet. Tegen wie hadden ze moeten klagen? De politie? De politie reed niet over die achterafstraatjes, ben je mal? Ze waren te bang, of ze wilden niet. Het viel me altijd op dat zwarte mensen zich elke zondag zo keurig aankleedden voor de kerk dat ik ze niet meer herkende. Dat vond ik mooi. Zondagsochtends straalden ze zo'n vastberadenheid uit. De hele familie kwam bijeen, en hoewel ze arm waren, leken ze gelukkig te zijn. Tatte haatte zwarte mensen. Hij schold de kleine kinderen vaak uit in het Jiddisch en stak ook de draak met hun ouders. 'Moet je ze nou zien lachen,' zei hij dan. 'Ze hebben geen stuiver op zak, en toch moeten ze altijd lachen.' Terwijl hij geld zat had en wij ons allemaal ellendig voelden. Mijn broer Sam kon er niet meer tegen en is weggelopen zodra hij oud genoeg was.

Sam was een soort schaduw. Hij was kort en stevig gebouwd, met een dikke bos haar, zware wenkbrauwen en gespierde armen en benen. Hij was twee jaar ouder dan ik, dus had hij ruimschoots overwicht over Dee-Dee en mij, maar hij buitte zijn status van oudere broer nooit uit. Hij was rustig en onderdanig. Mamme was gek op hem, maar Tatte bracht hem de vreze Gods bij. Tatte liet ons elke avond na het eten op een stoel zitten en het Oude Testament bestuderen. Dee-Dee was daar te jong voor, maar Sam en ik niet. Hij las ons de woorden voor en daarna moesten wij ze nazeggen. Tattes lievelingsboek was het boek Prediker. 'Ik zeide in mijn hart: God zal den rechtvaardige en den goddeloze oordelen; want aldaar is de tijd voor alle voornemen, en over alle werk.' Dat staat in het boek Prediker. Ik ken die verzen nog steeds, maar ik heb ze geleerd vanwege... niet uit liefde voor God, maar alleen vanwege... wat? Ik weet het niet. Plichtsbesef. Mijn vader was rabbi, nietwaar? Moesten zijn kinderen het Oude Testament dan niet kennen? We haatten die sessies. Tatte had geen enkel geduld, en vaak onderbrak hij je midden in een vers om je uit te schelden of een klap te geven als je te weinig interesse toonde voor de bijbel. Soms deed het schelden meer pijn dan het slaan. 'Je bent dom. Je bent doodgewoon een stommeling. Een zondaar. De Heer zal zich niet over je ontfermen,' zei hij dan. Hij had het vooral op Sam gemunt. Hij liet hem uren achter elkaar in de hoek zitten om Hebreeuws te lezen. Hij toonde nooit enige liefde voor zijn zoon.

Weet je, wanneer een rabbi de stad aandeed, moesten we hem onderdak verlenen en te eten geven. Dan zei Tatte: 'Laat zus-en-zo de stad zien', en dan moesten wij een of andere oude rabbi, zo'n ouwe zak, op sleeptouw nemen en doen wat hij wilde. Daar hadden we de pest aan. Het alternatief was uiteraard dat Tatte zijn riem afdeed en je levend vilde.

Toen we klein waren speelde ik graag domino met Sam, maar toen hij ouder werd had hij geen tijd meer om te spelen. Tatte liet Sam harder werken dan mij en Dee-Dee. Als jongetje werkte Sam al als een volwassen kerel. De winkel ging om zeven uur 's ochtends open en Sam zaagde dan timmerhout, sneed blokken ijs, stalde het vlees uit, vulde de schappen bij en gaf de koe op de binnenplaats te eten, en dat alles nog voordat we naar school gingen. Hij haatte die winkel. Na school moest hij direct weer aan het werk. Als hij geen zin had om in de winkel te werken, kwam hij na school niet naar huis totdat het bijna donker was, en dan schold Tatte hem uit en strafte hij hem door hem nog langer te laten werken. Sam had slechte schoolcijfers en een lage dunk van zichzelf door de manier waarop hij werd behandeld. Omdat hij verlegen was had hij maar weinig vrienden, en zelfs als hij wel vriendschap wist te sluiten, dan nog mochten we geen niet-joodse vrienden hebben. Dat was verboden, *aweere*.

Hij werd met zijn dertiende bar mitswa. Er verscheen een foto van hem en Tatte in de krant en Mamme was trots op hem. Het is in mijn herinnering de enige keer dat ik hem heb zien lachen, omdat hij zijn moeder blij had gemaakt. Een paar jaar later liep hij weg. Dat was rond 1934. Hij liep gewoon van huis weg en is nooit meer teruggekomen. Hij was een jaar of vijftien. Hij ging naar Chicago, vanwaar hij Mamme nog een brief heeft geschreven. De brief was geschreven in het Engels, dat Mamme niet kon lezen of spreken, maar ik heb hem aan haar voorgelezen. Er stond in: 'Met mij gaat het goed. Ik heb een baan gevonden als winkelbediende.' Hij had werk gekregen bij Montgomery Ward of J.C. Penney, zo'n soort winkel. Hij kende geen hond in Chicago en had zich op eigen houtje gered. Mamme was door het dolle heen toen ze die brief kreeg. 'Schrijf hem terug,' zei ze tegen me. 'Schrijf hem onmiddellijk terug en zeg dat hij naar huis moet komen.' Dat deed ik dan ook. Ik schreef Sam om te zeggen dat hij naar huis moest komen, maar dat heeft hij nooit gedaan en ik heb hem nooit meer teruggezien.

Hij ging in dienst en kwam tijdens de Tweede Wereldoorlog om het leven, mijn broer, Sam. Ik kwam er pas veel later achter, na het overlijden van je vader in 1957. Ik had zeven kinderen en was zwanger van jou, en toen ik een van mijn tantes opbelde om haar om hulp te vragen, zei ze: 'Je broer is overleden tijdens de oorlog.' Ik vroeg wat er was gebeurd, en ze zei: 'Bemoei je niet met onze levens. Je hoort er niet meer bij. Houd je erbuiten.' En toen hing ze op, dus kon ik niets anders voor Sam doen dan bidden.

8

Broeders en zusters

In ma's huis heerste een ordelijke chaos, en als achtste van twaalf kinderen verdween ik als het ware in de brei. Ik was niet de mooiste, jongste of slimste. In dit gezin, dat weinig geld en niet veel te eten had, werd je macht bepaald door de vraag over wie je de baas kon spelen. Ik was wat ma een 'kleintje' noemde, een van de vijf jongsten, microscopische vlekjes in de huishoudelijke machtsstructuur, en zodoende goed genoeg om te worden vastgebonden, gemarteld, gekieteld, gekweld, genegeerd en gedwongen allerlei vernederingen te ondergaan door de 'groten', die niet op tijd naar bed moesten, niet geloofden dat een fee je gewisselde tanden onder je kussen vandaan haalde, en met het gezag waren belast door ma, die natuurlijk de uiteindelijke macht bezat.

Mijn broers en zusters waren mijn beste vrienden, maar als het om eten ging waren ze mijn vijanden. We waren met zovelen dat we voortdurend honger hadden, en de lege koelkast en het overige meubilair werden afgestroopt op zoek naar eten. We verborgen voedsel voor elkaar en hamsterden kostbare kaastosti's of broodjes gebakken rookworst, maar de bergplaatsen waren algemeen bekend en werden door iedereen geplunderd, zodat het waardevolle bezit meestal al was ontdekt en verslonden voordat het had kunnen afkoelen. Om eten te pikken werden er hele complotten gesmeed, compleet met bedrog, verraad, samenzweringen, regelrechte berovingen en haastig verorberd bewijsmateriaal. Toen we nog in het Red Hook-woningbouwproject woonden, voordat we naar Queens verhuisden, verdween ma vaak 's ochtends vroeg om later terug te keren met grote potten pindakaas, die een of andere liefdadigheidsinstelling uitdeelde in de kelders van een van de woningbouwprojecten. Dan schaarden we ons rond die potten om de pindakaas als soep naar binnen te lepelen, onder veel gegiechel, omdat onze monden helemaal dichtplakten door het kleverige spul. Wanneer ma naar haar werk was, lunchten we met witbrood dat we in stroop doopten of aten we bruine suiker zo uit het pak, wat goed hielp tegen de honger. We hadden een broodrooster waarvan je altijd een elektrische schok kreeg als je hem aanraakte; we noemden onze toast 'knáltoast' en kregen zo vaak een knal dat ons haar overeind bleef staan als dat van het zwarte jongetje Buckwheat op tv. Mam jammerde vaak dat ze geen geld had om fruit voor ons te kopen, soms weken achter elkaar, maar wij vonden het niet erg. We gaven elke cent die we hadden uit aan junkfood. 'Als je dat spul eet, zullen je tanden uitvallen,' waarschuwde ma. We negeerden haar. 'Als je je kauwgum inslikt, zal je achterste verstopt raken,' zei ze. Daar luisterden we wel naar; we slikten nooit onze kauwgum in. We leerden staand, zittend, liggend en half slapend te eten, omdat er aan tafel nooit genoeg plaats was voor iedereen, en wanneer ma om twee uur 's nachts uit haar werk kwam stortten we ons altijd als waanzinnigen op haar handtas. In de kantine van de Chase Manhattan Bank kregen de werknemers een gratis avondmaaltijd, dus stak ze zoveel mogelijk broodjes rookworst, kaas, cake en wat ze maar kon plunderen bij zich zodat de horde thuis zich eraan kon laven. Als je bij haar thuiskomst als eerste haar handtas te pakken kreeg, had je wat te eten. Als je te laat was, tja, dan was het: droom maar lekker.

Het eten dat ze van haar werk meebracht was heerlijk, zeker in vergelijking met wat ze zelf kookte. Ma wist toeten noch blazen van koken. Haar gort smaakte naar zand met boter, met grote klonten die tussen je tanden bleven zitten en aan je tandvlees plakten. Haar pannenkoeken zaten vol witte smurrie en stukjes eierschaal. Als ze een stoofschotel opdiende, rende mijn broertje Henry altijd walgend naar boven. 'Bajesvoer,' snoof hij dan, waarna hij enkele minuten later weer naar beneden kwam om alsnog op te scheppen voordat de massa het eten had verslonden. Ze had toch al weinig tijd om te koken. Wanneer ze thuiskwam van haar werk was ze uitgeput. Wanneer we 's ochtends naar beneden kwamen zat ze nog aangekleed in diepe slaap aan de keukentafel, met haar hoofd op het huiswerk van een van ons naast een kop koude koffie. Haar huishoudelijke activiteiten wedijverden met haar kookkunsten. 'Ik ben de slechtste huishoudster die ik ooit heb gezien,' zei ze vaak, en dat was niet gelogen. Onze woning zag eruit alsof ze door een orkaan was getroffen. Boeken, vellen papier, schoenen, *football*-helmen, honkbalknuppels, poppen, vrachtauto's, fietsen en muziekinstrumenten lagen door het hele huis verspreid en werden door iedereen gebruikt. De jongens sliepen in de ene kamer en de meisjes in een andere, maar de aanduidingen 'jongenskamer' en 'meisjeskamer' waren betekenisloos. 's Nachts glipten we elkaars kamers binnen om geheimen uit te wisselen, ruzie te maken, elkaar te troosten of te bespioneren en spelletjes monopoly af te maken die al dagen duurden. We speelden met zijn vieren op dezelfde klarinet, die we in de gang op school aan elkaar doorgaven als middenspelers op een rugbyveld. Hetzelfde gold voor jassen, mutsen, gymschoenen, schone sokken en gymnastiekkleren. We gebruikten met zijn allen één washand. Vijf monden moesten het met een enkele tandenborstel steilen, waarvan we allemaal bezwoeren dat hij ons persoonlijk toebehoorde. Ons meubilair bestond uit twee prachtige schommelstoelen (die ma bij Macy's had gekocht nadat ze op tv had gezien hoe haar held, president John F. Kennedy, zijn kinderen in eenzelfde stoel heen en weer schommelde), een zitbank en een verzameling stoelen, tafels, ladekasten en bedden. Onze oude zwart-wit tv deed het – zo nu en dan. Ze stond nou niet echt boven aan ma's lijstje van te repareren zaken. Ze noemde haar de 'treurbuis' en gaf ons zelden toestemming ernaar te kijken. Dat was ook niet nodig.

Ons huis was een combinatie van circus en dierentuin, vol doorlopende actie, huzarenstukjes, muziekvoorstellingen en beesten. In de loop der jaren vergaarden we een collectie huisdieren die niet onderdeed voor een heuse kinderboerderij: woestijnratjes, muizen, honden, katten, konijnen, vissen, vogels, schildpadden en kikkers, die ons nu eens likten, dan weer beten en geheimzinnige ziektes verspreidden, die ons huis teisterden alsof het een derdewereldland was en aanleiding gaven tot bezoekjes aan de kliniek onder het toeziend oog van ma, waar verveelde dokters naalden in onze billen staken alsof het lopendebandwerk was. Ma bracht met Pasen een keer een kuiken mee dat steeds groter werd, totdat ze op een nacht naar huis kwam, de deur opendeed en acht kinderen door de woonkamer achter een volwassen haan aan zag rennen. 'Eruit met dat beest!' gilde ze. We deden hem weg en hij werd uiteindelijk vervangen door een woeste Duitse herder, Abe, die ons allemaal beet en zo nu en dan ergens in een hoek een berg hondenpoep deponeerde, waarna hij naar ons gromde en ons uitdaagde om hem ervoor te straffen. Zo'n drol bleef onaangeraakt op zijn plek liggen. Na een dag loste de stank op, maar wij bleven de stront vermijden totdat hij was opgedroogd en zo hard als steen was geworden. Vervolgens schopte een of andere held het aanstootgevende voorwerp onder de radiator, waar het lag te vergaan en verder fossiliseerde totdat het tot stof was weergekeerd, geheel was verdwenen of werd ontdekt.

Ma werd nooit geraadpleegd bij zulke problemen. De tijd die ze had werd alleen besteed aan serieuze problemen, zoals: 'Staat er nog steeds zestig centimeter water in de keuken sinds jullie hem hebben laten overstromen?' en aan school, die de hoogste prioriteit had. Uitvluchten voor het niet maken van je huiswerk werden niet geduld en waren aanleiding voor een pak slaag. Vloeken was niet toegestaan. We mochten niet eens het woord 'liegen' gebruiken, maar moesten 'verhaaltje' zeggen. 'Maak je huiswerk zonder verhaaltjes te vertellen, dan word je misschien nog eens zoals je broer Dennis,' maande ma ons. 'Moet je eens kijken hoe goed het met hem gaat. Ontwikkel jezelf, zoals jullie broer, Dénnis.'

Dennis.

Wanneer ze die naam noemde, ging er overal in huis gezucht op. Het klonk als het fluitsignaal van de Long Island Rail Road, die een paar blokken verderop over de spoorlijn voorbijreed.

Dennis was de oudste zoon en de pionier van het gezin. Hij was kunstenaar en maakte tekeningen die ongelooflijke verhalen vertelden over de plaatsen die hij had bezocht en de mensen die hij had ontmoet. Hij had geld op zak, echte dollars en centen, en nog wisselgeld toe. Hij torende hoog boven ons uit en wierp een grote, uitgestrekte schaduw over ons kinderen, alsof hij het monument van Lincoln was, dat hij maar liefst twee keer had bezocht. Zijn grote wapenfeiten, die in zijn afwezigheid werden besproken aangezien hij alleen met de vakanties thuiskwam, werden gloedvol naverteld, ontleed, opgeblazen, uitvergroot en opgehemeld. De hoogtes waartoe hij was opgeklommen, hoogtes waarvan wij nietige stervelingen slechts konden dromen dat we ze ooit zouden bereiken, werden door ma in alle hoeken van het huis bejubeld en bezongen. Dennis had zijn studie afgemaakt. Dennis was in Europa geweest. En nu streefde Dennis, o, roemrijke Dennis, o, geweldige Dennis – Dennis! Dénnis! – als kroon op zijn prestaties het hoogste, geweldigste, onvoorstelbaarste na dat een mens, een zoon, ooit kon hopen te bereiken.

Dennis studeerde voor arts.

Nou, een grotere eer bestond er niet. Ik bedoel, vergeet het maar. Arts, onderwijzer, kies maar uit. Als ma had geweten wat Dennis werkelijk uitvoerde op school, behalve de briljante student uithangen, had ze misschien anders over hem gedacht. Dennis was als student een van de meest betrokken burgerrechtenactivisten die de medische faculteit van de universiteit van Pennsylvania ooit had gekend. Hij deed mee aan de demonstratie in Washington. Hij richtte een vakbond voor ziekenhuispersoneel op. Hij was betrokken bij sit-ins in lunchrooms in het Zuiden. Hij werd met traangas en waterkanonnen bewerkt door de autoriteiten. Dennis voerde oorlog met het systeem, maar zolang hij die oorlog buiten onze deur hield en zijn studie medicijnen bleef volgen, vond ma het best. Maar mijn zuster Helen pakte het anders aan. Helen voerde oorlog met de blanken en nam die oorlog mee naar huis, waar ze hem in ma's gezicht wreef.

Helen was de op een na oudste van mijn zusters, die stuk voor stuk vriendelijk, naïef, spraakzaam en nieuwsgierig waren, en daarom door ma te allen tijde van de straat en uit de buurt van mannen werden gehouden. Ze waren allemaal erg knap, variërend van Helen, met haar donkerbruine huid, tot Kathy, met haar heel lichte, bijna blanke huid, en ieder van hen had lange armen, sproeten en donkere krullen. Alle jongens in de buurt kenden mijn vijf zusters bij naam en van gezicht. Wanneer ik over straat liep werd ik vaak aangesproken door grote gozers, die ik nog nooit eerder had gezien: 'Yo. Hoe gaat het met Kathy?' 'Oké,' antwoordde ik dan schouderophalend. Ik heb voor Kathy een paar keer bijna een gebroken neus opgelopen. Er bestaat niets ergers dan te moeten vechten voor je stomme, lelijke zusje op wie de halve buurt verliefd is. Het was echt een probleem.

Helen was de meest artistieke van mijn zusters. Ze was slank, met zwart haar dat ze in een knot droeg, jeans, en een spijkerjack met vredestekens, 'Stop de Oorlog'-buttons en rood-zwart-groene bevrijdingsinsignes. Ze werd overal op de voet gevolgd door jongens van allerlei slag – zwarten, blanken, Aziaten, Latino's. Ze was leerlinge aan de middelbare school voor de kunsten en speelde piano bij ons kerkkoor, totdat mijn jongste zusje, Judy, die negen jaar was en ook pianospeelde, op een zondagochtend plotseling haar plaats moest innemen. Schijnbaar had Helen die ochtend besloten om niet meer voor de kerk te spelen. Toen ma haar naar de reden vroeg, zei Helen: 'Ik heb geen zin', en daarmee was de kous af. Zo'n kortaf antwoord aan ma was ongekend. We keken vol ontzag toe hoe Helen voet bij stuk hield, haar besluit herhaalde om niet in het kerkkoor te spelen en zonder een kik te geven een afranseling van ma met de riem doorstond. Toen ma klaar was, haalde ze haar schouders op.

Niet lang daarna belde de decaan van de school voor de kunsten op om mam te vragen waarom Helen van school ging. 'Dat meent u niet,' zei mam. 'Al mijn kinderen zijn uitmuntende leerlingen.'

'Deze niet,' zei de decaan. 'Ze is al twee weken geleden van school gegaan. Het is zonde,' zei hij.

Ma sloeg Helen dit keer nog harder, waarna ze urenlang met haar praatte. Helen huilde na de aframmeling en beloofde na het gesprek verbetering, maar vervolgens haalde ze haar schouders op en ging ze nog steeds niet naar school. Ma schreef haar in op nog twee scholen, maar ze hield er telkens weer mee op met de woorden: 'Ik hoef geen blanke opleiding.' Ze veranderde voor onze verbaasde ogen in een complete hippie, die kralenkettingen en baretten droeg en zich insmeerde met zoetgeurende oliën, die je volgens haar bepaalde krachten gaven. Een folkgitarist, Eric Bibb, volgde haar overal. Wij sloegen het allemaal vol ontzag gade. Ma riep versterkingen in – predikanten, vrienden, mijn stiefvader – maar Helen negeerde hen. Ze bleef tot 's avonds laat op met mijn oudere broers en zusters en praatte over de revolutie tegen de blanken, terwijl wij kleintjes boven sliepen. Dan slopen mijn zusje Kathy en ik in ons ondergoed naar de trap om te luisteren naar de verhitte gesprekken van de groten over het 'veranderen van het systeem' en 'de revolutie', terwijl ze de verdiensten van Martin Luther King afzetten tegen die van Malcolm x en vice versa en platen draaiden van de Last Poets. Helen, die vroeger bij deze discussies altijd een buitenstaander was geweest, werd er de spil, aanstichtster en pleitbezorgster van. 'Verzet je tegen het systeem!' gilde ze dan. 'Je moet tegen ze vechten, man!'

Dit maakte altijd een spervuur van spottend commentaar los bij mijn oudere broers en zusters, die goeroes van kennis en levenservaring die alles al hadden meegemaakt.

'Ja, man, maar zijn zij jou? Of ben jij hun?'
'En heb je het over mannen of vrouwen?!'
'Man, wie zijn ze toch...?'
'En welke meid is dan ónze man...?'
(Gezongen) *'When a maaan loves a wooomannnn!!'*

Deze melige sessies, die bijna altijd uitmondden in serieuze gesprekken over burgerrechten, duurden vaak totdat ma thuiskwam van haar werk.

Toen Kathy en ik op een avond boven lagen en deden alsof we sliepen – we gingen soms stiekem bij elkaar op de kamer liggen – hoorden we een dreunend geluid: 'Bóem!' gevolgd door gevloek en getier. We schoten met een ruk overeind. Helen en Rosetta waren beneden aan het vechten.

Mijn broers en zusters raakten niet vaak echt slaags, maar wanneer het zo ver kwam waren het verschrikkelijke kloppartijen, en Helen had het aangelegd met de Mount Everest onder de vechtersbazen. Rosetta was de oudste en slimste van al mijn broers en zusters. Ze zat altijd hoog op haar bed – dat ze overigens met niemand deelde – als een vorstin op een troon van hoofdkussens, haar benen gekruist als de Boeddha, ijswater te drinken en naar WBAI, haar favoriete radiozender, te luisteren, en deelde de hele dag bevelen uit. Ze gaf ons opdracht om haar ijswater te brengen in hoge glazen en stuurde ons naar de snoepwinkel voor negerzoenen en Montclair-sigaretten, die we haastig ophaalden en met gepaste gedienstigheid aan haar gaven. Ze sliep met de radio op vol volume en het licht aan. Wanneer ze een dutje deed, slopen wij langs haar bed, bang de slapende meesteres te wekken. Ze daagde iedereen uit om het tegen haar op te nemen. Mijn oudere broers droegen hun petten scheef op hun hoofd en praatten gedempt over Jim Brown en Mohammed Ali, maar zelfs de brutaalste van hen, zelfs mijn oudste broer Dennis, aan wie we ons allemaal onderwierpen, solde niet met Rosetta. Rosetta was de koningin van het huis.

Ik hoorde een jas scheuren. Krrrrrááák!

'Vuile trut!' gilde Helen. Ik hoorde het geluid van vuisten op lichaamsdelen. Rosetta brulde het uit.

Kathy begon te huilen. 'Houd je stil,' zei ik. Vloeken was verboden bij ons thuis. Vloeken deed je niet. Vloeken betekende dat de zaak uit de hand liep.

Nog meer kabaal. Ik hoorde de jongens beneden zeggen: 'Oké, zo is het wel genoeg. Houd haar vast, Billy, wacht –' Bóem! Gelach van de jongens, een gekwelde kreet van Rosetta. 'O, o, nu staat je wat te wachten!' Béng! Een gil van Helen. Nog een worsteling. Het geluid van rondvliegend meubilair. Geroep van David, een uit elkaar spattende lamp. Nog meer gelach en gevloek... Er volgde een verhitte woordenwisseling en ik hoorde Helen aankondigen dat ze vertrok. Opeens werden de jongens serieus.

'Wacht eens even!'

'Rustig aan! Rustig aan!'

'Dit is belachelijk!'

'Raak me niet aan,' zei Helen. 'Laat niemand het wagen me aan te raken. Ik word misselijk van jullie. Van jullie allemaal.'

Gegrinnik en gegiechel.

'Ik word misselijk van dit huis!'

Stilte. Een snik. Daarna iemand die in huilen uitbarstte.

'O... Helen...'

Ik hoorde hoe de deur openging en met een knal weer werd dichtgeslagen.

Toen ma later die nacht thuiskwam en zag dat alle lichten aan waren en dat we allemaal, zelfs de kleintjes, beneden in de keuken op haar zaten te wachten, wist ze dat er iets aan de hand was. 'Waar is Helen?' vroeg ze, terwijl de paniek langzaam in haar stem begon door te klinken.

'Weg,' was het antwoord.

'Waarom hebben jullie haar laten gaan?' vroeg ze.

'Ze wilde niet blijven, mam. We hebben geprobeerd haar tegen te houden, maar ze wilde niet.'

'Och, lieve Heer...' kreunde ma, die zich op haar voorhoofd sloeg en daarna haar vuisten balde. 'Waarom hebben jullie haar niet tegengehouden? Waarom?' Stilte, terwijl we slikkend met onze ogen knipperden en het schuldgevoel als een regenbui over ons neerdaalde.

Helen kwam die avond niet meer thuis. De volgende dag evenmin, noch de daaropvolgende dag. Ze was vijftien jaar. De tweede dag belde ma de politie. Er kwamen agenten langs om een rapport op te maken. Ze doorzochten de buurt, maar konden haar niet vinden. Ma belde alle vriendinnen van Helen op. Nog steeds geen Helen. De week daarop werd ma gebeld door mijn zuster Jack vanuit haar woning in Harlem. Helen was dol op Jack. Iedereen was dol op Jack. Met Jack kon je over alles praten. 'Ruth, ze zit bij mij,' zei Jack. 'Ze wil je niet zien, maar maak je geen zorgen. Laat het maar overwaaien. Je moet haar niet afschrikken.' Maar ma kon niet wachten. Ze hing op, riep mijn broer Richie naar de keuken en gaf hem geld voor de metro en duidelijke instructies: zeg tegen Helen dat alles haar wordt vergeven. Ze moet gewoon naar huis komen.

Richie trok gehoorzaam zijn leren jas aan, zette zijn vilten Lester Young-hoed op en ging op weg naar Harlem, terwijl ma gespannen door de kamer ijsbeerde. Hij kwam pas laat op de avond terug, met zijn hoed ver naar achteren geduwd. 'Ze komt niet naar huis terug, mam,' zei hij.

Kort daarna ging Helen bij Jack weg en verdween ze.

Ma was in alle staten. Ze liep nachtenlang aan een stuk door te ijsberen. Ze riep de hulp in van predikanten en vrienden uit de kerk en van mijn stiefvader, die een aantal zeldzame doordeweekse bezoeken aan ons bracht. Er werden nog meer oplossingen doorgenomen. Er werd gebeden. Spijt betuigd. Er werden verontschuldigingen gemaakt. Maar er was nog steeds geen Helen. 'Ze komt wel terug,' zei pa. 'Het komt allemaal wel in orde.' Hij had geen idee wat hij met Helen aan moest. Ze spraken twee totaal verschillende talen. Hij was iemand van de oude stempel, die het over je schoolgang had in plaats van je school en mij 'knul' noemde. Hij was gevlucht voor het racisme in het Zuiden en vond dat een opleiding, in welke vorm dan ook, een voorrecht was.

Weken, maanden gingen voorbij zonder dat Helen terugkwam.

Ten slotte belde Jack op. 'Ik heb haar gevonden. Ze woont bij een of ander geschift mens,' vertelde Jack. Ze zei tegen mam dat ze niet veel wist over de vrouw, behalve dat ze veel sjaals droeg en wierook brandde. Ma noteerde het adres en ging er zelf heen.

Het was een vervallen woningbouwproject in de buurt van St. Nicholas Avenue, waar junkies en dronkelappen voor de deur rondhingen. Ma stapte langs hen heen en liep door een waas van marihuanadampen naar de lift, die haar naar de achtste verdieping bracht. Ze liep naar de deur van de flat en bleef staan luisteren. Binnen klonk muziek uit een stereo-installatie en de stem van iemand die telefoneerde. Ze klopte aan. De muziek werd zachter gezet. 'Wie is daar?' vroeg iemand. Het klonk als Helen.

'Ik kom voor Helen,' zei ma.

Stilte.

'Ik weet dat je er bent, Helen,' zei ma.

Stilte.

'Helen. Ik wil dat je naar huis komt. Wat er ook aan de hand is, we lossen het wel op. Zet het nou maar van je af en kom naar huis terug.' Verderop in de gang ging een deur open, waaruit een zwarte vrouw stil bleef toekijken hoe deze blanke vrouw met haar donkere haren en o-benen tegen een gesloten deur stond te praten.

'Kom alsjeblieft weer naar huis, Helen.'

In de deur zat een spionnetje. Het werd geopend. Iemand gluurde met een dik blauw oog naar buiten.

'Kom alsjeblieft weer naar huis, Helen. Dit is toch geen plek voor jou. Kom nou gewoon naar huis terug.'

Het spionnetje ging weer dicht.

9

Sjoel

Suffolk had een blanke, een zwarte en een joodse school. In het Jiddisch heette de joodse school *sjoel*. Het was geen echte school. Het was gewoon de synagoge, waar Tatte de kinderen Hebreeuwse les en bijbelstudie gaf en de jongens tot voorzanger opleidde en zo meer. Soms oefende hij thuis in het zingen, dan zong hij van 'do re mi fa sol' en zo. Kijk, hij mocht ook besnijdenissen uitvoeren. Dat hoorde bij zijn werk als rabbi, om bij mensen thuis hun kinderen te besnijden. Daar had hij speciale messen voor. Hij slachtte ook koeien volgens koosjer gebruik voor de joden in de stad, en we hielden vaak een koe op de binnenplaats achter de winkel. Zo'n koe brachten we dan naar abattoir Jaffe, verderop langs de weg, waar de slagers haar aan haar achterpoten aan het plafond hingen. Dan opende Tatte zijn koffer – hij had speciaal voor dit doel een aparte vilten koffer met messen – en zocht hij zorgvuldig een van die grote, glanzende messen uit. Vervolgens zei hij een kort gebed en stak het lemmet in de nek van de koe. De koe schokte wild, het bloed spoot langs haar hals en uit haar neus in een goot in de vloer, en zo ging ze dood. Dan was het de beurt aan de slagers, die haar maag opensneden en haar darmen, hart, lever en ingewanden er uitrukten.

Ik was zo goed als volwassen toen ik voor het eerst met plezier vlees at. De aanblik van mijn vader die zijn mes in zo'n koe stak was genoeg om ervoor te zorgen dat ik het jarenlang ben blijven vermijden. Ik was doodsbang voor mijn vader. Hij bracht me de vreze Gods bij.

Omdat de joodse school door de blanken niet echt serieus werd genomen moest ik naar de blanke school, de basisschool Thomas Jefferson. Als het aan Tatte had gelegen had hij me helemaal niet naar school laten gaan. 'Die school voor ongelovigen zal je niets nuttigs bijbrengen,' schamperde hij. Hij betaalde anderen om ons privé-les te geven in naaien, breien en boekhouden. Hij was erg op zijn centen, maar over zulke dingen deed hij niet krenterig, dat moet ik hem nageven. Hij betaalde nog liever voor ons privé-onderwijs dan dat we met niet-joden naar school gingen, maar het was nu eenmaal wettelijk verplicht, dus moest ik samen met blanken naar school. Ik had van het begin af aan problemen, want de blanke kinderen op school haatten joden. 'Hé, Ruth, wanneer werd je ook alweer een rotjood?' vroegen ze dan. Ik kon er niet tegen om gepest te worden. Ik ben zelfs van naam veranderd om te proberen er meer bij te horen. Eigenlijk heette ik Rachel, of Ruckla in het Jiddisch, en zo noemden mijn ouders me ook – maar onder blanken noemde ik mezelf Ruth, omdat dat minder joods klonk, hoewel het de andere kinderen er nooit van heeft weerhouden me te plagen.

Niemand vond me aardig. Dat gevoel had ik als kind. Ik weet hoe het is om te worden uitgelachen wanneer je over straat loopt, of mensen te horen grinniken wanneer je Jiddisch praat, of gewoon van die hatelijke blikken te krijgen. Weet je, toen ik opgroeide kon je je in Suffolk als jood nog eenzaam voelen als je met vijftien andere joden in dezelfde kamer stond, vraag me niet waarom; het is het gevoel dat niemand je mag: zo voelde ik me daar in het Zuiden. Je was anders dan alle anderen en er waren er maar heel weinig die je mochten. Er waren in Suffolk blanke wijken, zoals de Riverview-buurt, waar joden geen onroerend goed mochten bezitten. Dat stond op de eigendomsaktes, je kan het zelf nakijken. Er stond op: 'Alleen voor blanke Angelsaksische protestanten.' Zo luidde de wet daar, en ze meenden het. De joden in Suffolk kliekten wel samen, maar ons gezin stond zelfs onder joden in laag aanzien, omdat we zaken deden met de sjwartses. Dus had ik ook niet veel joodse vrienden.

In de vierde klas kwam er in de pauze een meisje naar me toe dat zei: 'Wat een mooi haar heb je. Laten we vriendinnen worden.' Ik zei: 'Oké.' Man, ik was al blij dat er iemand vrienden met me wilde zijn. Ze heette Frances. Ik zal Frances van mijn levensdagen niet vergeten. Ze was dun en had lichtbruin haar en blauwe ogen. Ze was een rustig, vriendelijk persoon. Omdat ze niet joods was mocht ik eigenlijk niet met haar spelen, maar ik ging toch stiekem naar haar toe of nodigde haar stiekem bij mij uit. Voor Frances hoefde ik niet stiekem te doen, want ik was altijd welkom bij haar thuis. Ze woonde voorbij het kerkhof aan de andere kant van de stad in een houten huis waar je door de achterdeur naar binnen ging. Het leek wel alsof er bij Frances thuis altijd net avondeten werd opgediend. Haar moeder schepte het op borden die ze uit een houten porseleinkast haalde: ham, kip, aardappelen, maïs, snijbonen, plakjes tomaat, limabonen, witbrood en versgebakken cake met veel boter – en ik mocht er niets van eten. Het was *treife,* niet koosjer voor joden. De eerste keer dat haar moeder me avondeten gaf, zei ik: 'Ik mag dit niet eten', en ik schaamde me totdat Frances eruit flapte: 'Ik vind dit eten ook niet lekker. Ik houd het meeste van witbrood met mayonaise.' Zo was ze nou eenmaal. Ze liet altijd door kleine dingetjes merken dat ze aan jouw kant stond. Het maakte haar geen zier uit dat ik joods was, en wanneer zij in mijn buurt was plaagde niemand op school me.

Ik stal centen uit de kassa zodat Frances en ik naar de Chaldwick-bioscoop konden gaan – die kostte maar tien cent. Of soms namen we op weg van school naar huis een kortere weg over het gemeentelijke kerkhof, zodat Tatte ons niet kon zien; we hebben heel wat middagen pratend op die grafstenen doorgebracht. Je weet hoe bang ik ben voor de doden. Tot op de dag van vandaag krijg je me met geen stok in de buurt van een kerkhof. Maar wanneer ik samen met Frances was kon het me niets schelen. Het leek de gemakkelijkste, natuurlijkste zaak van de wereld, om in de koele schaduw van een boom op iemands grafsteen te zitten kletsen. We bleven altijd zo lang mogelijk hangen; wanneer het tijd was om naar huis te gaan, moesten we allebei een andere kant op rennen, en dan liet ik haar als eerste gaan om te kijken of er geen spoken achter haar aan zaten. Dan liep ze langzaam achteruit, met haar gezicht naar mij toe, en vroeg ze: 'Zitten er geen spoken achter me, Ruth? Is de weg vrij?' En dan zei ik: 'Ja, hoor. De weg is vrij.'

Dan draaide ze zich om en holde ze ervandoor, terwijl ze de grafstenen ontweek en over haar schouder riep: 'Let je nog op, Ruth? Let op mij!'

'Ik let op! Geen spook te zien!' riep ik dan terug. En na een paar seconden riep ik: 'Ik begin te tellen!' Ik telde tot tien, zo van: 'Een, twee, drie, vier, vijf... tien!' – en dan smeerde ik 'm naar huis! Ik smeerde 'm van dat kerkhof!

Bij Frances thuis waren ze niet rijk. Ze zaten in dezelfde positie als veel blanken destijds. Het waren boerenlui, en ze waren arm. Niet arm zoals je dat tegenwoordig hebt. Destijds was je op een andere manier arm. Je was op een betere manier arm, maar je was evengoed arm. Wat ik daarmee wil zeggen is dat je niet zo veel geld nodig had, maar je had dan ook geen cent. Zo'n beetje iedereen die ik kende was arm. Veel van onze klanten waren zo arm dat het niet leuk meer was. Zowel de zwarten als de blanken waren arm. Hun eten vingen ze in de rivier de Nansemond, onder aan de heuvel waarop onze winkel stond. De mannen visten langs de kade en vingen krabben en grote schildpadden, die ze mee naar huis brachten om er soep of stoofschotels van te maken. Er was een man die niets anders deed dan schildpadden vangen. Hij liep altijd naar huis met een grote schildpad onder zijn arm, zoals je een schoolboek draagt, terwijl ik en Dee-Dee hem nagaapten. Soms bleef hij staan bij de winkel en kocht hij allerlei ingrediënten voor zijn schildpadsoep, allerlei kruiden en garnituren. Zo'n schildpad leefde dan nog, hij spartelde en probeerde zich te bevrijden terwijl die man in onze winkel stond, waar hij de groenten keurend bekeek en knoflook en pepers kocht om met het beest mee te koken. Ik had altijd medelijden met die schildpadden. Ik wilde dat hij ze teruggooide in het water, maar dat zei ik niet. Ben je mal? Verdorie! Hij zou ze voor niemand hebben teruggegooid. Ze waren zijn avondeten.

De mensen waren arm en leden honger. En ik moet toegeven dat ik nooit zo'n honger heb geleden als veel mensen destijds. Ik heb nooit schildpadden en krabben van de kade hoeven eten, zoals veel mensen deden. Ik heb nooit honger geleden, tot na mijn huwelijk. Maar ik leed een ander soort honger. Ik snakte naar liefde en aandacht. En die kreeg ik maar niet.

10

School

Vroeger, in de jaren zestig, nam ma ons, wanneer ze geld had, wat zelden het geval was, mee naar Delancey Street in de Lower East Side in Manhattan om schoolkleding te kopen. 'Je moet op de koopjes afgaan,' zei ze. 'De koopjes komen niet op jou af.'

'Waar zijn de koopjes dan te vinden?' vroegen wij.

'Bij de joden.'

Ik dacht dat joden iets uit de bijbel waren. Ik had wel over ze gehoord op zondagsschool, in verband met Jezus en dergelijke. Ik zei tegen mam dat ik niet wist dat er nog joden bestonden.

'O, ze bestaan nog wel, hoor,' zei ze. Ze had een rare uitdrukking op haar gezicht.

De chassidische winkeliers met hun zwarte keppeltjes keken altijd geshockeerd toe wanneer ma naar binnen stapte met vijf of zes van ons op haar hielen. Wanneer ze zich genoeg hadden hersteld om weer aan hun handel te denken, legde ze hun het vuur na aan de schenen. Ze bleef afdingen tot ze erbij neervielen en greep naar het Jiddisch terug wanneer het erom begon te spannen. 'Ik weet wel wat hier aan de hand is! Ik weet het wel!' viel ze uit wanneer de winkeliers tijdens de onderhandelingen over een paar schoenen in het Jiddisch met elkaar begonnen te praten. Dan sloeg ze kwaad wat onbegrijpelijke taal uit, zodat de winkeliers hun mond nog verder lieten openvallen. Wij keken vol ontzag toe.

De eerste keer dat dit gebeurde vroegen we: 'Mam, waar heb je zo leren praten?'

'Bemoei je met jullie eigen zaken,' zei ze. 'Je moet geen vragen stellen, anders roesten je hersens vast. Sommige van die joden hebben de pest aan jullie.'

Achteraf besef ik dat ik nooit enige tastbare verwantschap met joden heb gevoeld. We waren geïsoleerd van hun wereld, en van elke andere wereld, behalve de onze. Toch begreep een deel van mij dat joden net iets anders waren dan andere blanken, deels door informatie die ik oppikte van ma, die bewust en onbewust een hang had naar veel joodse zaken, en deels door mijn oudere broers en zusters. De studie van mijn zuster Rosetta aan Howard University, waar alleen zwarte studenten studeerden, werd volledig gefinancierd – collegegeld, boeken, zelfs haar schoolkleding – door de stichting Joseph L. Fisher, die werd bestuurd vanuit de vrije synagoge Stephen Wise in Manhattan. Daarnaast had mijn oudste broer, Dennis, onze wijze goeroe en voor ons een belangrijke bron van informatie over wat zich in de jaren zestig in de wereld afspeelde, tijdens zijn studie eerbied gekregen voor de joodse vrienden die hij had leren kennen. 'Ze zijn solidair met de burgerrechtenbeweging,' verklaarde hij. Ma was voor alles wat onze opleiding en maatschappelijke positie kon bevorderen, en hoewel ze er telkens op bleef hameren dat 'sommige joden de pest aan jullie hebben' gaf ze ons ook, op haar eigen rare en tegenstrijdige manier, het gevoel mee dat als we het geluk hadden om tijdens onze omzwervingen de juiste jood tegen te komen – een onderwijzer, agent of winkelier – deze ons beter zou behandelen dan andere blanken. Ze sprak nooit over joden alsof ze blank waren. Ze sprak over hen als joden, wat hen op de een of andere manier anders maakte. Met dat gevoel zijn we stuk voor stuk volwassen geworden, dat joden op de een of andere manier anders waren dan blanken. Wanneer ik later als volwassene mensen hoorde praten over de haat-liefdeverhouding tussen zwarten en joden, begreep ik precies wat ze bedoelden, niet vanwege een sociologische studie van buitenaf, maar door mijn eigen ervaringen met joodse leraren en klasgenoten – van wie sommigen echt vriendelijk, oprecht en gevoelig waren, terwijl anderen hun weerzin voor mijn zwarte uiterlijk niet wisten te verbergen – mensen die ik had leren kennen door mijn eigen contacten met de joodse wereld, waar ma stilzwijgend voor had gezorgd doordat ze ons allemaal naar overwegend joodse openbare scholen dwong te gaan.

Voor ons bleek ma's joodse identiteit vooral uit haar nadruk op een goede opleiding. Ze had bewondering voor joodse ouders die hun kinderen opvoedden tot kleine studiebollen en hen afschermden tegen een potentieel schadelijk en gevaarlijk openbare-schoolsysteem, door kleine gemeenschappen te vormen waarin kinderen alleen naar bepaalde scholen werden gestuurd en door bepaalde leraren werden onderwezen, die hun discipline bijbrachten en aanmoedigden om te leren, – en ze volgde hun voorbeeld. Tijdens het schooljaar gaf ze ons nauwgezette instructies om alle formulieren die de leraren uitdeelden mee naar huis te nemen, vooral in januari, en als je die instructies niet opvolgde kreeg je een stevig pak slaag. Wanneer we plichtsgetrouw met de papieren verschenen, bestudeerde ze die aandachtig, totdat ze – 'Oké... oké... hier heb ik het!' – had gevonden wat ze zocht en het formuliertje beetpakte om het in te vullen. Elk jaar spuwde die ontzagwekkende bureaucratische dinosaurus, de afdeling openbaar onderwijs van New York City, een kleine diamant uit: dan deed men de ouders een berichtje toekomen waarin de mogelijkheid werd geboden hun kinderen desgewenst met de schoolbus naar andere schooldistricten te laten brengen; maar de aanmeldingstermijn was beperkt, een kortstondig buitenkansje dat maar een paar dagen gold. Ma hield die mogelijkheid als een havik in de gaten. Ze koos altijd overwegend joodse openbare scholen uit: de OLS nr. 138 in Rosedale, de lagere middelbare school nr. 231 in Springfield Gardens, de Benjamin Cardozo-, de Francis Lewis- en de Forest Hillsschool en de middelbare school voor de kunsten. We gingen elke ochtend om halfzeven de deur uit en verspreidden ons als een legertje door de stad, gewapend met boeken, tekenhaken, muziekinstrumenten, een scholierenkaart waarmee je voor een stuiver met de bus en de metro kon en een bon voor een gratis schoollunch op zak. Zelfs de allerjongste onder ons kende de vertrektijden en routes van de metro en stadsbussen uit zijn hoofd. 'Bus nummer 3 zet je af op de hoek, maar nummer 3A slaat eerder af, dus dan moet je eerder uitstappen...' Op mijn twaalfde was ik in mijn eentje anderhalf uur onderweg naar de lagere middelbare school, waarbij ik elke dag twee bussen heen en terug moest nemen. Onze klassenlerares, juffrouw Allison, een jonge brildragende blanke vrouw die me meestal negeerde, haalde altijd haar schouders op wanneer ik weer eens tien minuten te laat binnenkwam en me verontschuldigde omdat de bus te laat was. In de schoolkantine staarden de blanke kinderen naar me wanneer ik de afschuwelijke schoollunch naar binnen schrokte. Het kon me niets schelen. Het was het enige wat ik te eten had.

In die tijd, toen er nog geen schoolbussen reden, waren mijn broers en zusters en ik anders dan de meeste kinderen uit onze buurt, omdat we ettelijke kilometers naar overwegend blanke joodse wijken reden om naar school te gaan, terwijl onze vriendjes te voet naar de buurtschool gingen. We raakten eraan gewend om de enige zwarte (of 'neger') op school te zijn en waren voorbeeldige leerlingen die zich netjes en beleefd gedroegen, ondanks de racistische mentaliteit van veel van onze leraren, die nooit te beroerd waren om onze cijfers vanwege de meest onbenullige foutjes naar beneden te halen van een 9½ naar een 8½ of een 8. Ik heb me nooit helemaal op mijn gemak gevoeld met mijn rol als de verplichte neger op school. In de vijfde klas van de OLS nr. 138 in Rosedale in Queens, toen nog een blanke enclave, was ik het enige zwarte kind, en toen onze leraar op een middag plichtsgetrouw de enige bladzijde uit ons geschiedenisboek over de 'geschiedenis van het negerras' voorlas fluisterde iemand achter in de klas: 'James is een nikker!', gevolgd door een golf van onderdrukt gegrinnik en gegiechel door de hele klas. De leraar legde hem het zwijgen op en keek boos om zich heen, maar het kwaad was al geschied. Ik voelde het bloed naar mijn kaken stijgen en liet me in mijn stoel onderuitzakken; vanbinnen kookte ik, maar ik deed niets. Ik stelde me voor wat mijn broers en zusters zouden hebben gedaan. Ze zouden razend zijn geworden. Ze zouden dat huftertje hebben opgewacht en hem op zijn sodemieter hebben gegeven. Ze zouden nooit hebben toegestaan dat iemand hen een nikker noemde. Maar ik was hen niet. Ik was verlegen, gelaten en stil, en mijn woede barstte pas later los, met zo'n vernietigende kracht dat ik mezelf niet meer herkende en me afvroeg waar dat toch allemaal vandaan kwam.

Rond die tijd deed de muziek haar intrede in mijn leven; muziek en boeken. Ik verdween in complete werelden die bestonden uit *Gullivers Reizen*, *Shane* en de boeken van Beverly Cleary. Ik nam piano- en klarinetles op school, en trok me vaak met mijn klarinet in een hoekje terug om te oefenen en me mee te laten voeren door Tsjaikovski of John Philip Sousa of de improvisaties na te bootsen van jazzsaxofonist James Moody, maar binnen een uur of twee keerde ik altijd weer terug tot de werkelijkheid. Om nog verder te ontsnappen aan de pijnlijke realiteit creëerde ik mijn eigen fantasiewereld. Ik geloofde dat mijn eigenlijke ik een jongen was die in de spiegel woonde. Ik sloot me vaak op in de badkamer, waar ik urenlang met hem speelde. Hij leek precies op mij. Ik staarde hem aan. Ik kuste hem. Ik trok rare gezichten naar hem en speelde de baas over hem. In tegenstelling tot mijn broers en zusters had hij geen mening. Hij luisterde naar me. 'Als ik hier ben en jij mij bent, hoe kan jíj dan tegelijkertijd daar zijn?' vroeg ik aan hem. Dan haalde hij zijn schouders op en lachte. Ik schreeuwde naar hem en schold hem uit. 'Geef antwoord!' snauwde ik. Dan draaide ik me om om weg te gaan, maar wanneer ik vlug achter me keek stond hij daar altijd op me te wachten. Er knaagde iets vanbinnen, ik verlangde naar iets, maar ik wist niet waar dat gevoel vandaan kwam of waarom ik het had. Aan de jongen in de spiegel leek niets te knagen. Hij was vrij. Hij had nooit honger, had waarschijnlijk zijn eigen bed, en zijn moeder was niet blank. Ik haatte hem. 'Ga weg!' riep ik naar hem. 'Schiet op! Scheer je weg!' maar hij verdween nooit. Mijn broers en zusters luisterden lachend aan de badkamerdeur hoe ik tegen mezelf praatte. 'Wat een mafketel ben je toch ook,' ginnegapte mijn broer Richie dan.

Hoewel mijn broers en zusters me 'waterhoofd' noemden, omdat ik een groot hoofd en een mager lijf had, stond ik voor de buitenwereld waarschijnlijk beter bekend als het 'veelbelovendste kind'. Ik was een slim jochie. Ik las veel. Ik kon goed muziek spelen. Ik ging naar de kerk. Ik had wat zwarte mensen mooi haar noemden, omdat het niet kroezig was, maar krulde. Ik had een lichte tot lichtbruine huidskleur en de meisjes vonden me leuk, ondanks mijn verlegenheid. En toch had ik zelf geen idee wie ik was. Ik hield van mijn moeder, maar leek absoluut niet op haar. En ik leek evenmin op mijn voorbeelden – mijn stiefvader, peetouders en andere familieleden – die allemaal zwart waren. En zíj leken weer helemaal niet op mijn andere helden, de lui uit de film, blanke mannen zoals Steve McQueen en Paul Newman, die de schurken versloegen en ten slotte het mooie meisje voor zich wonnen – dat overigens altijd blank was.

Toen ik op een middag thuiskwam van school ging ik voor ma staan, die stond te koken, zo dat ze geen kant meer op kon. 'Mam, wat is een tragische mulat?' vroeg ik.

Een vlaag van woede trok als een bliksemschicht over haar gezicht, en haar neus, die vaak rood aanliep en dikker werd wanneer ze boos was, zwol op als een ballon. 'Waar heb je dat vandaan?' vroeg ze.

'Dat las ik in een boek.'

'Lieve Heer, je bent geen tragische mu... Wat is dat voor boek?'

'Gewoon, een boek dat ik heb gelezen.'

'Laat dat boek voortaan maar liggen.' Ze siste tussen haar tanden. 'Tragische mulat. Welke idioot noemt iemand zo?! Heeft iemand je zo genoemd?'

'Nee.'

'Gebruik die woorden nooit meer.'

'Ben ik zwart of blank?'

'Je bent een mens,' snauwde ze. 'Een rare snijboon, zoals iedereen. Ontwikkel jezelf, anders word je een nul!'

'Word ik dan een zwarte nul, of zomaar een nul?'

'Als je een nul bent,' zei ze droog, 'doet je huidskleur er ook niet toe.'

'Dat slaat nergens op,' zei ik.

Ze zuchtte en ging zitten. 'Ik durf te wedden dat je het grapje van de leraar en de snijbonen niet kent,' zei ze. Ik schudde mijn hoofd. 'De leraar zegt tegen de klas: "Vertel eens wat voor soorten bonen je allemaal hebt."

Het eerste jongetje zegt: "Je hebt kievietsbonen."

"Goed zo," zegt de leraar.

Een ander jongetje steekt zijn hand op. "Je hebt limabonen."

"Heel goed," zegt de leraar.

Dan steekt een meisje achter in de klas haar hand op en zegt: "Bij ons thuis zeggen ze dat we allemaal sníjbonen zijn!"'

Ze lachte. 'En dat is wat je bent, een sníjboon! En een flápdrol bovendien!' Ze stond op en ging weer verder met koken, terwijl ik verbijsterd wegliep.

Inmiddels was ik zo in de war dat ik bijna op knappen stond, dus legde ik mijn vraag voor aan mijn oudere broers en zusters. Hoewel ze ma's geschifte logica allemaal met de paplepel ingegoten hadden gekregen, leek geen van hen mijn verwarring te delen. 'Zijn wij zwart of blank?' vroeg ik mijn broer David op een dag.

'Ik ben zwart,' zei David, die liep te pronken met zijn vers gekweekte afrokapsel ter grootte van de stad Milwaukee. 'Maar jíj zou weleens een kleurling kunnen zijn. Je kunt het maar beter eens boven aan Billy gaan vragen.'

Ik ging naar Billy toe, maar voordat ik mijn mond open kon doen vroeg hij: 'Wil je iets zien?'

'Ja, hoor,' zei ik.

Hij voerde me door het huis, langs ma, die druk in de weer

was met luiers verschonen, langs een berg omgevallen stoelen, boeken, muziekstandaards en instrumenten die onze woonkamer vormde, en de trap op naar een kast in de jongenskamer die vol zat met troep. Hij stak zijn hoofd naar binnen, wees naar de achterwand en zei: 'Moet je hier eens kijken.' Toen ik mijn hoofd naar binnen stak, gaf hij me van achteren een duw en sloeg hij de deur dicht, die hij stevig gesloten hield. 'Hé, man! Het is hier donker!' riep ik, terwijl ik op de deur sloeg en probeerde de angst niet in mijn stem te laten doorklinken. Plotseling voelde ik in het donker handen naar me graaien en hoorde ik een monster brullen. Mijn paniek groeide uit tot een acute doodsnood en ik ramde uit alle macht razend op de deur, terwijl ik met een hoge, indringende piepstem schreeuwde: 'BILLLLYYYYYYYY!' Hij liet de deur los en ik vloog de kast uit, gevolgd door mijn broer David die achter me aan struikelde. Mijn beide broers rolden over de grond van het lachen, terwijl ik door het huis rende en om ma riep, kamer in, kamer uit, helemaal over mijn toeren.

Bij mij thuis had de vraag tot welk ras je behoorde eenzelfde kracht als de maan. Hij deed de rivieren stromen, de oceaan deinen en het getij opkomen, maar het was een stille kracht, hardnekkig, ontembaar en onaanvechtbaar, en zodoende volledig te verwaarlozen. Ma zag erop toe dat we een hectisch levenstempo aanhielden, zodat er geen tijd overbleef voor deze kwestie. We gedijden op de ideeën, boeken, muziek en kunst waarmee ze ons voedde bij gebrek aan eten. Bij elke gelegenheid die zich voordeed laadde ze vijf, zes van ons in de metro; dan kocht ze één kaartje en duwde ze de anderen door het draaihek, terwijl de kaartverkopers hun wenkbrauwen fronsten en de metropassagiers ons aanstaarden, en zo sleepte ze ons mee naar elk gratis evenement dat New York te bieden had: festivals, dierentuinen, optochten, buurtfeesten, bibliotheken, concerten. We liepen urenlang door de stad, op lange zwerftochten die ons door hele stadswijken voerden, zonder ook maar iets te kopen of met iemand te praten.

Twee keer per jaar bracht ze ons naar de gratis tandartspraktijk Guggenheim in Manhattan, waar buitenlandse studenten in doktersjassen, gewapend met boren en haken en zonder novocaïne, een rij tandartsstoelen bemanden en ons stuk voor stuk reduceerden tot een krijsend hoopje tranen, terwijl de anderen in de rij stonden te wachten en vol afschuw toekeken. Ze trokken tanden als bezetenen en blaften ons toe in welke moedertaal ze ook mochten spreken, terwijl ze onze hoofden naar voren en naar achteren rukten alsof we lappenpoppen waren. Op een keer trokken ze een tand bij mijn broer Billy en stuurden ze hem naar ma in de wachtkamer, die zijn mond vol gaas en bloed bekeek en ontdekte dat ze de verkeerde tand eruit hadden gerukt. Ze stapte vastberaden weer naar binnen en barstte uit haar vel.

'S Zomers leidde ze ons allemaal als de rattenvanger van Hamelen naar openbare zwembaden, waar ze zich uitkleedde en in haar badpak in het water sprong als een walrus. Wij kwamen er als zeehondjes achteraan en lagen in doodsnood achter haar te spetteren en te proesten, terwijl ma, die zelf amper leek te kunnen zwemmen, zich met wilde armbewegingen voortbewoog. Als een van ons begon te hoesten en te sputteren, schoot ze over het water om de boosdoener beet te pakken, trok hem uit het water en klopte hem lachend op zijn rug. We vonden onszelf niet arm, achtergesteld of onderdrukt, omdat de regels van de buitenwereld voor ons als kinderen betekenisloos leken. Maar naarmate we opgroeiden en als tieners en studenten de wijde wereld introkken, brachten we de buitenwereld mee naar huis en begon de wereld die ma met zo veel moeite had opgebouwd uit elkaar te vallen.

De jaren zestig raasden als een vloedgolf over ons gezin. Het besluit van mijn zuster Helen om op haar vijftiende van school te gaan en weg te lopen, was, hoewel ze vijf jaar later weer naar huis kwam met een verpleegstersdiploma en een dochtertje, het eerste teken van het naderende onheil. Ook de anderen gingen zich nu roeren, en het gevoel voor rechtvaardigheid en de hang naar gelijke rechten die ma en mijn vader ons hadden bijgebracht begonnen zich te wreken. Die vriendelijke, aardige leerlingen van de zondagsschool die hadden geleerd om trots te zeggen: 'Ik ben een neger' en de verrichtingen van Jackie Robinson en Paul Robeson te prijzen, wendden zich nu tot Malcolm x, H. Rap Brown en Martin Luther King als inspiratiebronnen. Ma had de verkeerde huidskleur voor *black pride* en Black Power, zodat ons gezin bijna in twee kampen werd verdeeld.

Mijn oudere broers en zusters legden één voor één haar regels naast zich neer en kwamen naar huis met de vruchten van hun eigen verwarring, die we gekscherend hun 'revolutie' noemden. Een van mijn oudere broers verdween naar Europa. Een van mijn zusters kreeg tijdens haar studie een verhouding en kwam thuis met een buitenechtelijk kind, wat anno 1967 nogal wat opschudding veroorzaakte. Mijn broer Richie trouwde op zijn achttiende tegen de wil van ma in, scheidde weer en ging studeren; toen hij tijdens de zomervakantie een keer thuis was, werd hij aangehouden door twee agenten terwijl hij met een vriend over straat liep. Een groep jongens die een meter of tien voor Richie en zijn vriend uitliepen had schijnbaar een zak heroïne weggegooid toen de politiewagen op hen af reed. De agenten dreven alle jongens bijeen, stelden hen in een rij op tegen een hek en wilden weten wie de zak had weggesmeten (die later niet met heroïne maar met kinine gevuld bleek te zijn). Aangezien iedereen ontkennend reageerde, fouilleerden de agenten de hele groep, waarbij ze negentig dollar van Richies studievoorschot aantroffen in een van zijn zakken. Toen de agent in kwestie hem vroeg hoe hij aan het geld kwam, zei Richie dat het van zijn beurs was en dat hij was vergeten dat hij het op zak had. Als je Richie had gekend zou je hebben geknikt en 'aha' hebben gezegd, omdat het echt iets voor hem was om te vergeten dat hij met negentig kostbare dollars rondliep, wat destijds een kapitaal was. Toen hij klein was, noemden we hem altijd de 'verstrooide professor'. Met zijn wetenschappelijke proefjes blies hij vaak bijna het huis op, omdat hij alles wat hij maakte liet staan koken en borrelen terwijl hij op zoek ging naar eten en het helemaal vergat. Hij kon de moeilijkste rekenformules onthouden en wist als muzikant bijna perfect toon te houden, maar vergat letterlijk zijn broek aan te trekken. Hij kon urenlang soleren op zijn saxofoon alsof hij John Coltrane in eigen persoon was, gekleed in een winterjas en korte sportbroek. Zo'n kind was hij nu eenmaal, verstrooid en erg intelligent, en hij zou op latere leeftijd scheikundige worden. Maar voor de agenten was hij niets meer dan de zoveelste zwarte overtreder die iets op zijn kerfstok had, dus werd hij gearresteerd en opgesloten.

Ma liep de hele nacht door het huis te ijsberen nadat ze het nieuws had gehoord. De volgende dag ging ze al vroeg naar Richies hoorzitting, waar ze vlak achter de verdediging ging zitten. Toen hij geboeid werd binnengeleid en ze hem zo zag, met handboeien om en smerig na een nacht in de politiecel, kon ze haar verdriet niet langer de baas en begon ze handenwringend te stamelen alsof ze gek was geworden. Tussen haar wazige gehakkel door hoorde ze hoe de piketadvocaat zich naar Richie vooroverboog en hem in drie woorden van juridisch advies diende: 'Beken je schuld.' Ze sprong op en schreeuwde: 'Wacht!' Ze stormde langs de parketwachten en riep naar de rechter dat er een vergissing in het spel was, dat geen van haar kinderen ooit met justitie in aanraking was gekomen, dat haar zoon studeerde, enzovoort. De blanke rechter, die ma al had zien zitten in de overwegend zwarte rechtszaal, droeg Richie over aan ma en de zaak werd later geseponeerd.

Door die ervaring werd ma nog strenger tegen de jongere kinderen, zoals ik. Achteraf gezien wist ze ons geweldig goed te manipuleren. Ze verliet zich sterk op het systeem van de 'koning en koningin', dat ze al lang voor mijn geboorte thuis had ingevoerd: het oudste kind was koning of koningin en die mocht je niet tegenspreken, omdat je een slaaf was. Wanneer de oudste ging studeren, nam de volgende zijn of haar plaats in op de troon. Het systeem van koning en koningin gaf ons een gevoel van rang, orde en identiteit. Het gaf de ouderen het gevoel dat zij de baas waren, terwijl ma in feite onze wereld bestierde. Daarnaast greep het terug op haar eigen traditionele, orthodoxe opvoeding, waarbij het gezin werd geleid door één dominant persoon, die er strikte regels en voorschriften op na hield. Ondanks de ordelijke chaos bij ons thuis aten we altijd op gezette tijden, deden we ons huiswerk op gezette tijden en gingen we op een vaste tijd naar bed. Bovendien vormde ma een front met alle familieleden en vrienden die zich ook maar enigszins betrokken voelden bij haar kinderen, en stuurde ze ons uit logeren bij ieder familielid dat beloofde ons eens onder handen te nemen, wat vaak gebeurde. De traditioneel wijdvertakte zwarte familie was ma's laatste troef, die ze zo vaak uitspeelde als de situatie verlangde, aangezien ze niet op haar eigen familie kon terugvallen. Toen ik ouder werd viel me op een gegeven moment op dat we sommige familieleden nog nooit eerder hadden gezien. 'Waarom hebben we geen ooms en tantes van jouw kant?' vroeg ik haar op een dag.

'Ik had een broer die is overleden en mijn zuster... ik weet niet waar die is,' zei ze.

'Waarom niet?'

'We hebben geen contact meer.'

'Hoe bedoel je?'

'Ik ben uit mijn familie verstoten.'

'Verstoten?'

'Verstoten. Dood.'

'Wie is er dood?'

'Ik ben dood. Zij waarschijnlijk ook inmiddels. Wat maakt het uit? Ze wilden niet dat ik met een zwarte trouwde.'

'Maar als je al zwart was, hoe konden ze dan boos op je zijn?'

Báf! Ik had haar te pakken. Maar zij negeerde het. 'Je moet me geen vragen meer stellen.'

Mijn stiefvader, een mogelijke bron van informatie over haar achtergrond, was niet behulpzaam. 'Hm, je moeder, pas maar op met haar,' bromde hij toen ik hem ernaar vroeg. Hij hield van haar. Hij leek er geen problemen mee te hebben dat ze blank was, wat ik raar vond, omdat ze zo duidelijk van hem verschilde. Terwijl hij de meeste wereldse aangelegenheden over het algemeen luchtig en ruimdenkend tegemoet trad, was zij achterdochtig, streng en ontoegankelijk. Zodra ze met ons het huis verliet, kreeg ze een bepaalde geestesgesteldheid over zich, waarbij haar aandacht niet verder ging dan de vijf kinderen op haar hielen en de krampachtig gebalde vuist waarin ze haar kleine beetje geld vasthield, dat ze altijd tot de laatste cent natelde. Ze toonde niet de minste belangstelling voor een wereld die zich ongelooflijk druk scheen te maken over onze aanwezigheid. Het gestaar en de opmerkingen, de steelse blikken en het gesnater dat we hoorden terwijl we door de wereld stapten, gingen straal aan haar voorbij, maar niet aan mij. Op mijn tiende begon ik me bewust te worden van mijn gevoelens over mezelf en mijn eigen naderende mannelijkheid, en waren de uitstapjes met ma, die op mijn vijfde nog een voorrecht en een eer waren geweest, een gevreesde gebeurtenis geworden. Ik had een punt bereikt waarop ik me voor haar schaamde en niet wilde dat men mijn blanke moeder zag. Wanneer ik met mijn vrienden naar buiten ging, vertelde ik haar niet waar we gingen spelen, omdat ik niet wilde dat ze me uit het park zou komen ophalen. Van lieverlee werd ik gesloten, voorzichtig, terughoudend, prikkelbaar en angstig, omdat ik altijd bang was dat een of andere lefgozer uit de buurt haar een 'bleekscheet' zou noemen, waar ik wel op in zou moeten gaan, met als gevolg een pak op mijn donder.

'Kom, laten we even naar de winkel lopen,' zei ze op een middag.

'Ik kan wel alleen gaan,' zei ik. Het was mijn bedoeling mijn blanke moeder te verbergen en het klusje zelf te klaren.

'Oké,' zei ze. Mijn nieuwverworven zelfstandigheid leek haar niet te storen. Opgelucht ging ik op weg naar een kruidenierswinkel in de buurt. De eigenaar was een norse blanke man die, net als veel blanken in St. Albans, dreigde te worden verdrongen door de toestroom van ons, zwarten. Hij leek niet erg gesteld op zwarte kinderen en was zeker niet bijzonder dol op mij of in me geïnteresseerd. Toen ik weer thuiskwam zette ma de liter melk die hij me had verkocht op tafel. Ze opende het pak en de kamer vulde zich met de lucht van zure melk. Ze deed het pak weer dicht en gaf het aan mij. 'Breng maar weer terug, en vraag mijn geld terug.'

'Moet dat?'

'Breng het terug.' Het was een bevel. Ik was een kleintje thuis, niet een van de groten die er een mening op na mochten houden of konden proberen de grote meesteres van gedachten te laten veranderen. Ik moest een gegeven bevel opvolgen.

Ik sleepte me terug naar de winkel, beducht voor de krachtmeting waarvan ik wist dat die zou volgen. De eigenaar keek me dreigend aan toen ik naar binnen liep. 'Ik kom dit terugbrengen,' zei ik.

'Niet in mijn winkel,' zei hij. 'Dat pak melk is geopend. Ik neem het niet terug.'

Ik ging weer naar huis. Tien minuten later beende ma de winkel binnen met haar 'donderpas', die fiere tred van haar o-benen, waardoor je wist dat er onweer in de lucht zat – haar lichaam voorovergebogen, haar kaak naar voren gestoken, terwijl ze voortstampte als Cab Calloway wanneer de Billy Ecksteinband achter hem uit volle macht tekeergaat. Ik volgde haar schaapachtig; mijn plannetje om het zelf op te knappen en mijn blanke moeder te verbergen was volledig in het water gevallen en had zich tegen me gekeerd op de ergste manier die je je voor kon stellen.

Ze zette de melk kwaad op de toonbank. De winkelier keek een paar keer van haar naar mij en weer terug. De verbazing die op zijn gezicht stond te lezen veranderde in een blik van woede en afkeer, die me volledig verraste. Ik had gedacht dat hij bij het zien van ma zou vaststellen dat ze iets gemeen hadden en haar centen zou teruggeven, zodat we weer konden vertrekken. 'Die melk is al verkocht,' zei hij.

'Ruik maar eens,' zei ma. 'Hij is bedorven.'

'Ik ruik niet aan melk. Ik verkoop hem.'

Ze vlogen elkaar onmiddellijk in de haren, en dan bedoel ik dat ze elkaar echt de huid vol scholden. Er stroomde een menigte zwarte kinderen toe om te kijken hoe mijn blanke moeder ruziemaakte met die blanke kerel. Het liefst was ik door de grond gezakt en verdwenen. 'Het is al goed, ma...' zei ik. Ze sloeg geen acht op me. Als het op geld aankwam, waarvan ze zo weinig bezat, wist ik dat het geen zin had. Ze gaf hem de volle laag –

'... debiel... denk je dat je bent... idioot!' – haar woorden rolden als puur gebazel over elkaar heen, terwijl de buurtkinderen joelden en blaften als honden uit genot om het spektakel.

Omdat na een poosje duidelijk werd dat de man niet van plan was haar geld terug te geven, greep ze mijn hand vast en liep naar de deur, toen hij nog een opmerking maakte, iets wat ik niet verstond, iets wat hij zo zachtjes mompelde dat ik het niet kon horen, maar waardoor er een gemurmel van 'ooohhh' uit de menigte opsteeg. Ma verstarde. Ze draaide zich om en smeet het pak melk, dat ze nog steeds in haar rechterhand hield, als een rugbybal naar hem toe. Hij bukte en de melk miste hem; het pak knalde tegen de kast met sigaretten achter de winkelier, zodat de melk en sigaretten in het rond vlogen.

Ik kon zulke woede niet begrijpen. Ik kon niet begrijpen waarom ze de melk niet liet voor wat hij was. Waarom zou je zo'n stampij maken, dacht ik. Mijn eigen schaamte verdreef elk ander gevoel. Terwijl ik naar huis liep, hand in hand met mijn briesende moeder, bedacht ik dat het makkelijker zou zijn als we allemaal dezelfde huidskleur hadden, hetzij zwart, hetzij blank. Ik wilde niet blank zijn. Mijn broers en zusters hadden me al weten bij te brengen dat je er trots op moest zijn om zwart te zijn. Ik had liever gewild dat ma zwart was geweest.

Nu ik volwassen ben, beschouw ik het als een voorrecht om uit twee werelden te komen. Mijn kijk op de wereld is niet enkel de kijk van een zwarte man, maar die van een zwarte man die iets van een joodse ziel in zich draagt. Ik beschouw mezelf niet als jood, maar wanneer ik beelden bekijk van de holocaust en foto's zie van kinderen die door nazi-soldaten uit de armen van hun joodse moeders zijn gerukt, lijken die vrouwen net mijn eigen moeder, en denk ik bij mezelf: als het niet aan Gods genade lag, was je eigen moeder er geweest – en was je er zelf nooit geweest. Wanneer ik twee oude joodse dametjes zie zitten giechelen bij een kop koffie in een lunchroom in Manhattan moet ik glimlachen, omdat ik door hun gelach heen dat van mijn eigen moeder hoor. Andersom word ik, wanneer ik zwarte 'leiders' hoor praten over 'joodse slavenhouders', vervuld van woede en afkeer, omdat ik weet dat ze de mensen opjutten met leugens en geschiedvervalsingen, alsof alle zeven joodse slavenhouders in het Zuiden van voor de Amerikaanse Burgeroorlog (of hoe weinig het er ook mogen zijn geweest) verantwoordelijk zijn voor de huidige problemen van Afrikaans-Amerikanen. Zulke leiders zijn geen haar beter dan hun joodse tegenhangers, die op wonderbare wijze met statistieken goochelen om Afrikaans-Amerikanen af te schilderen als wilden, criminelen, een maatschappelijke last of als 'beesten' (tegenwoordig een geliefd woord om zwarten mee aan te duiden). Ik behoor niet tot een van deze groepen. Ik behoor tot de wereld van één God in een gemeenschap van gelijken. Maar als kind gaf ik de voorkeur aan de zwarte kant, en vaak wilde ik dat ma me net als mijn vrienden naar zwarte scholen had gestuurd. In plaats daarvan zat ik vast op die blanke school, de OLS nr. 138, met mijn blanke medeleerlingen die ervan overtuigd waren dat ik net zo goed kon dansen als James Brown. Ze zeurden de hele tijd dat ik 'de James Brown' voor hen moest dansen, een wriemelende voetbeweging die beroemd was geworden dankzij de 'peetvader van de soul' zelf, die in de jaren zestig waanzinnig populair was. Ik probeerde hun uit te leggen dat ik niet kon dansen. Ik ben altijd een van de slechtste dansers geweest die God ooit op de wereld heeft gezet. Mijn zusters oefenden thuis urenlang de nieuwste danspassen op muziek van Archie Bell and the Drells, Martha Reeves, King Curtis, Curtis Mayfield, Aretha Franklin en The Spinners. 'Dans nou mee!' riepen ze dan terwijl ze door de kamer swingden. Zelfs ma deed mee en schuifelde parmantig door de kamer, maar wanneer ik me erin mengde zag het er zo raar en achterlijk uit dat ze over de grond rolden van het lachen. 'Geef het maar op,' zeiden ze. 'Je kunt niet dansen.'

De blanke kinderen op school geloofden me niet, en zo stond ik na wekenlang aandringen plotseling tijdens een talentenjacht voor de klas als zanger van de Temptations, met de zondagse schoenen van mijn broer en een broek die ik telkens moest optrekken, terwijl iemand een plaat opzette van James Brown. Ik schuifelde in het rond zoals ik hem dat had zien doen en riep:

'Owww – shabba-na!' Ze vonden het prachtig. Zelfs de leraar vond het leuk. Ze geloofden werkelijk dat ik kon dansen! Ze trapten erin. Ik gaf gehoor aan hun geroep om meer en schoof met kronkelende voeten over de houten vloer, waarna ik in de lucht sprong en met een halve spagaat bij het schoolbord neerkwam onder het roepen van: 'Eeeee-yowwww!' Ze braken de tent af, maar toen ik onder daverend applaus ging zitten met een brede lach op mijn gezicht, blij het gevoel te hebben dat ze me accepteerden, dat ik erbij hoorde, en in de wetenschap dat ze het leuk hadden gevonden, zag ik de hoon op hun gezichten, de spottende lachjes waarmee ze de draak staken met al dat gekke gedoe, en kreeg ik weer hetzelfde knagende gevoel dat ik had wanneer ik de jongen in de spiegel aankeek. Ik herinnerde me hem weer, en hoe vrij hij was, en ik haatte hem meer dan ooit tevoren.

II

Jongens

Als iets Tatte nog minder aanstond dan niet-joden, waren het zwarte mensen. En als iets hem nog minder aanstond dan zwarte mensen in het algemeen, waren het zwarte mannen. Dus lag het voor de hand dat de eerste liefde in mijn leven een zwarte man zou zijn. Ik deed het niet met opzet. Ik was, op mijn eigen, stille manier, een opstandig meisje, maar niet zo opstandig dat ik er mijn eigen leven of dat van een ander voor op het spel wilde zetten. In die tijd werden zwarte mannen in het Zuiden vermoord wanneer ze naar een blanke vrouw keken. Zo iemand werd opgehangen. En het meisje joegen ze de stad uit. Op zulke problemen zat natuurlijk niemand te wachten. Maar toen ik een tiener werd begon ik dezelfde dingen te willen als ieder tienermeisje. Ik wilde liefde, mooie kleren, een afspraakje met iemand. Dat had ik allemaal nog nooit gehad. De winkel was mijn leven. Mijn leven was sinds de basisschool niet meer veranderd. Mijn enige verzetjes waren de zomervakanties, wanneer Mamme me naar haar familie in New York stuurde, maar verder had ik alleen maar meer verantwoordelijkheid voor de winkel gekregen nadat mijn broer Sam was weggelopen. Mijn dagindeling veranderde nooit: om zeven uur de winkel opengooien, tot drie uur naar school, direct weer naar huis en tot tien uur werken, en dan je nest in en slapen. Ik werkte het hele weekeinde door, behalve op de sabbat, en ging 's maandags weer naar school. Mijn enige vrijheid bestond eruit dat ik centen uit de winkelkassa pikte en met Dee-Dee naar de binnenstad ging om damesromans zoals *True Love* en *True Romance* te kopen. Ze scheurden vroeger het omslag van oude exemplaren, en die verkochten ze dan voor tien cent per stapel. Die lazen we op de sabbat bij kaarslicht. Op de sabbat mocht je de kachel niet aandoen, niet spelen, geen papier verscheuren en niet autorijden, maar je mocht wel lezen.

Ik had nou niet bepaald een fijn gezinsleven om me mee bezig te houden. Op zaterdagochtend en op joodse feestdagen gingen we samen naar de synagoge, maar Tatte hield niet van Mamme. Zijn idee van een familie-uitje bestond eruit dat hij mijn zuster en mij meenam naar een kippenfarm in Portsmouth in Virginia, waar hij volgens koosjer voorschrift kippen slachtte voor zijn joodse klanten. Hij ging op een lage kist of kruk zitten, tilde de kip aan haar nek omhoog en sneed haar de keel af. Daarna smeet hij haar aan de kant en greep hij de volgende, terwijl de kip zonder kop in het rond struikelde en fladderde, totdat ze met een paar heftige stuiptrekkingen doodging.

Op school vroeg niemand me ooit mee uit. Ik was dol op dansen en had lange benen, ik mocht nog een keer na een auditie meedoen met de schoolmusical, maar sommige meisjes maakten er zo'n heisa over dat ze naast een jodin moesten dansen, dat ik er de brui aan gaf. Wanneer we bij gymnastiekles tennispartners moesten uitkiezen, kozen alle meisjes elkaar totdat ik in mijn eentje overbleef. Als Frances er niet was werd ik niet gekozen. Ik zou graag beweren dat mijn medeleerlingen en wat ze van me vonden me niet konden schelen. Maar als tiener wilde ik graag op ze lijken – zo'n blanke Angelsaksische protestantse Amerikaanse die er altijd chic uitzag en uit dansen ging, maar daar wilden mijn ouders niets van weten. Dansen? Vergeet het maar. Nieuwe kleren? Niks daarvan. Tatte bepaalde wat voor kleren we droegen, en hij kocht altijd het goedkoopste wat hij kon vinden. Hij was eraan gewend dat we de afdankertjes van zijn gemeenteleden kregen, en dat vond hij wel best. Hij kocht elk jaar een gloednieuwe achtcilinder, maar zag niet in waarom je nieuwe kleren zou kopen als je gratis afdankertjes kon krijgen. Een keer wilde ik van die witte schoenen, een soort mocassins die destijds in de mode waren, en ik zeurde Tatte zo lang aan zijn hoofd dat hij ze voor me moest kopen, dat hij er genoeg van kreeg en zich liet vermurwen. We gingen naar een winkel in de binnenstad, waar de verkoper ons een paar liet zien dat twee maten te groot was. Ik trok ze aan en zei: 'Ze passen precies.'

Tatte keek me aan alsof ik gek was. 'Ze zijn te groot,' zei hij.

'Zo moeten ze juist zitten,' zei ik. Ik was bang dat hij van gedachten zou veranderen. Wat de verkoper betreft, die wilde gewoon van die dingen af en zijn geld zien, dus begon hij te tateren: 'O, ze passen precies, eerwaarde Shilsky, ze passen precies.'

Tatte betaalde mopperend voor de schoenen.

De mocassins waren zo groot dat mijn voeten er knarsende en zompige geluiden in maakten, alsof ik ze in een emmer water had gestoken. Op school lachten de kinderen me uit om mijn schoenen wanneer ik met een soppend geluid door de gang liep, dus trok ik ze niet meer aan.

Op school keek geen enkele jongen zelfs maar naar me om. Dus zocht ik zelf een vriendje, die het niets kon schelen dat ik tweedehands kleren droeg of joods was. Hij beoordeelde me nooit. Dat was het eerste wat me in hem aantrok, dat was eigenlijk het eerste wat me mijn hele leven in zwarte mensen heeft aangetrokken: dat ze me nooit beoordeelden. Mijn zwarte vrienden vroegen nooit wat ik verdiende of op welke school mijn kinderen zaten en dergelijke. Ze zeiden gewoon: 'Wees jezelf.' Zwarten zijn altijd vreedzaam en goed van vertrouwen geweest. Het kan me niet schelen wat ze op tv laten zien, die domme jochies met hun geweren en al die moordenaars op het nieuws. Zij zijn niet in de meerderheid. De meeste zwarten zijn vreedzaam en goed van vertrouwen. Daarom worden ze zo makkelijk belazerd.

Mijn vriendje heette Peter en woonde in een van de huizen langs de weg achter de winkel. Hij was een lange, knappe jongeman, met een donkere huid, prachtige tanden en een schitterende lach op zijn gezicht. Hij kwam vaak de winkel binnen om Coca-Cola, crackers, kauwgum of andere kleinigheden te kopen. In het begin viel hij me niet op, omdat ik altijd bezig was wanneer hij langskwam. Er was genoeg te doen, niet alleen achter de toonbank, maar ook elders. Zo was de margarine die de groothandelaars ons verkochten vaak niet geel, dus dan moest ik naar achteren gaan om er gele kleurstof doorheen te roeren in een grote ton; of ik moest grote hompen vlees en brokken ijs uit de koelkast halen om ze in stukken te hakken en in de vitrine te leggen, het kon van alles zijn. Maar hij kreeg het altijd voor elkaar om naar de winkel te komen wanneer ik alleen was, en dan bleef hij rondhangen om met me te kletsen of me te plagen en me op de een of andere manier aan het lachen te maken. Ik moest altijd lachen om zijn grapjes en begon uit te kijken naar zijn bezoekjes. Hij lette altijd goed op dat Tatte en Mamme niet in de buurt waren, wat niet gemakkelijk was, want Tatte hield zijn dochters goed in de gaten, maar Peter wist altijd wel een onbewaakt moment te vinden. Toen hij me op een dag buiten bezig zag om petroleum uit het vat te pompen, kwam hij naar me toe en vroeg of ik met hem wilde gaan wandelen; ik stemde toe. Hij was een moedige jongen, want vanaf dat moment zette hij zijn leven op het spel. God mag weten wat ik me in mijn hoofd haalde. Ik zei alleen tegen hem: 'Als mijn vader ons ziet, zwaait er wat.' Tatte zou hem vast hebben doodgeschoten met zijn geladen pistool, en mij waarschijnlijk ook, maar het kon me niet schelen. Ik was naïef en jong, en voordat ik het wist werd ik verliefd op hem.

Ik was smoorverliefd op die jongen en hij was verliefd op mij. Dat dacht ik tenminste. Wat maakte het uit dat hij zwart was? Op mijn grootvader na was hij de eerste man in mijn leven die aardig tegen me deed, en hij waagde er zijn leven mee, want als ze erachter waren gekomen hadden ze hem opgeknoopt voordat je tot tien had kunnen tellen. Niet alleen de Ku Klux Klan, maar de brave blanke burgers uit de stad zelf zouden hem hebben vermoord. Waarschijnlijk was de helft toch al lid van de Klan, dus het deed er ook niet toe. Weet je, in Suffolk waarde de dood altijd rond, altijd. Het was er altijd zo heet, en iedereen was zo beleefd en hield de schone schijn op, maar daaronder tikte een tijdbom die elk moment kon afgaan. Dat gevoel heb ik altijd over het Zuiden gehad, dat er onder al die vriendelijke glimlachen en die zuidelijke gastvrijheid en beleefdheid een hoop vuurwapens, sterke drank en geheimen schuilgingen. Veel van die geheimen dreven uiteindelijk voorbij door de rivier de Nansemond, iets verderop langs de weg. Het kwam vaak voor dat mensen die op de kade met netten op krabben en schildpadden visten een lijk ophaalden. Ik weet nog hoe ze de zoon van mevrouw Mayfield, een van onze klanten, in de rivier vonden; hij zal niet ouder dan zeventien zijn geweest. Hij was vermoord, aan een wagenwiel gebonden en in het water gegooid om te verdrinken of door de krabben te worden opgegeten. Krabben eten alles, moet je weten. Je hebt me tot op de dag van vandaag nog nooit krab zien eten, en dat zal ook nooit gebeuren.

Hoe het ook zij, Peter en ik hadden regelmatig geheime afspraakjes, die we zorgvuldig op touw zetten. We ontmoetten elkaar op de binnenplaats of in de steeg achter de winkel, of soms schreef hij een briefje dat hij me stiekem toestopte. Wanneer de winkel was gesloten, schoof hij het briefje onder de voordeur door. Op vrijdagavond, de sabbat, vond ik het altijd reuze spannend om te doen alsof ik beneden naar de keuken ging en dan de winkel in te glippen om de smachtende liefdesbrieven op te halen die hij onder de deur had doorgeschoven. Daarin beloofde hij me altijd plechtig zijn onvoorwaardelijke liefde, om vervolgens het plan voor onze geheime ontmoeting uiteen te zetten. Op de afgesproken tijd kwam hij me ophalen met de auto, en dan ging ik plat op de achterbank liggen zodat niemand me kon zien. Hij had vrienden die heel afgelegen op het platteland woonden, daar konden we samen zijn.

Mijn hele leven veranderde toen ik verliefd werd, begrijp je. Het was alsof ik voor de eerste keer het zonlicht zag, en voor het eerst van mijn leven kreeg ik een vrolijk gezicht. Iemand hield van me, iemand hield van me, en het kon me niet schelen wat men ervan dacht. Ik maakte me geen zorgen dat we zouden worden betrapt, maar merkte wel dat Peters vrienden doodsbenauwd voor me waren: wanneer ik bij hen in de buurt kwam, ontweken ze me. Als ze me over straat naar hen toe zagen wandelen liepen ze de andere kant op, en wanneer ze de winkel binnenkwamen weigerden ze me aan te kijken. Ik begon me er een beetje zorgen over te maken, maar ik maakte me nog niet echt druk. Totdat ik na een poosje merkte dat ik over tijd was. Een week over tijd.

En nog eens twee weken.

Ik werd niet meer ongesteld.

Nou, toen zat ik aardig in de penarie. Ik was zwanger en kon er met geen mens over praten. De blanken zouden hem hebben vermoord, en mijn vader idem dito. Ik was toen misschien net vijftien. Er was niemand aan wie ik het kon vertellen. Vaak werd ik midden in de nacht wakker; dan schoot ik badend in het zweet recht overeind en ging ik achter naar het balkon om mijn tranen voor mijn zuster te verbergen. Ik heb nog overwogen om het aan Frances te vertellen, maar ik zou haar er te veel mee belasten. Het was 1936. Ik bedoel, wat ik had gedaan ging voor blanken veel, maar dan ook véél te ver. Hier kwam gedonder van. Ik mocht Frances er niet in betrekken. Ik kon het aan niemand vertellen. Ik zat daar maar 's nachts, terwijl iedereen sliep, op het balkon te huilen en naar de maan te turen. Het is nooit bij me opgekomen om zelfmoord te plegen, dat niet. Maar ik zat vaak een tijdje te huilen, en wanneer ik was uitgehuild staarde ik over het zwarte stadsdeel, op zoek naar mijn vriendje. Geloof je dat nou? Ik was zwaar de klos, ik zat er tot aan mijn nek in, en dan zocht ik nog naar mijn vriendje. Ik dacht dat hij voor alles een oplossing zou hebben.

Als de maan scheen kon je zo ver kijken, langs de weggetjes

achter onze winkel waar de zwarten woonden. En zo keek ik vanaf het balkon of ik hem zag. Ik wist hoe hij liep, zich bewoog, zich kleedde, alles. Ik kon hem van een afstand herkennen aan zijn manier van lopen; ik keek vaak of hij veilig thuis was, omdat ik altijd had gehoord dat de Klan je 's nachts kwam halen, en nadat ze die jongen van Mayfield aan een wagenwiel in het water bij de kade hadden gevonden maakte ik me zorgen om hem. Ik bleef de halve nacht op, in de verwachting dat de Klan in die Ford-A's langs de winkel zou rijden, en wat moest ik dan doen? Ik had geen idee. In die tijd gold de wet in Virginia niet voor zwarten – hij gold alleen maar tegen hen.

Kijk, het zat zo, ik moest me gedragen als een blanke en ook nog eens doen alsof ik beter was dan anderen. Dat was heel belangrijk in het Zuiden. Je was blank, en zelfs al was je joods, dan was je vanwege het feit dat je blank was nog altijd beter dan een zogenaamde kleurling. Nou, hij was de enige bij wie ik me beter dan anderen voelde, en het kon me geen lor schelen dat hij zwart was. Hij was lief! En vriendelijk! Dat wist ik toch! En ik wilde het aan de mensen vertellen, ik wilde wel uitschreeuwen: 'Hé, jullie daar, het maakt allemaal niets uit!' Ik geloofde werkelijk dat de mensen dat zouden pikken, dat ze zouden inzien dat hij een goed mens was en ons wie weet zouden accepteren, en dat bleef ik meerdere dagen denken, totdat ik op een avond tegen hem zei: 'Laten we weglopen naar het platteland en met elkaar trouwen', waarop hij antwoordde: 'Vergeet het maar. Dat is volgens mij nog nooit vertoond, een blanke en een zwarte die in Virginia met elkaar trouwen. Ze zouden me vast ophangen.'

Toen werd ik heel erg bang. Omdat hij nog nooit eerder zo had gepraat, en omdat ik kon zien dat hij bang was. Hij zei: 'Als die blanken erachter komen dat je zwanger bent van mij, word ik vast opgehangen.'

Op dat moment, toen ik besefte dat hij ook geen oplossing wist, drong de waarheid tot me door alsof ik een klap in mijn gezicht kreeg. Ik werd door paniek overvallen. Hoe had ik ook zo stom kunnen zijn te geloven dat we ermee weg zouden komen! Ik zat mezelf vaak op het balkon eindeloos te straffen voor wat ik had gedaan, terwijl ik wachtte totdat de Klan hem zou komen vermoorden of mijn vader ons beiden zou vermoorden, maar de dagen verstreken zonder dat er iets gebeurde. Ik zei tegen mezelf: 'Het is maar goed dat er geen blanken van ons weten.' Ik was ervan overtuigd dat niemand het wist. Een paar zwarte mensen wisten ervan, een paar vrienden van Peter, maar van de blanken wist niemand ervan.

Niemand, op één na.

Er was één blanke die het wist.

Peter en ik spraken vaak af in een steeg achter de winkel, en toen we daar op een avond stonden te ruziën over wat ons te doen stond, liet ik mijn armband vallen. Het was een goedkoop armbandje uit de bazaar, maar ik had hem van mijn eigen geld gekocht en vond hem mooi. Het was daarachter stikdonker, en omdat we hem zonder lucifers of aansteker niet konden vinden, lieten we hem maar liggen. Toen ik er de volgende dag naar ging zoeken was hij weg.

Toen ik een paar dagen later in de winkel achter de toonbank stond kwam Mamme naar me toe en legde ze de armband op de toonbank. Heel rustig. Ze legde hem gewoon op de toonbank en hinkte weer naar haar stoeltje bij de deur, waarop ze altijd met een schort voor haar benen groenten zat te sorteren en op te stapelen.

'Waarom ga je van de zomer niet op bezoek bij je grootmoeder in New York?' vroeg ze.

12

Pa

Op een gegeven moment drong tot mijn bewustzijn door dat ik een vader had. Het gebeurde rond de tijd dat mijn jongere broertje, Hunter, werd geboren. Ik was vijf jaar ouder dan Hunter, en hoewel niemand thuis zich druk leek te maken over de komst van een nieuwe baby – Hunter was het elfde kind – werd ik me voor het eerst vaag bewust van een oudere, trage man met een bruine hoed, een vest, bretels en een wollen broek. Er sprak zo'n verrukking uit de manier waarop hij Hunter beetpakte en in de lucht tilde dat ik al blij werd als ik ernaar keek. Hij heette Hunter Jordan sr. en voedde me op alsof ik zijn eigen zoon was.

Als klein kind begreep ik het concept 'vader' nooit echt. Mijn echte vader, Andrew McBride, overleed voor mijn geboorte. Ik moest me onderwerpen aan het gezag van ma, mijn oudere broers en zusters, ma's vrienden, en familieleden van mijn vader en stiefvader, van wie ik jaren later inzag dat ze een leidraad voor mijn leven waren geweest. In deze brei van familieleden en meerderen tekende zich één overheersende verschijning af, die telkens weer opdook en verdween. Mijn stiefvader werkte als stoker bij de New-Yorkse woningdienst en repareerde en onderhield de enorme boilers van het Red Hook-woningbouwproject, waar we toen woonden. Hij en ma leerden elkaar een paar maanden na de dood van mijn biologische vader kennen; ma stond op het plein voor ons pand op Hicks Street 811 maaltijden voor de kerk te verkopen, toen mijn stiefvader langskwam en een portie spareribs van haar kocht. De volgende week kwam hij terug om nog een portie te kopen, en zo ging het nog een tijdje door. Hij moet onderhand wel misselijk zijn geweest van al die spareribs. Ten slotte kwam hij op een middag weer langs op de plek waar ma de maaltijden stond te verkopen en vroeg: 'Gaat u weleens naar de film?'

'Ja hoor,' zei ze. 'Maar ik heb acht kinderen, die ook graag naar de film gaan.'

'U heeft er genoeg om een honkbalteam te beginnen,' zei hij.

Hij trouwde met haar en ontfermde zich over het honkbalteam, waaraan ze nog vier kinderen toevoegden, zodat ze op een mooi rond dozijn kwamen. Hij maakte geen onderscheid tussen de kinderen McBride en de kinderen Jordan, en mijn broers en zusters en ik dachten nooit over elkaar als halfbroers en -zussen en noemden elkaar ook niet zo. Voor de machteloze kleintjes, onder wie ikzelf, was hij 'pa'. Voor het middenkader was hij soms 'pa' en soms 'meneer Hunter'. Voor de machtige oudere aanvoerders, die zich hun biologische vader nog goed konden herinneren, was hij altijd 'meneer Hunter'. De oudere kinderen maakten graag grapjes over 'meneer Hunter', met zijn trage bewegingen en zuidelijke accent. 'Pffffffrrt! Pffffffrrt!' zeiden ze dan wanneer hij buiten gehoorsafstand was. Maar ze hielden van hem en waren op hem gesteld.

Toen ik een jaar of zes, zeven was kwam hij een keer naar onze flat in het woningbouwproject om ons in zijn auto te laden en mee te nemen naar St. Albans in Queens, waar hij parkeerde voor een groot, roze gestuukt huis met vier slaapkamers. Hij verdween naar binnen terwijl wij op het grote grasveld voor de deur speelden en het gras uittrokken of door de bladeren rolden. Het was herfst, en er lagen overal bladeren. Na een tijdje kwam hij naar buiten en ging op het bordes zitten kijken hoe we speelden. We trokken het gras stuk, vermorzelden de keurig gesnoeide struiken, vertrapten de bloemen en gooiden een van de ruiten van het huis in met een steen. Nadat we het grasveld zo'n uur lang hadden toegetakeld, kwam een van ons op het idee om hem te vragen: 'Van wie is dat huis?' Hij lachte. Ik had hem nog nooit zo hard zien lachen. Hij had zojuist al zijn spaargeld gebruikt om dat huis te kopen.

Hij was kortaf, maar had een goed gevoel voor humor; een rustige man, die vasthield aan zijn gewoontes. Hij hield van ordelijkheid, wat betekende dat ons huis in St. Albans verboden terrein voor hem was. Hoezeer hij ook van ons hield, hij kon niet tegen de waanzin in ons huis in Queens en bleef liever op zijn eigen stek op Carlton Avenue 478 in Fort Greene in Brooklyn. Hij kwam alleen in het weekeinde thuis; dan stapte hij de woonkamer binnen met tassen vol boodschappen en cakes, een pak geld op zak en een heuse automobiel voor de deur, die hij vaak vollaadde met zoveel mogelijk kinderen om het weekeinde bij hem in zijn bakstenen huis door te brengen. We logeerden dolgraag in zijn woning in Brooklyn. Het was een oud en donker huis, vol antieke meubelen, koekjes en platen van Nat King Cole.

Zijn vader was een zwarte man die als remmer bij de spoorwegen werkte en zijn moeder een indiaanse, dus had zijn gezicht sterk indiaanse trekken: een bruine huid, smalle bruine ogen, krachtige jukbeenderen en het door weer en wind getekende gelaat van een plattelandsbewoner, een erg knappe vent. Hij had les gehad op een dorpsschool met één lokaal en groeide op op een boerderij in Henrico County, in de buurt van Richmond in Virginia. De Jordans, zijn familie, waren gemakkelijke mensen, maar onder hun uiterlijke bedaardheid school een rauw zwart geslacht, waar je liever niet mee in aanvaring kwam – harde, grijze mannen die hamers in hun sterke, bruine handen geklemd hielden en je recht in de ogen keken. Met die handen konden ze alles repareren wat slingerde, bewoog, verwarmde, water geleidde of voorzien was van kleppen, vacuümpompen of bedrading.

Hij ontvluchtte Virginia rond 1927, met de hete adem van het racisme in zijn nek. Een blanke sheriff had hem gearresteerd omdat hij zonder te betalen onder het tentzeil door naar een rondreizend circus had gekeken, en toen de sheriff was gaan lunchen en de celdeur per ongeluk open had laten staan, was pa uit het cellenblok geglipt en op de eerste de beste trein gesprongen; tot aan zijn dood is hij nooit meer teruggekeerd naar Virginia. Hij ging naar zijn broer Walter in Chicago, waar hij werd uitgekleed en gerold vanaf het moment dat hij aankwam totdat hij weer vertrok. Hij werkte er in abattoirs, verhuisde naar Detroit, waar hij samen met zijn broer schoenen poetste bij een kapper in de buurt van de Ford-fabriek – terwijl hij Henry Fords ene schoen poetste, poetste Walter de andere – en belandde tijdens de *roaring twenties* in het New-Yorkse Brooklyn, waar de beide broers een tijdlang de kost verdienden met de verkoop van illegale sterke drank. Toen hij op een dag niet thuis was, brak een van zijn distilleerflessen en stroomde er zo veel sterke drank over de vloer dat hij naar de onderliggende etage lekte; de benedenbuurman hield zijn glas onder de plafondlamp, voerde zichzelf stomdronken en zwalkte de straat op, terwijl mijn stiefvader trachtte hem weer naar binnen te loodsen, maar het kwaad was al geschied en niet lang daarna vond er een inval plaats in zijn woning. Hij sprong uit het achterraam met twee kruiken zelfgestookte alcohol van bijna twintig liter, regelrecht in de armen van de federale politie, die hem stond op te wachten. Hij heeft er een tijd voor gezeten, iets waar hij noch ma ooit over vertelden, hoewel ik me altijd heb afgevraagd hoe iemand die zo onontwikkeld leek zo goed kon schaken. Ik won nooit van hem.

Bij elkaar waren er vier broers – hij, Henry, Walter en Garland – die een soort ouderwetse stoerheid belichaamden: galante, knappe zwarte mannen die hard werkten, veel konden drinken, zich goed kleedden en van mooie vrouwen en nieuwe bankbiljetten hielden. Pa's lievelingsbroer was Walter, de gezelligste en sociaalste van de vier. Hij nam ons vaak mee naar Walters huis in Fort Greene, slechts een paar blokken bij hem vandaan, waar mijn broers en zusters en ik spelletjes speelden met 'vrouwtje', ons nichtje, terwijl oom Walter en pa met hun andere broers lol maakten, dronken en naar platen luisterden van Nat King Cole, Gene Krupa en Charlie Parker. Ma dronk nooit bij zulke gelegenheden. Ze wilde niet dat we al te veel optrokken met het jolige deel van pa's familie. Ze dronk of rookte nooit. Drinken stond zelfs boven aan haar zwarte lijst, en wanneer mijn stiefvader te veel had gedronken, ging ze op de terugweg tegen hem tekeer. Hij reed altijd twintig kilometer per uur, het hele eind van Brooklyn naar Queens, en baande zich met zijn grote sedan een weg door het verkeer totdat hij een stadsbus ontdekte en daar bleef hij dan de hele terugweg achter rijden. 'Je kunt nooit een boete krijgen wegens te hard rijden als je achter zo'n bus aan rijdt,' verklaarde hij dan. De ene na de andere boze chauffeur scheurde aan ons voorbij en riep: 'ZET DAT BARREL LANGS DE WEG!' Hij negeerde hen. Ondertussen kropen wij lachend op de achterbank in elkaar, in de hoop dat een van onze vriendjes ons niet per ongeluk zou zien.

Elke zomer nam hij een stel van ons mee naar Richmond in het Zuiden, naar het huis van zijn nicht, Clemy. Daar aten we watermeloen uit Clemy's tuin, reden we op haar pony en keken we toe hoe onze andere familieleden, van die echte zuiderlingen, ongelooflijke trucjes uithaalden, bijvoorbeeld wanneer ze hun gebit uitdeden. We hadden een nicht die vaak op de bank een biertje zat te drinken en dan haar gebit uitdeed, dat ze – 'smak! smak!' – op en neer bewoog, waarop wij de kamer uit vlogen. Oom Henry was een geval apart. Hij was monteur en een onderscheiden veteraan uit de Tweede Wereldoorlog, en had een gouden tand die blonk en glinsterde wanneer hij lachte, wat hij vaak deed. Zijn maag was zwaar beschadigd door een wond die hij had opgelopen tijdens een steekpartij, hoewel ik me hem niet kwaad kon voorstellen. We waren dol op hem. Wanneer hij lachte klonk het als een auto die niet wil starten: 'Haaarrrrrrr! Haarrrrrrr!' We plaagden hem altijd om zijn manier van lachen, wat hij erg grappig vond, zodat hij nogmaals 'Haaarrrrrr! Haarrrrrr!' deed en wij weer uitbarstten in nog meer uitgelaten gegiechel.

We waren met zovelen dat we altijd in twee auto's naar het

Zuiden reden, een stel met pa en ma in pa's auto en de anderen met Walter en Henry in een andere auto. Toen we op een avond weer eens zouden beginnen aan de grote trek van Richmond naar New York werd oom Henry dronken. Hij reed honderdzestig kilometer per uur met zijn Oldsmobile waar mijn zuster Judy, oom Walter en ik in zaten. 'Dit karretje is niet te stoppen!' brulde hij en met zijn voet op het gaspedaal vloog hij snelweg 95 op, terwijl ik pa's koplampen door het achterraam steeds vager zag worden, totdat ze ten slotte helemaal verdwenen. Terwijl hij lachend over de weg scheurde riep oom Walter tegen hem: 'Verdomme, Henry, ga langzamer rijden!' Oom Henry bleef hem nog een paar angstaanjagende minuten negeren, totdat hij ten slotte aanhield bij een parkeerplaats. Een paar minuten later stopte pa's auto, met ma en de andere kinderen erin, met piepende remmen achter ons. Pa sprong zo snel uit zijn auto dat hij zijn hoed verloor.

'Godverdomme, Henry!' Walter moest pa tegenhouden, terwijl Henry, de onverschrokkenste van de vier broers, achteruitdeinsde en zijn verontschuldigingen aanbood. Pa genoot het meeste gezag van alle broers, en hij werd zelden kwaad. Hij had een vreedzame en vastbesloten houding, die geen woede opriep of uitnodigde tot ruzie. We reden met zijn allen in pa's auto gepropt terug naar New York, met Walter aan het stuur, terwijl Henry achter in zijn eigen auto vreedzaam lag te slapen. Walter had nog aangeboden om een paar van ons mee te nemen, maar pa had dit geweigerd. 'Ik heb het helemaal gehad met jullie,' had hij gezegd. Walter had zijn schouders opgehaald.

Ik vond mijn stiefvader maar raar. Het feit dat hij en ma van elkaar leken te houden hielp nog niet om me van gedachten te laten veranderen. Hij leek helemaal niet op de ouders van mijn vrienden, die jonger waren, in nieuwe auto's reden, fan waren van de New York Mets, over burgerrechten praatten en hardloopwedstrijden met ons hielden. Hij had er geen idee van wat de jaren zestig betekenden, en het leek hem ook weinig te interesseren. Hij was alleen geïnteresseerd in mijn schoolcijfers en de kerk. Omdat ma was verhinderd kwam hij in zijn eentje naar mijn confirmatie, piekfijn gekleed, met zijn hemd helemaal dichtgeknoopt en een keurige vouw in zijn hoed. Hij ging alleen achter in de kerk zitten, zonder acht te slaan op de andere, jongere vaders, met hun broeken met wijde pijpen en hippe jarenzestig kleding. Hij begroette mijn lerares van de zondagsschool beleefd, met zijn hoed in zijn handen, en ze lachte naar hem, onder de indruk van zijn knappe gezicht en onverstoorbare houding. Maar toen ze een gesprek met hem wilde aanknopen leek hij niet geïnteresseerd en trok hij zich terug terwijl hij mij bij de hand pakte, met gebaren waaruit sprak: dank u beleefd. Toen mijn oudste broer Dennis afstudeerde verscheen hij in zijn ouderwetse kostuum en liep hij glimmend van trots over de zwarte campus van Lincoln University in Pennsylvania, met zijn gezin en blanke vrouw achter zich aan, terwijl de zwarte studenten en hun ouders hun ogen uitkeken. Wanneer ik naar hem keek vroeg ik me altijd af: Wat heeft hij toch? Begrijpt hij dan niet hoe mallotig hij eruitziet? Maar het scheen hem nooit in het minst te storen. Hij praatte nooit over je ras. Voor hem was dat een detail, waar je overheen stapte zoals je over een barst in de stoep stapt. Hij was iemand die zich nooit zorgen leek te maken. 'Het komt allemaal dík in orde,' zei hij altijd. Dat was zijn motto.

Totdat hij in 1969 een brief kreeg van de gemeente New York, waarin stond dat hij zijn woning in Brooklyn moest verlaten. Op de plek waar zijn huis stond wilde men een torenflat bouwen voor mensen met lagere inkomens. Hij stond er perplex van. Hij had dat oude bakstenen huis uit het niets weer opgeknapt. Het was zijn toevluchtsoord, zijn vreugde, zijn hobby. Ze gaven hem 13.000 dollar en hij kon vertrekken. Toen ik twintig jaar later terugverhuisde naar Fort Greene – dat inmiddels onsterfelijk is gemaakt door de films van Spike Lee, en waar zwarten worden verdrongen door de toestroom van kapitaalkrachtigere bewoners en de bakstenen huizen tegenwoordig 350.000 dollar opbrengen – liep ik vaak langs Carlton Avenue 478 om naar het kaalgeslagen bouwterrein te kijken. Er is daar niets. Een totale woestenij.

Toen ze zijn huis sloopten was het alsof ze zijn halve bloedvatenstelsel hadden uitgerukt. Hij kwam bij ons in Queens wonen en verbouwde een deel van de kelder zo dat deze op zijn vroegere hoofdkwartier leek; hij propte er zijn antieke meubelen in, samen met zijn opwindbare grammofoon en een kleine koelkast voor zijn ingemaakte varkenspootjes en blikken Rheingold-bier, maar zijn hart ging uit naar Brooklyn. Hij was inmiddels al met pensioen – hij was tweeënzeventig – maar kluste hier en daar wat bij en repareerde verwarmingssystemen met zijn broer Walter. Op een avond, zo'n drie jaar nadat hij bij ons was ingetrokken, stommelde hij vloekend en klagend over hoofdpijn door de keuken, en voordat ik het wist stond er een ziekenwagen voor de deur en werd hij ingeladen. 'Wat heeft hij?' vroeg ik aan mam. Ze zei niets, maar toen ze in de ziekenwagen stapte, met zijn trui stevig in haar vuist gekneld, sprak uit haar roodomrande ogen een diepe bezorgdheid.

Hij had een beroerte gehad. Ik was veertien en wist niet wat een beroerte was. Ik dacht dat het iets met slecht eten te maken had. Voor mij betekenden de week of twee die hij in het ziekenhuis doorbracht dat ik net zo lang en zo laat bij mijn vrienden kon rondhangen als ik wilde, en ik bleef mijn ziekenbezoek uitstellen totdat ma me ertoe dwong. Ik ging naar hem toe met mijn zuster Kathy, en toen we zijn ziekenhuiskamer binnenliepen kregen we een hevige schok. Hij lag op zijn bed in witte ziekenhuiskleren. Zijn gezicht was een beetje vertrokken. Hij kon niet praten. Hij kon zijn rechterarm en rechterlichaamshelft niet bewegen. Zijn hand, die sterke, bruine, dooraderde hand, waarmee ik hem honderden keren sleutels, gereedschappen en pijpfittingen had zien beetpakken, was bijna verlamd en was, in verbandgaas gewikkeld, aangesloten op een infuus. Ma zat zwijgend naast hem met een asgrauw gelaat. Toen Kathy, die altijd zijn lievelingsdochter was geweest, de kamer binnenkwam, deinsde ze vol afschuw voor hem terug. Ze kon het niet opbrengen om naar hem te kijken. Ze ging op een stoel bij het raam zitten en staarde zachtjes huilend naar buiten. Hij tilde zijn hand op om haar te troosten en maakte een afschuwelijk rochelend geluid dat voor praten door moest gaan om haar aandacht te trekken. Uiteindelijk kwam ze naar hem toe, legde haar hoofd op zijn borst en barstte in snikken uit. Ik veegde de tranen van mijn gezicht en liep de kamer uit. Ik wankelde naar de lift toe en hield mijn ogen bedekt zodat niemand het zou zien en de verpleegsters en assistenten zich voor me uit de voeten maakten.

Hij kwam ongeveer een week later uit het ziekenhuis en leek aan de beterende hand te zijn. Hij hervond zijn spraakvermogen, zij het dat hij slecht verstaanbaar bleef. Terwijl hij zat te herstellen in zijn hoofdkwartier slopen wij door het huis en liep ma, haar ogen nog steeds roodomrand en op van de zenuwen, zwijgend rond. Op een dag riep hij me naar beneden om hem te helpen zich aan te kleden. 'Ik wil een ritje gaan maken,' zei hij. Inmiddels was ik het oudste nog thuiswonende kind, omdat al mijn oudere broers en zusters studeerden. Hij trok zijn trui, wollen broek en blauwe duffel aan en zette zijn hoed op. Hoewel hij ziek en vermagerd was, zag hij er nog steeds piekfijn uit. Hij liep langzaam de trap op en stapte naar buiten. Het was mei en buiten was het fris, bijna koud. We gingen de garage binnen en stapten in zijn goudkleurige Pontiac. 'Ik wil nog één keer naar huis rijden,' zei hij. Hij bedoelde Richmond in Virginia, waar hij was opgegroeid. Maar omdat hij te zwak was om te rijden, bleef hij maar achter het stuurwiel naar de muur van de garage zitten staren, en toen begon hij te praten.

Hij zei dat hij wat geld had gespaard voor ma en een lapje grond in Virginia voor haar had, maar dat het niet voldoende was. Hij zei dat ik, als het oudste nog thuiswonende kind, op ma en mijn broertjes en zusjes moest passen, want 'jullie zijn een bijzonder stel', zoals hij zei. 'Ik heb jullie altijd zo bijzonder gevonden.' Het was de enige keer dat ik hem ooit naar ons ras heb horen verwijzen, hoe vaag het ook mocht zijn, maar het deed er niet toe, want op dat moment besefte ik dat hij ging sterven, en ik moest mijn tranen wegslikken. Ik wilde tegen hem zeggen dat ik van hem hield, dat ik met heel mijn hart hoopte dat hij weer beter zou worden, maar mijn mond weigerde de woorden te formuleren. We hadden nooit op zo'n manier met elkaar gepraat. We maakten wel grapjes en praatten wel met elkaar, maar hij was altijd vooral bezorgd geweest om mijn 'schoolgang' en 'kerkelijke opvoeding', zoals hij dat noemde. Hij was niet iemand van de dialoog. Daar hadden we ma voor.

Twee dagen later kreeg hij een nieuwe inzinking. Hij werd per ziekenwagen afgevoerd. Om ongeveer vier uur 's ochtends ging de telefoon. Mijn zuster Kathy en ik lagen boven te luisteren, en als door een waas hoorde ik mijn oudere broer Richie tegen ma zeggen: 'Het is goed, mam. Het is goed.'

'Het is helemaal niet goed! Het is helemaal niet goed!' riep mam, en ze bleef maar jammeren, haar kreten waarden als geesten door het huis en nestelden zich in de gangen en op onze bedden, waar wij stilletjes lagen te huilen.

13

New York

Mijn moeder wist dat ik zwanger was en in de nesten zat. Achteraf gezien wist ze het. Ze deed niets anders dan de hele dag bij de winkeldeur zitten om groenten te sorteren en op haar beide dochters te letten. Dee-Dee en ik waren twee jonge meiden en er waren overal kerels, ze wist het. Ze zei er trouwens nooit een woord over. Mamme was geen opdringerige vrouw. Ze was stil en oplettend. Kijk, ze had dus polio gehad, en soms wikkelde ze een handdoek om haar misvormde linkerhand om hem te verbergen tijdens haar wandelingen. Ze was vrijwel blind aan een oog en had zo nu en dan last van flauwtes, maar ze was niet achterlijk. Ze zag dat ik me daar niet gelukkig voelde en was begonnen me vrijwel elke zomer met de Greyhoundbus naar haar familie in New York te sturen. Een enkele reis kostte maar negentien dollar.

Mamme had vijf zusters en een broer in New York, plus haar moeder, die allemaal een luxe leven leidden. Mijn tante Laura en haar man, Paul Schiffman, bezaten flatgebouwen in de Bronx en Harlem. Mijn oom Hal was eigenaar van een koosjere delicatessenzaak in Brooklyn. Tante Bernadette was getrouwd met een bonthandelaar en tante Mary was een leerfabriek begonnen. Het was maar een rare familie. Ze verborgen hun gevoelens, die ze opkropten totdat ze helemaal rijp waren en tot uitbarsting kwamen alsof je in een waterballon prikt. Twee van mijn tantes, Bernadette en Rhonda, hadden al vijftien jaar niet met elkaar gesproken. Ik weet niet waarom. Het was een groot geheim, waar je niet naar hoorde te vragen. Dat heb ik ook nooit gedaan.

Mijn tantes wilden nooit erg veel met me te maken hebben. Ik was de dochter van hun arme, verlamde zuster. Ik was het arme nichtje uit het Zuiden. Ze noemden ons, Mammes gezin, 'groentjes' in het Jiddisch, omdat we als laatsten naar Amerika waren gekomen en nog niet waren veramerikaanst, maar ik vond het evengoed leuk hen te bezoeken, want ik vond New York echt een sensatie. Bovendien leek iedereen het te druk te hebben om zich te verdiepen in je ras of geloof. Ik vond het heerlijk.

Ik had nog nooit zo veel mensen heen en weer zien rennen. Ik zei vaak tegen mezelf: waar moeten ze in 's hemelsnaam naar toe dat ze zo'n haast hebben? Maar omdat ik net zo wilde rondrennen als zij, paste ik me zo snel mogelijk aan. Soms ging ik zomaar naar buiten en liep ik met de rest mee om maar met de menigte mee te rennen. Ik hoefde nergens heen. Ik deed gewoon lekker raar en rende met de rest mee!

Wanneer ik op bezoek was logeerde ik meestal bij mijn grootmoeder of bij tante Mary of tante Laura. Tante Laura was mijn moeders oudste en rijkste zuster, een uiterst nauwgezette vrouw met een geweldige kijk op kleding, die witte handschoenen en schitterend gekleurde jurken droeg. Ze woonde in een grote flat op West End Avenue in Manhattan, met glimmende hardhouten vloeren, prachtige mahoniehouten meubelen en een inwonende Duitse huishoudster, die kookte en schoonmaakte, hoewel niemand tante Laura's huis beter kon schoonmaken dan tante Laura zelf. Ze had geen hekel aan huishoudelijk werk. Ze ging gewoon op haar handen en knieën zitten en boende de keukenvloer totdat hij glom. De maaltijden bestonden uit meerdere gangen en werden door de huishoudster opgediend waar je bij zat, en je moest verlof vragen om van tafel te mogen. Tante Laura's gezin bracht de zomers door in Rockaway Beach of Edgemere, waar ze een klein zomerhuisje hadden, dat zo'n acht blokken van het water stond. Iedereen die iets betekende moest een zomerhuisje aan het strand hebben.

Tante Mary woonde aan de Grand Concourse in de Bronx en had een fabriek die leren boordsels maakte voor bontmantels, jassen, moffen, hoeden en andere kleding (leersnijders- en garniturenbedrijf Hercules). Ik werkte in haar fabriek aan een machine om riemen mee te snijden. Daarnaast deed ik andere klusjes voor haar, alles wat ze me maar opdroeg. Ze was ontzettend gemeen tegen me – 'Rachel, doe dit, opschieten, Rachel, en doe dat' – maar ze had het gemaakt, en in de jaren dertig was het uitzonderlijk dat een vrouw haar eigen zaak had. Ze had hem opgebouwd naar haar eigen ingevingen en met hulp van haar vrienden, die vakkundige bonthandelaren waren.

Tante Mary had twee dochters, Lois en Enid, die ongeveer van mijn leeftijd waren, maar niet in haar bedrijf hoefden te werken, zoals ik. Ze bleven thuis met de zwarte huishoudster, die erop toezag dat ze meer dan genoeg chocoladepudding en Yankee Doodles-cakes kregen. Dat zal ik nooit vergeten. Het waren met room gevulde chocoladecakes. Ik was er dol op, maar mocht ze niet eten. 's Zondags kleedde de huishoudster Lois en Enid aan in schattige witkatoenen jurken, en dan stonden die twee elkaar voor de spiegel als een stel mannequins aan te gapen.

Dan zei de een tegen de ander: 'O, schat, wat zie je er mooi uit.'

'Dank je, schat.'

'Ben je zover, schat?'

'Maar natuurlijk, zusje.'

En zo gingen ze naar de bioscoop om de hoek, terwijl de huishoudster hen in het voorbijgaan nog liep op te dirken. Ik stond er altijd maar bij en het kwam niet eens in hen op om me mee te vragen. Als ik met hen mee had willen gaan, had ik mijn eigen kaartje moeten kopen. Ik bleef maar thuis. Kijk, bij mijn moeders familie werd er nooit veel met je gepraat. Op een minimale manier zorgden ze wel voor je, maar ze praatten niet veel met je. Ik had nooit het gevoel dat ze van me hielden. De enige die echt van me hield was mijn grootmoeder, mijn Boebbe. Boebbe hield van me. Na Zajdes dood was ze verhuisd van Manhattan naar een woning in Brooklyn op President Street 1020. Het was in de buurt van Prospect Park, in een gebouw dat geloof ik eigendom was van mijn oom Dave. Boebbe was een warme, grappige vrouw, die geen Engels sprak en vol levenslust was. Ze was klein en fors, en toen ze hier eenmaal een tijdje woonde deed ze de pruik af die ze in Europa altijd had gedragen en begon ze haar lange, glanzend witte haar gekamd en in een ronde knot gevlochten op haar hoofd te dragen. Ze was brandschoon. Keurig. Ik bedoel, ze streek zich een ongeluk. Alles wat ze droeg moest schoon en gestreken zijn. Haar katoenen doordeweekse jurken waren altijd fris gewassen en gestreken. Zelfs haar tafellakens, die ze drie keer per dag verschoonde – wanneer je koosjer eet, moet je bij elke maaltijd een schoon tafellaken hebben – waren gestreken en altijd kraakhelder. Ik kon niet strijken, moet je weten. Tot aan mijn huwelijk heb ik nooit geweten hoe je een hemd moest strijken. Ik kon de boekhouding van de winkel opmaken, met een aanhanger vol winkelwaren rijden, hout zagen, petroleum pompen en ijs bikken met een ijspriem, maar van strijken, het huishouden of hoe je een pan gort moest koken, had en heb ik geen kaas gegeten. Man, je vader kreeg een flinke schok te verwerken toen hij met me trouwde.

Boebbe had suikerziekte en moest elke dag insuline innemen, die mijn tante Betsy haar vaak toediende. Omdat ze vanwege haar ziekte een beperkt dieet volgde, hadden we altijd veel grapefruits en sinaasappels in huis. Die sinaasappels waren voor het geval ze een hypo kreeg. Ik kreeg opdracht haar een stuk sinaasappel te geven als dat gebeurde. Daar maakte ik me voortdurend zorgen over, en wanneer ze een dutje deed glipte ik vaak haar kamer binnen om te kijken hoe ze lag te ademen. Als ik haar zag trillen maakte ik haar wakker. 'Boebbe! Boebbe!'

'Wat? Wat...'

'Slaapt u?' Ik wist nooit wat ik op zo'n moment moest zeggen.

'Ja, ik slaap, maar ik kan in mijn slaap praten, het geeft niet. Laten we maar wat praten. Wat is er, Rachel?' Ze was altijd zo lief. Boebbe nam me voor het eerst mee in de tram. De tram reed destijds over Bergen Street in Brooklyn. Een ritje kostte vijf cent en hij had houten banken. Je kon aan de achterkant naar buiten hangen, dan had je een ritje in de open lucht. Ik stak mijn hoofd altijd aan de zijkant naar buiten en liet de wind over mijn gezicht waaien, woeeeesssj! Ik hield van alles wat bewoog. Als het maar snel ging. Treinen, trams, rolschaatsen. Boebbe zat graag op de bankjes langs Eastern Parkway, in de buurt van haar huis, beddenspreien, truien en overtrekken voor klerenhangers te haken en te kletsen met haar joodse vriendinnen. Het waren allemaal oude vrouwen, immigrantes die met hun kinderen waren overgekomen, en Amerika fascineerde hen. Boebbe stond haar vriendinnen vaak in het Jiddisch te woord terwijl de mensen voorbijsnelden naar hun werk. 'Die jongelui in Amerika maken te veel drukte,' zei ze dan, terwijl haar haakpen onder het praten 'tik, tik!' deed. 'Mijn kleindochter, Rachel,' – hierbij wees ze op mij – 'kan nooit eens thuiszitten. Ze wil de hele dag met de tram rijden.' Dan knikten en glimlachten die oude dametjes en zeiden ze: 'Ja, ja, maar je hoort thuis te blijven en je te gedragen als een lief meisje, Rachel.' Die dames waren me een grappig stel.

Mijn tante Betsy, mijn moeders jongste zuster, woonde die eerste jaren bij Boebbe. Ze werkte als boekhoudster bij een lingeriewinkel in de East Side in Manhattan. Tante Betts was beeldschoon, net als alle zusters van Mamme. Ze had lang, donker haar en donkere ogen, droeg mooie kleren en zorgde erg goed voor zichzelf. Ze had veel vrienden, die vaak bij ons langskwamen, met me praatten en me het gevoel gaven dat ik volwassen was. Ze vertelden altijd hoe ze gingen winkelen bij

Klein's op Fourteenth Street in Manhattan, waar ze spotgoedkope jurken kochten. Tante Betts was jong en behoorlijk bij de tijd, dus toen ik in de zomer van '36 zwanger en wel naar New York kwam, zag ze best dat me iets mankeerde. Ik had nog geen dikke buik, maar ze wist dat er iets aan de hand was omdat ik zo onrustig deed. Ze bleef maar vragen: 'Wat is er, Rachel? Wat is er?' Ik moest het wel aan iemand vertellen, dus hield ik het ten slotte niet meer uit en vertelde het haar. Ze vroeg verder niets. Ze ging er gewoon op die zakelijke manier mee om waarop mijn moeders familie alles afhandelde. Ze belde wat rond, vond een joodse arts in Manhattan en bracht me naar zijn praktijk, waar ik een abortus kreeg. Het was een afschuwelijke, pijnlijke ervaring, en de dokter ging zonder verdoving te werk. Na afloop had ik zo'n pijn dat ik niet kon lopen, dus gingen tante Betts en ik op de stoep voor de dokterspraktijk zitten; ik moest huilen en verontschuldigde me zelfs door mijn tranen heen nog tegen haar, omdat ik me schaamde. 'Het spijt me,' zei ik. 'Ik wil u niet tot last zijn.'

'Het is al goed,' zei tante Betts. 'Zorg maar dat het je niet nog eens overkomt.' En dat was dat.

Ik ben tante Betts daar altijd dankbaar voor gebleven. Ik heb haar nooit bittere gevoelens toegedragen, ook al sloeg ze jaren later de deur in mijn gezicht dicht. Ze had haar eigen leven en haar eigen leed dat ze het hoofd moest bieden, en ik was haar kind toch ook niet. Mammes zusters waren meer in geld geïnteresseerd dan in iets anders, en elk leed dat ze ondertussen kregen te verwerken werd gewoon onder het vloerkleed geveegd. Ze deden allemaal hun uiterste best om echte Amerikanen te zijn, weet je wel, en konden nooit beslissen wat ze moesten behouden en waarvan ze afstand moesten doen. Maar je weet wat er dan gebeurt. Je kunt het lot niet keren, neem dat maar van mij aan.

14

Chicken Man

Ma liep nog maanden na de dood van mijn stiefvader door het huis als een blinde die zich moeizaam aan haar dagelijkse routines wijdt. Ze gaf pa's kleren weg, zijn gereedschap, zijn hoeden... alles ging naar de bedeling. Ze stuurde ons naar school en probeerde haar krankzinnige huishouden te voeren zoals altijd, foeterend over van alles en nog wat, maar de pit was eruit. 's Avonds zat ze vaak volledig in gedachten verzonken aan de keukentafel. Soms stokte ze halverwege een zin en liep ze zwijgend weg terwijl ze haar gezicht verborg. 's Nachts lag ze in haar slaapkamer te huilen, hoewel ze haar tranen altijd voor ons verborg. Pa's goudkleurige Pontiac stond nog maandenlang voor het huis, terwijl de bladeren zich ophoopten rond de wielen en de motorkap steeds meer onder de vogelpoep kwam te zitten. 'Ik zal ermee leren rijden,' beloofde ze, maar in plaats daarvan begon ze te fietsen en ging ze op pianoles; elke avond zat ze aan de piano naar haar bladmuziek te staren, waarna ze ondraaglijk traag de noten aansloeg van haar favoriete gospellied 'What a Friend We Have in Jesus'. Ze speelde alle noten apart, alsof ze geen verband hielden met elkaar, en ze weergalmden door het huis en daalden als tranen op de muren neer.

Ik kon dat geluid niet aanhoren. 's Avonds deed ik mijn oren dicht, en liever nog ging ik gewoon naar buiten. Er was niemand om het me te verbieden.

Mijn schoolcijfers gingen vrijwel onmiddellijk sterk achteruit. Ik zat op de middelbare school Benjamin Cardozo in Bayside in Queens, en hoewel ik de negende klas met goed gevolg had afgemaakt, gaf ik er het volgende jaar min of meer de brui aan. Ik haalde alleen maar onvoldoendes. Wanneer ik 's ochtends van huis ging, ging ik vaak gewoon niet naar school. Net als ma jaren voor mijn geboorte had gedaan, begon ik op mijn eigen manier weg te rennen en trachtte ik mezelf emotioneel van haar los te maken, alsof ik op die manier kon voorkomen dat haar leed me zou raken. Na jarenlang wachten was ik thuis eindelijk de koning, het oudste kind, met de bevoegdheid om mijn jongere broers en zusters rond te commanderen en te kwellen zoals dat ook met mij was gedaan, maar nu het moment daar was, bracht ik zoveel mogelijk tijd buitenshuis door. Ik ging niet meer naar de kerk en ontweek mijn zwaar godsdienstige peetouders. Ik was het eerste kind uit onze straat dat sigaretten en stickies rookte. Ik ging bij Black Ice spelen, een soulgroep aan de andere kant van de stad, op elk instrument dat ik te pakken kon krijgen – sax, dwarsfluit, bas, allemaal geleend spul. We speelden uren achter elkaar nummers van Kool and the Gang en zaten dagenlang te blowen, zwaar Old English 800-bier te drinken en te oefenen in de kelder van de drummer, totdat zijn moeder ons eruit gooide en we ergens anders verder gingen jammen. De band trok een heel legertje volgelingen aan – meiden, voor wie ik op mijn veertiende nog doodsbang was, en nieuwe vrienden, hippe vogels die Beanie, Marvin, Chink, Pig en Bucky heetten, sigaretten en stickies rookten en onze muziek gaaf vonden. 'Jaaa... jullie spelen lekker, man. Jullie zijn echt gaaf...'

Mijn nieuwe vrienden en ik begingen winkeldiefstallen. We kraakten auto's. We glipten de nabijgelegen spoorbaan van de Conrail/Long Island Rail Road op om in te breken in goederenwagons, waaruit we fietsen, televisietoestellen en flessen wijn stalen. Op een keer betrapte een smeris ons daar toen we op rooftocht waren, maar zonder buit op zak. Hij stelde ons in een rij op tegen een goederenwagon en fouilleerde ons, waarna hij een van de jongens met zijn wapenstok in het gezicht sloeg – de jongen had geprobeerd uit te leggen dat hij niet bij ons hoorde. Hij voerde ons ongeveer een uur lang met getrokken pistool over het opslagterrein, terwijl hij het vuurwapen onder onze neus zwaaide en maar bleef zeggen: 'Stelletje gore nikkers. Ik zou jullie hier ter plekke moeten neerknallen.' We dachten dat we er geweest waren, maar hij liet ons weer gaan. We lieten ons er niet door afschrikken. Op een gegeven moment ontdekten we een goederenwagon waar zo veel wijn in lag dat we er kratten tegelijk van stalen. De helft van alle tieners in St. Albans liep nog wekenlang dronken rond. De politie zat ons op de hielen en op een avond werden we met zijn vieren in een doodlopend straatje betrapt bij het verdelen van de kratten gestolen wijn. Ze sloten ons in met twee patrouillewagens vol smerissen op de voor- en achterbank, met gedoofde koplampen, brullende motoren en gierende banden, terwijl wij als vliegen uitzwermden over de nabijgelegen vuilnisbelt. Ik wist op het nippertje te ontsnappen. Ik rende achter mijn grote, slome vriend Marvin aan en haalde het niet op tijd naar het hek aan de andere kant van de vuilnisbelt, waar de anderen door ontsnapten. Ik dook onder het wrak van een afgedankte vrachtauto en bleef stil liggen met een fles goedkope, naar pepermunt smakende wijn die ik nog steeds vasthield. Ik klemde mijn tanden op elkaar en pieste bijna in mijn broek terwijl ik de schoenen van de smerissen in de gaten hield en het licht van hun zaklantaarns op enkele centimeters afstand langs mijn voeten zag flitsen. De volgende dag werd ik van opluchting zo dronken dat ik niet meer naar huis kon lopen. Mijn vriend Joe droeg me naar onze woning, waar ik me liet vallen, weer opstond en op straat piste in het bijzijn van mijn zusters, die wanhopig probeerden me naar binnen te krijgen zonder dat ma me zag, voordat ik ten slotte in elkaar stortte. Toen ik uren later wakker werd, zat ma aan mijn voeteneinde met de broekriem in de aanslag. Met tranen in haar ogen gaf ze me een ongenadige afranseling. Het hielp niets. Mijn vrienden waren voortaan mijn familie, en mijn familie en mijn moeder gewoon mensen met wie ik samenwoonde.

Het was duidelijk dat ik me afsloot, en kwaad was, maar dat gaf ik nooit aan mezelf toe. Die schitterende ordelijke chaos, die ma met zo veel moeite had opgebouwd om haar huishouden goed te laten functioneren, stortte na de dood van pa in elkaar, en ma was niet in de stemming om hem te herstellen. Mijn stiefvaders laatste vermaning aan mij bleef zonder gehoor, aangezien ik mezelf ontsloeg van elke verantwoordelijkheid en zoveel mogelijk tijd buitenshuis doorbracht om de emotionele last van ma's leed niet te hoeven dragen. Zij leed op haar beurt nog meer, nu ze niemand had die haar kon helpen de jongere kinderen in het gareel te houden. Bovendien had ze geen geld om de gas- en elektriciteitsrekening of de telefoon te betalen, aangezien ze elk dubbeltje dat ze ontving uit het pensioen van mijn stiefvader en haar karige salaris en uitkering opstuurde naar mijn studerende broers en zusters. Het huis raakte steeds verder in verval. Ik negeerde het. Om wat te verdienen verkocht ik wiet, waarvan ik een voorraadje bewaarde bij de spoorbaan. Toen dat op was, haalde ik mijn vriend Joe over om een dealer te beroven van wie we wisten dat hij een grote voorraad had. Joe droeg een pistool kaliber .22 en ik had een groot scheermes bij me, dat ik had gevonden tussen de spullen van mijn stiefvader. We overvielen de dealer en namen hem zijn wiet af; toen hij tegenstribbelde gaf ik hem een klap, waarna hij zich koest hield. Toen het geld van die overval op was, jatten we op Newburg Street de handtas van een oude zwarte vrouw, die schreeuwde en krijste terwijl wij er lachend vandoor renden. De buit bedroeg 1,16 dollar en aangezien Joe medelijden kreeg met de vrouw en weigerde het nog eens te doen, ging ik er zelf maar op uit; ik wachtte in het donkere portiek van een gesloten kapperszaak op vrouwen die uit de bus stapten, waarna ik hun handtasjes uit hun onwillige handen rukte, terwijl ze het uitschreeuwden van angst en ontzetting.

Zo'n straatschoffie als ik was, had ik toch medelijden met hen wanneer ik ervandoor rende, met hun nagalmende kreten in mijn oren en zo'n wild bonzend hart dat het leek alsof iemand met een baksteen op mijn borst sloeg; maar ik had niet genoeg medelijden. Mijn gevoel was verdoofd. Ik vond dat ik wraak nam op de wereld voor het onrecht dat me was aangedaan, maar als je me had doen plaatsnemen en had gevraagd welk onrecht ik bedoelde, had ik het met geen mogelijkheid kunnen zeggen. Ik stal tasjes van oude vrouwtjes zoals ik dat op mijn achtste bij mijn eigen moeder had zien gebeuren, maar voor mij hielden die beide handelingen geen verband. Ik had geen gevoel. Ik had mijn gevoelens onderdrukt. Telkens wanneer ze de kop opstaken, duwde ik ze weer weg, alsof je kleding in een lade propt en hem stevig sluit. De joints en wijn hielpen me alle pijn te vergeten, en naarmate mijn pijn en schuldgevoelens toenamen, verergerde ook mijn drugsprobleem.

Ik deed veel moeite mijn leven als straatschoffie te verbergen voor mijn moeder. Ik stal een stel blanco rapporten uit de schoolbibliotheek, zodat mam mijn verschrikkelijke cijfers niet zou zien, die niet veel hoger lagen dan nul, aangezien ik nooit kwam opdagen. Het was een ingewikkelde opzet, waar grote vindingrijkheid en de hulp van Vincent, een van mijn vrienden, aan te pas kwamen, maar ik beging de fout om mijn zuster Kathy te vragen mijn eigen exemplaar in te vullen, uit angst dat ma mijn handschrift zou herkennen. In plaats van mijn gebruikelijke cijfers in te vullen – ik had altijd tienen gehaald – vulde Kathy overal een zeven in. Ma bekeek de cijfers en zei: 'James haalt geen zevens.' Ze pakte de telefoon, belde naar school en kreeg de schrik van haar leven.

Ze kon me niet straffen, dat wist ze wel. Ik was te oud, te sterk en te onhandelbaar. Ze schreef me in op een zomercursus, waar ik vanaf werd gegooid. Toen mijn oudere broers thuiskwamen van hun studies, gaven ze me op mijn kop en lieten ze me alle hoeken van het huis zien. Toch bleef ik high worden en bleef ik de hele nacht weg. Uiteindelijk stuurde ma me naar mijn zuster Jack, die met haar nieuwe man was verhuisd van Harlem naar

Louisville in Kentucky. 'Jack zal je weleens wat manieren bijbrengen,' snoof ze. Ik zei tegen haar dat ik dat betwijfelde.

Ik was dol op Jack. Ze was een kleine, mooie, zwarte christin met sproeten en bruine ogen die niets ontgingen. Ze droeg fijn afgewerkte pruiken en praatte op zo'n echt zuidelijke manier, met een zwaar, nadrukkelijk accent, waarbij ze haar woorden nu eens inslikte, dan weer langgerekt uitsprak. Soms wikkelde ze een sjaal rond haar hoofd en nam ze een baan aan als kok of dienstbode, meestal bij blanken thuis, maar onder haar huiselijke uiterlijk school een intelligente, opmerkzame vrouw, die meer van mij als kind met gemengd bloed begreep dan ikzelf deed. Jack had tien jaar in Harlem gewoond voordat ze naar Kentucky verhuisde. Ze wist meer over het leven op straat dan ik.

Voor mij was het geen straf om de zomer bij Jack door te brengen. Het gaf me een heerlijke vrijheid, en ik bracht er drie zomers achter elkaar door, aangezien ik het telkens weer voor elkaar kreeg om van de zomercursus in New York City te worden geknikkerd om maar naar haar te worden gestuurd. Jack had het te druk om me in de gaten te houden, dat dacht ik tenminste. Ze had een baby'tje, een fulltime baan als kok in een cafetaria en een man aan wie ze haar handen vol had. Toen ik voor het eerst bij haar op bezoek kwam zei ze: 'Wil je op straat rondhangen? Ga je gang, je komt er vanzelf wel achter. Maar als je mijn huis binnenkomt met een pistool, schiet ik je eigenhandig neer', en ze meende het. Ze liet me met haar man optrekken, zij het met tegenzin. Hij heette Big Richard en ik verafgoodde hem. Hij was een lange, magere, chocoladebruine man met een snor, die van zonnebrillen, hemden met korte mouwen, glimmend gepoetste schoenen en kunstzijden broeken hield en altijd een brandende sigaret tussen zijn tanden geklemd hield. Big Richard was een stoere gast, die met nogal wat zware jongens optrok in Louisville; maar hoewel veel van zijn vrienden weleens waren gesneden, gestoken, verminkt of neergeschoten, was Big Richard overal zonder kleerscheuren doorheen gekomen, doordat hij een brein als een lenspomp had, dat uit elke situatie onmiddellijk de benodigde gegevens opzoog en altijd aan het werk was achter die donkere zonnebril van hem. Wanneer hij een nachtclub binnenstapte kon hij onmiddellijk ruiken of er gevaar dreigde, waarna hij zich direct weer omdraaide. 'Hier gaat iemand worden neergeschoten,' zei hij dan, en dan kon je er donder op zeggen dat je de volgende dag te horen kreeg dat er iemand was gearresteerd.

Richard werkte in tabaksfabriek Brown and Williamson, maar voordat hij naar zijn werk moest, hingen hij en ik de hele dag en avond rond met zijn vrienden op 'het Hoekje' bij slijterij Vermont, op de hoek van Thirty-fourth en Vermont Avenue in het westen van de stad, een paar kilometer bij Jack vandaan. Tijdens de drie zomers die ik op het Hoekje (Big Richard zei altijd 'Hoekie') bij slijterij Vermont doorbracht, leerde ik pas echt wat het straatleven inhield.

De mannen op het Hoekje waren zuidelijke arbeiders: loodgieters, timmermannen, schilders, dronkelappen, oplichters, ex-militairen van het nabijgelegen Fort Knox, tabaksbewerkers bij Brown and Williamson en een stel doodgewone scharrelaars. Het waren grote, gespierde kerels, met blinkend witte tanden en enorme armen, die werkkleren, onderhemden, schildersbroeken en werkschoenen droegen; ze rookten Pall Malls en Tareytons zonder filter en reden in grote auto's – Electra 225's, Cadillacs en lange Oldsmobiles. Ze hielden van mooie vrouwen, goede whisky, spelletjes *craps* en de plaatselijke softbalcompetitie, waaraan ze deelnamen met een team van opgewekte alcoholisten. De teams waartegen ze speelden bestonden eveneens uit opgewekte alcoholisten, en hoewel er zo nu en dan een handgemeen ontstond, braken er na de wedstrijden zelden vuurgevechten uit. De mannen op het Hoekje waren eerzame drinkers, met hun eigen gedragscode: een gegeven woord werd niet gebroken, je beledigde nooit de vrouw van een ander, je dronk niet uit dezelfde fles als iemand die ervoor uitkwam orale seks te bedrijven met vrouwen, je speelde niet vals bij craps en als je een pistool trok – wat je niet hoorde te doen – kon je maar beter schieten voordat iemand anders het op jou leegschoot. Ze hadden namen als 'Red', 'Hot Sausage', 'One-Armed James' en 'Chicken Man', een oude dronkaard die mijn favoriet was.

Chicken Man was een klein mannetje met een diepbruine, bijna koperkleurige huidskleur, een gerimpeld gezicht en pretoogjes. Hij droeg een oude vissersmuts, waaronder zijn hele gezicht leek te verdwijnen, en een geruite broek, waaronder zo'n vijf centimeter sokken en tien centimeter blote enkels te zien waren. Hij rook voortdurend naar drank en bier, maar had altijd veel snoep op zak, dat hij uitdeelde aan de kinderen die hem bij de slijterij kwamen opzoeken, van wie sommige familie van hem waren en anderen niet. Je kon hem van een afstand zien aankomen; als een engel dook hij op uit het niets, zijn silhouet leek in de blakerende hitte uit de grond te verrijzen, hoewel hij in werkelijkheid te voorschijn kwam uit een van de gammele huisjes die achthonderd meter verderop langs de weg stonden. Dan wankelde hij de Thirty-fourth Street op als een verdwaald vogeltje, met zijn armen opzij gestrekt alsof hij vloog, en zo verscheen hij, zwaaiend naar toeterende auto's, om twee uur 's middags dronken op het Hoekje. Daar maakte hij het zich gemakkelijk alsof het zijn kantoor was. Hij ging op een houten krat voor de slijterij zitten drinken totdat de drank of zijn geld op was, waarna hij weer weg stommelde, stomdronken en lachend om de een of andere gekke theorie die hij net uiteen had gezet. Chicken Man was een schat van een vent. Wanneer hij dronken was, sprak hij volkomen onsamenhangend, maar in nuchtere staat was hij een van de grootste filosofen op het Hoekje. Hij zat altijd als een Egyptische farao, met zijn armen over elkaar en met schuddende hoofdbewegingen, op zijn krat naar het voorbijrijdende verkeer te kijken en commentaar te leveren op het leven, de vrijheid en het streven naar geluk, geld, drank ('Drink zelfgestookte whisky en goedkope wijn nooit ofte nimmer door elkaar') en vrouwen ('Je moet nooit kezen met een ongestelde vrouw – dan komt er allemaal troep uit haar lijf'). Chicken Man noemde blanken lachend 'meneer Charlie' of 'Chuck'.

'Meneer Charlie,' legde Chicken Man op een dag uit, 'heeft zijn naam te danken aan wat je doet wanneer je dronken bent. Dan roep je hem zó: "Chaaaarrrllllieeee."' Hij deed alsof hij overgaf. 'Maar wanneer je echt heel erg dronken bent, noem je hem Chuck, zó: "Chuuuuccckckckkkkk!"' Hij deed alsof hij ontzettend overgaf.

'En als je nou gewoon over je nek gaat?' vroeg ik, want zo zeiden we dat in New York.

'Ja, daar gaat het nou niet om. Het gaat om meneer Charlie. En koop nou maar een biertje voor me.'

De mannen op het Hoekje leken geen aandacht te schenken aan meneer Charlie. Vrijwel het enige contact dat ze met blanken hadden, was wanneer de politie langsreed, waarbij de agenten soms stilhielden om te vragen of iemand deze of gene had gezien. Ze werden begroet met een ijzig stilzwijgen, of soms zelfs met grapjes en gelach. De mannen leken niet bang te zijn voor de politie en hadden er evenmin een afkeer van. Hun levens schenen eenvoudig compleet te zijn zonder blanken. Dat vond ik mooi. Ze leidden een geïsoleerd bestaan, ver weg van de echte wereld waarvoor ik op de vlucht was. Ze noemden me 'New York' en lieten me de hele dag bij hen zitten om te oefenen op mijn dwarsfluit en net zoveel wiet te roken als ik wilde. Ik werd vijftien op het Hoekje, maar ik kon me gedragen alsof ik vijfentwintig was zonder dat iemand zich eraan stoorde. Ik kon me verstoppen. Niemand kende me. Niemand wist van mijn verleden, mijn blanke moeder, mijn overleden vader, of wat dan ook. Het was perfect. Mijn problemen leken heel ver weg.

Een van Big Richards goede vrienden heette Pike, een donkere vent met een snor en een gemakkelijke manier van doen. Pike en ik stalen een paar keer accu's, totdat iemand ons een keer 's nachts op zijn oprit zag, het buitenlicht aanknipte en op goed geluk op ons schoot. 'Je hoeft dit helemaal niet te doen,' zei Pike naar adem snakkend toen we buiten schot waren. Daarna liet hij me niet meer met hem meegaan. Zoals de meeste lui op het Hoekje paste hij goed op me. Toen ik tegensputterde dat ik geld nodig had zei hij: 'Maak je geen zorgen. Ik zal zorgen dat je een baantje krijgt in de drollenfabriek, waar je zoveel verdient als je wilt.'

'Wat is een drollenfabriek?' vroeg ik.

'Dat is een fabriek waar ze drollen maken.' Hij vertelde me dit toen hij, Big Richard en ik op een middag wat in zijn auto rondreden. Big Richard zat voorin op zijn sigaret te kauwen en staarde uit het raam om niet in lachen uit te barsten.

'Die baan wil ik wel,' zei ik. 'Wat moet ik doen?'

'Je moet op een grote stoel zitten, terwijl de drollen door een lange goot voorbijdrijven, en dan moet je de grote drollen van de kleine scheiden.'

'Hoe doe je dat?'

'Er is een apparaat voor. Het mag ook met je handen. Wat je maar wilt. Het maakt niet uit. Het verdient goed, man! Wil je die baan nou of niet?'

'Ik wil wel, man! Ik wil die baan! Breng me erheen!'

Uiteindelijk kreeg ik zowaar een echt baantje als pompbediende bij een tankstation, zo'n anderhalve kilometer bij het Hoekje vandaan. De eigenaar, Herman, was een grote, potige zwarte vent met een brede borstkas, die verschrikkelijk gemeen was. Op mijn eerste werkdag zei de monteur van het tankstation, een lichte zwarte jongen, tegen me: 'Je moet Herman nooit tegenwerken. Hij heeft al twee kerels knock-out geslagen.' Ik stelde geen vragen over die twee vogels, maar paste alleen op dat ik niet de derde werd, want Herman was een grote, gemene, opvliegende, kwade gast, die flink van zich af kon slaan. Elke avond gaf hij me vlak voor sluitingstijd een emmer vol benzine en een zwabber en zei: 'En nou die klerevloer dweilen, en waag het niet erbij te roken.' Vervolgens ging hij pal voor de deur staan roken en keek hij toe hoe ik de vloer van de hele garage aandweilde. Zolang ik voor Herman werkte werd zijn tankstation geen een keer overvallen, en geen van zijn klanten probeerde hem ooit te belazeren.

Het was mijn taak om de benzinepompen te bedienen, banden te verwisselen en te plakken en verder zoveel mogelijk uit Hermans buurt te blijven, en daar slaagde ik min of meer in, hoewel ik een keer slaags raakte met een van zijn vrienden, een bloedlinke homoseksueel met een gehavend gezicht die me lastigviel. Wie weet lag het aan mijn meisjesachtige gezicht en New-Yorkse accent, maar op een middag werd hij bijdehand, waarop ik hem een paar klappen in zijn gezicht gaf, totdat hij onder zijn autostoel naar zijn pistool greep en me over het hele terrein van het tankstation achterna joeg. Het tumult veroorzaakte veel opschudding, en Herman ontsloeg me op staande voet. Ik trok me terug op het Hoekje om op wraak te broeden en wijze raad te vragen aan mijn grote maat, Chicken Man. Chicken Man was nuchter en diende me in twee woorden van advies. 'Vergeet het,' zei hij.

'Ik kan het niet vergeten. Ik had een pistool moeten halen en hem neer moeten schieten,' zei ik.

Chicken Man grinnikte. 'Je bent ook zo dom als het achtereind van een varken,' zei hij. 'Is dat soms wat je wilt, dat je om hem in de bak belandt? Want dat zal er van je worden, dan kun je je straf uitzitten en op dit hoekje rondhangen wanneer je weer vrijkomt. Is dat soms wat je wilt met je leven? Zo ja, dan kun je het krijgen ook. Ga je gang maar.'

'Ik ben een slimme jongen,' zei ik. 'Ik hoef zulk gezeik niet te nemen. Niemand weet hoe slim ik eigenlijk ben, Chicken Man, maar ik ben heus slim.'

'En het zal ook niemand ene moer interesseren!' schimpte Chicken Man. 'Iedereen op dit hoekje is slim. Je bent geen haar slimmer dan wie dan ook hier. Als je zo slim bent, waarom kom je dan elke zomer naar dit hoekje? Omdat je op school telkens blijft zitten! Dacht je dat iemand je zal smeken om terug te komen als je van school afgaat? Ben je gek! Niemand zal aan je zwarte kop komen smeken of je terug wilt komen. Wat maakt jou zo bijzonder dat ze bij je zouden komen smeken?! Wie ben jij dan wel? Helemaal niemand! Als je van school wilt gaan en mensen dood wilt schieten en je hele leven op dit hoekje wilt blijven rondhangen, ga je je gang maar. Het is jouw leven!'

Ik had Chicken Man nog nooit zo fel horen praten, en wat hij zei raakte me niet echt, tenminste niet direct. Ik zei tegen mezelf:

het is maar een dronkelap, en vervolgde mijn avonturen. Maar niet lang daarna kreeg Mike, een rustige, grappige, ruim twee meter lange kerel die me altijd had aangemoedigd om niet meer op straat rond te hangen, op het Hoekje ruzie met zijn vriendin, Mustang, een mooie, lenige zwarte vrouw met een stevige zwarte kont, waar ze tijdens het lopen uitdagend mee zwaaide. Terwijl de ruzie zich ontspon begon Mike haar zo hard te slaan dat ik tussenbeide wilde komen, maar Chicken Man hield me tegen. 'Houd je erbuiten, New York!' siste hij. 'Dit gaat tussen hem en zijn vrouw. Kom nooit tussen een man en zijn vrouw.' Mustang verliet het hoekje in haar auto, met vol gas en de belofte dat ze met haar nieuwe vriendje zou terugkeren om Mike te vermoorden. Het Hoekje stroomde snel leeg – niets was zo effectief om iedereen naar huis te sturen als een dreigende schietpartij. De volgende dag gaf Big Richard me uitdrukkelijk opdracht om 'het Hoekje links te laten liggen', maar ik glipte er toch heen en keek toe hoe Mike die middag verscheen in zijn grote ronkende Buick, terwijl Marvin Gaye uit zijn achtsporenrecorder klonk. Hij zette de motor af en stapte fluitend uit, de kalmte zelf, alsof er geen vuiltje aan de lucht was. Hij liep naar de achterkant van zijn auto, deed de kofferbak open en haalde er bedaard een tuinstoel, een handdoek en een dubbelloopsgeweer met afgezaagde en met tape samengebonden lopen uit. Hij plaatste de tuinstoel voor de winkel en ging zitten. Hij zette een fles J&B-whisky aan zijn ene kant neer en een fles Boone's Farm Strawberry Hill-wijn aan de andere, legde het geweer op zijn schoot en dekte het af met de handdoek. 'Ik blijf hier zitten drinken en schommelen totdat hij komt,' zei hij rustig. Zo zat hij twee dagen te schommelen en te drinken, terwijl de andere mannen op hun tenen om hem heen liepen, met een oog op de weg en het andere op Mike gericht. Mustangs nieuwe vriendje kwam niet opdagen.

Een week later verschenen Mike en Mustang arm in arm, zoenend en knuffelend weer op het Hoekje.

'Daarom maak ik nooit ruzie met vrouwen,' zei Chicken Man. 'Daar maak je alleen jezelf gek mee.' Maar niet lang daarna verzeilde hij toch in een ruzie met een vrouw. Ze hadden 's ochtends vroeg bonje gekregen en hij was weggelopen en had er niet meer over nagedacht, maar later die dag liep ze de slijterij binnen en stak hem neer terwijl hij in de rij stond om een biertje te kopen. Hij hoestte een paar keer, ging op de vloer liggen en stierf.

15

De diploma-uitreiking

Na mijn abortus schreef ik Tatte een brief, waarin ik zei dat ik niet terug wilde komen naar Suffolk. In 1936 schreef ik me in op de handelsschool voor meisjes op Bergen Street. Hij stond vlak bij het huis van Boebbe, maar de leerstof was zwaar en ik had het er dat hele eerste schooljaar erg moeilijk mee, om elke avond bij Boebbe op de bank te slapen en me door mijn algebralessen heen te worstelen. Op de handelsschool waren ze veel verder dan op de middelbare school in Suffolk en ik zou mijn diploma nooit op tijd hebben gehaald, dus ging ik na het eerste schooljaar terug naar Virginia om de middelbare school af te maken. Het eerste wat ik bij mijn terugkomst in Suffolk tegen Peter zei, was: 'We kunnen niet meer met elkaar omgaan. Je moet niet meer langskomen.'

Hij zei: 'Ik heb op je gewacht. Ik houd nog steeds van je', en ik liet me ompraten, omdat ik nog steeds zielsveel van hem hield.

Niet lang daarna stond ik in de winkel achter de toonbank, toen er twee jonge zwarte vrouwen binnenkwamen. Toevallig hoorde ik dat ze over Peter praatten. Een van hen zei: 'O, ja, hij gaat binnenkort trouwen...' Ik viel zowat om. Omdat Tatte pal naast me stond, pakte ik een stofdoek en begon ik de toonbank af te nemen om dichter bij hen te komen en hen af te luisteren. Ik viel bijna over de toonbank heen bij mijn pogingen hen te verstaan. 'O, ja,' zei de ander. 'Hij heeft die en die zwanger gemaakt...' Ze noemde de naam van een zwart meisje dat achter ons in de buurt woonde.

Ik ging hem direct opzoeken. Op dat moment interesseerde het me geen bal wie er van ons wisten. Ik was zo kwaad dat ik zó in het volle daglicht over straat naar zijn huis liep en hem naar buiten riep. 'Vertel me de waarheid,' zei ik. Hij bekende. 'Ze dwingen me met haar te trouwen,' zei hij. 'Mijn ouwelui dwingen me.'

'Heb je haar zwanger gemaakt?'

'Ja.'

O, wat was ik daar woest over. Ik zei tegen hem dat ik hem niet meer wilde zien en liep door de zwarte wijk terug naar de winkel, waar ik naar boven ging en tranen met tuiten huilde, want ik hield nog steeds van hem. Terwijl ik die hele kwelling had moeten ondergaan, had hij zitten rotzooien met een ander. En het feit dat hij zwart was en met een zwart meisje ging trouwen – nou, dat bezeerde me nog meer. Als de wereld eerlijker in elkaar had gezeten, was ik waarschijnlijk met hem getrouwd, maar dat zou in Virginia nooit zijn gebeurd. Niet in 1937.

In die tijd besloot ik voorgoed uit Suffolk te vertrekken. Ik was zeventien en bezig met mijn laatste jaar aan de middelbare school, en voor het eerst van mijn leven begon ik er een eigen mening op na te houden. Ik had daar geen perspectief. Ik wilde naar New York verhuizen. Maar ja, Mamme was er ook nog. Ik trad op als haar ogen en oren in Amerika. Ze sprak geen Engels en ik vertaalde alles voor haar en paste op haar, omdat Tatte helemaal niet om haar gaf. Ze begon last te krijgen van haar maag en viel af en toe flauw, snap je, dan ging ze gewoon op klaarlichte dag onderuit. Tatte kon het geen bal schelen. Hij huurde een zwarte vrouw in om voor Mamme te zorgen, en die gaf nog meer om Mamme dan hij. Ze bleef altijd langer dan ze moest om voor Mamme te zorgen, zelfs als hij haar niet betaalde, en hij betaalde haar toch al zo weinig. Hij dacht dat het geld dat hij besteedde aan de verzorging van zijn vrouw volstond, begrijp je, een soort vervanging voor het feit dat hij niet van haar hield. Maar een echtgenote wil liefde ontvangen. Ze was een goede joodse vrouw voor hem, maar hun huwelijk begon uit elkaar te vallen, omdat hij niet om haar gaf. Daarom wist ik dat ik uit huis moest gaan. Ik wilde niet worden uitgehuwelijkt, zoals dat bij mijn ouders was gebeurd. Ik was nog liever doodgegaan, wat in zekere zin ook gebeurde, want toen ik uit huis ging verloor ik mijn moeder en zuster.

Nou, de kinderen op school waren opgewonden en giechelden wat af over het schoolbal en de diploma-uitreiking en maakten er al plannen voor, maar ik was in New York geweest en had het echte leven gezien, en ik was absoluut niet van plan om erheen te gaan. Ik werd toch al door niemand uitgenodigd voor het schoolbal, maar Frances bleef tegen me zeggen: 'Kom nou alsjeblieft naar de diploma-uitreiking, Ruth. Dan lopen we zij aan zij.' Ik had Frances nooit iets verteld over die hele toestand die ik had meegemaakt. Niets over Peter en mijn abortus in New York. Ze wist dat thuis niet alles perfect was, maar Frances was er de figuur niet naar om je uit te horen. Ze was gewoon een gul en vriendelijk mens. Daarom besloot ik toch maar naar de diploma-uitreiking te gaan, omdat ze mijn beste vriendin was, voor wie ik alles overhad.

Op de middelbare school in Suffolk moest de eindexamenklas zich bij de diploma-uitreiking in baret en toga in twee rijen voor het schoolgebouw opstellen en door de hoofdstraat naar de protestantse kerk marcheren, waar een ceremonie werd gehouden. Die noemden ze de voorbereidende plechtigheid of afscheidstoespraak of iets dergelijks. Ik moest Tatte om geld vragen voor die baret en toga, en zodra hij hoorde dat ik een protestantse kerk zou binnenmarcheren zei hij: 'Nee. Vergeet het maar. Jij marcheert geen christelijke kerk binnen.' Hij was er faliekant tegen. Kijk, mijn ouders hadden zulke conservatieve Europese manieren dat het niet leuk meer was. Stel dat er thuis een maatschappelijk werker zou zijn langsgekomen om met mijn ouders te praten, dan had-ie net zo goed tegen die muur daar kunnen praten. Ze waren vastgeroest. Ze konden onmogelijk veranderen. Tatte was nog altijd mijn vader, en ik nog steeds een tiener die bij hem in huis woonde, en hij kon nog altijd zijn riem afdoen en me verrot slaan wanneer hij maar wilde, dus wat kon ik doen? Hij maakte zich geen zorgen of ik al dan niet mijn diploma haalde. Het zat hem meer dwars dat ik nog geen aanstaande huwelijkspartner had, dus begon hij me mee te nemen op zijn zakenbezoekjes aan winkels en groothandelsbedrijven in Portsmouth en Norfolk om me voor te stellen aan de winkeliers en hun eventuele zonen. Het was alsof hij wilde zeggen: 'Bekijk mijn dochter maar eens goed! Wat dachten jullie ervan?' Soms stuurde hij me er alleen op uit met de auto en de aanhanger, ik en Dee-Dee. Dan stouwden we de aanhanger vol magazijngoederen en moesten we door het Dismal Swamp, een moeras in de omgeving van Portsmouth en Norfolk, rijden. Mensen zeiden altijd tegen ons: 'Kijk maar uit voor de rosse buurt in Norfolk, daar waar de rode lampjes branden', dus vermeden we alle rode stoplichten wanneer we door Norfolk reden.

Nou, ik was dus boos op Tatte vanwege de diploma-uitreiking en we spraken een tijdlang niet met elkaar, maar hij was op een punt beland waarop hij mijn hulp echt nodig had om de winkel te beheren, aangezien Sam weg was en Mamme zich niet goed voelde. Ze begon echt last te krijgen van haar maag, zo erg dat ze soms ineenkromp van de pijn. Wanneer we haar naar de dokter in de stad brachten, zei hij nu eens dit, dan weer dat. Hij zei dat er een of andere operatie bestond, maar hij wist het ook niet. Het was een naar oud mannetje. Toen ik hem een keer had bezocht, was hij ongelooflijk vrijpostig geworden en had hij me op allerlei overbodige plaatsen betast en obscene taal uitgeslagen, dus was ik nooit meer teruggegaan. Dat kon ik natuurlijk aan niemand vertellen. Maar hij onderzocht Mamme en zei dat hij niet wist wat ze mankeerde.

Goed, Tatte en ik bleven dus heel lang ruziemaken over die

baret en toga, en op een gegeven moment werd ik zo boos dat ik hem vertelde over mijn voornemen om na de diploma-uitreiking naar New York te verhuizen. 'Ik ga terug naar New York,' zei ik tegen hem. 'Ik ga weg.' Hij beende vloekend en tierend de kamer uit. Een paar minuten later ging Mamme achter hem aan om met hem te praten – in die tijd praatten ze zelden meer met elkaar – en de volgende dag kwam hij naar me toe en gaf me geld voor mijn baret en toga. 'Je mag meemarcheren,' zei hij, 'als je die kerk maar niet binnengaat. Ik verbied het je.'

'Ik ga naar de plechtigheid,' zei ik.

'Respecteer je moeder en mij,' zei hij. 'Breek de bijbelse wet niet. Ga die christelijke kerk niet binnen.'

Nou, mijn besluit stond vast.

Op de dag van de uitreiking deden Dee-Dee en ik de winkel open. We stalden de vleeswaren uit, stapelden de verse groenten op, en ik werkte achter de toonbank totdat het tijd was om te gaan. Mijn ouders wilden natuurlijk niet meekomen naar die christelijke diploma-uitreiking, dus zette ik mijn baret op, trok mijn toga aan en liep alleen naar de middelbare school van Suffolk, waar ik op de parkeerplaats op Frances bleef wachten. Ze was te laat; ik stond daar in mijn eentje, nagestaard door de andere leerlingen en hun ouders. Tegen de tijd dat ze kwam opdagen, stond ik al op het punt om me om te draaien en naar huis te rennen. Ik zei tegen haar: 'Frances, ik weet niet of ik die kerk wel wil binnengaan.' Ze zei: 'Ik begrijp het, Ruth. Dan neem ik mijn diploma wel alleen in ontvangst, want tijdens de uitreiking wil ik naast niemand anders dan jij staan.' Nou, ik vond dat ik dat niet mocht laten gebeuren, dus zei ik: 'Ik kan het wel, laten we maar gaan.' We lieten ons in baret en toga op de foto zetten, gingen met de anderen in twee rijen staan en marcheerden zij aan zij mee. De rijen marcheerden vanaf het schoolplein de hoofdstraat in en begonnen steeds langzamer te lopen naarmate iedereen samendrong voor de ingang van de kerk. Toen we de kerk naderden begon ik te trillen en zweten, en vlak voordat we de ingang bereikten stapte ik uit de rij. Ik kon het niet opbrengen. Ik kon die kerk gewoon niet binnengaan. In mijn hart was ik nog joods. Ik had tijdens mijn leven wel wat fouten gemaakt, maar ik was nog altijd een kind van mijn ouders.

Ik draaide me om, maar Frances had mijn tranen al gezien. Ze stapte ook uit de rij, maar ik gebaarde dat ze terug moest gaan. 'Frances, ga naar binnen,' zei ik. 'Je moet de plechtigheid niet missen vanwege mij.' Ze ging naar binnen. Ze moest zelf de tranen van haar gezicht vegen, maar ze sloot zich weer aan in de rij en liep in haar eentje de ceremoniële mars uit, en tijdens de hele diploma-uitreiking zat ze naast mijn lege stoel.

Met mijn baret en toga liep ik snikkend naar huis, en de volgende dag al nam ik een Greyhound-bus naar New York.

16

Rijles

Op een zaterdagochtend in 1973, een paar weken nadat ik was teruggekomen uit Louisville en nog maar een paar maanden na het overlijden van mijn stiefvader, maakte ma me wakker met de woorden: 'We gaan een ritje maken.' Ze duwde mijn twee jaar oude nichtje z – zo heette ze, gewoon z – in mijn armen en zo liepen we naar pa's auto.

Mijn stiefvader had zijn goudkleurige Pontiac Catalina uit '68 met blauw interieur altijd piekfijn onderhouden. Daarvoor had hij een Chevrolet Impala uit '65 gehad, die hem een lieve duit had gekost. Die witte auto met zijn rode interieur was een wrak. Hij noemde hem een 'biezen mandje'. 'Ik koop nooit meer een Chevrolet,' brieste hij wanneer de auto vol kinderen weer eens stil bleef staan met een stomende, pruttelende motor. Het leek wel alsof die auto om de vijf minuten afsloeg. Wanneer hij wel wilde starten, had je ook geen sleutel nodig. Je draaide gewoon met je hand het contact om en dan sloeg hij aan, en dat is precies wat iemand op een avond heeft gedaan, toen pa bij het keukenraam de afwas stond te doen. Hij keek zwijgend toe hoe die vent wegreed met een blauwe rookwolk achter zich aan. 'Dit moet mijn geluksdag zijn,' zei hij.

Voor zover ik wist had ma nog nooit eerder gereden. Ze was bang om te rijden. Ze was een erkende, door de wol geverfde klant van het New-Yorkse openbaarvervoerbedrijf en kon je precies vertellen welke metro waarheen reed, op welke halte je moest uitstappen en hoe ver het was tot de vorige, voor het geval je die had gemist en terug moest lopen. Doordat ze afhankelijk was van het openbaar vervoer kwam ze overal te laat – op haar werk, op ouderavonden of wanneer ze ons ergens moest afhalen. Elke zomer zette de gele schoolbus ons na het zomerkamp van het Fresh Air Fund op de terugweg af in Manhattan, en dan moest ik treurig toekijken naar het knuffelende, kussende, lebberende, gelukkige weerzien van driehonderd zomerkampbezoekertjes en hun ouders, terwijl de kampleiders erom tosten wie van hen met me moest blijven wachten. Dan kwam ma eindelijk de hoek van Forty-second Street om – ik kon haar kromme benen van een kilometer afstand herkennen – en rende ze buiten adem naar me toe om me te omhelzen, terwijl de kampleiders naar ons keken met een blik van: 'Wie had dat gedacht?!'

Maar die tijden waren voorbij. We hadden een auto nodig. Het werd tijd dat ma leerde autorijden. 'Ik haat het,' zei ze onder het instappen. 'Zeg jij maar wat ik moet doen.' Ik was inmiddels bijna zestien, en hoewel ik geen rijbewijs had kon ik wel rijden, doordat ik heel wat keren in pa's auto had gereden wanneer ma niet in de buurt was, om maar te zwijgen van andere auto's, waarin ik helemaal niet behoorde te rijden. Ze was zo genadig me niet te vertellen hoe ze wist dat ik kon autorijden, maar inmiddels was ik ook al aan het veranderen. Diep vanbinnen wist ik dat mijn oude vriend uit Louisville, Chicken Man, gelijk had. Ik was niet slimmer, wijzer of stoerder dan de vogels op het Hoekje, en als ik voor zo'n leven koos zou ik, ongeacht mijn intelligentie of capaciteiten, op het Hoekje eindigen. Ik wist wel dat ik niet was opgevoed om elke dag te drinken, bij een tankstation te werken en te worden vermoord tijdens een ruzie met lui zoals Herman en die andere sukkels bij het tankstation. Die manier van leven was toch al niet zo wild en zorgeloos als hij van buiten leek. Hij was rauw en wreed en zo wilde ik niet eindigen; ik wilde niet worden doodgestoken bij een ruzie om een fles wijn of doodgeschoten door een of andere geile kerel die me trachtte te ontmaagden. 'Je moet kiezen tussen de verwachtingen van de wereld en je eigen wensen,' had mijn zuster Jack meerdere keren tegen me gezegd. 'Leg je leven in Gods handen, dan kan je niets gebeuren.' Ik wist dat Jack gelijk had, en toen ik in de herfst van 1973 terugkeerde naar New York om aan mijn eerste jaar op de middelbare school te beginnen, besloot ik me weer op mijn lessen te werpen en mezelf te hervormen. Net zoals mijn moeder deed wanneer ze onder druk stond, wendde ik me tot God. 's Nachts lag ik in bed tot Hem te bidden om kracht, om mijn woede weg te nemen en een man van me te maken, en Hij luisterde en ik begon te veranderen.

Ik veranderde niet meteen. Ten eerste blowde ik nog steeds continu. Wanneer ik de nieuwslezers Roger Grimsby en de nog jonge Geraldo Rivera in *Eyewitness News* op Channel 7 met een ernstig gezicht verslag zag doen van de gevaren van 'marihuanaverslaving', moest ik lachen. 'Je kunt niet verslaafd raken aan wiet,' zei ik tegen mijn vrienden. 'Ik kan stoppen wanneer ik wil.' Maar diep vanbinnen wist ik dat ik verslaafd was, en ik was stiekem jaloers op diegenen uit ons drugskringetje die zichzelf wisten te vermannen en ermee stopten. Dag in, dag uit belandde ik in het huis van deze of gene, waar ik me volstopte met wiet en alcohol, terwijl onze gastheer handdoeken onder de deur propte om de geur binnen te houden. Daarnaast had ik het jaar daarvoor veel LSD gebruikt, waardoor ik af en toe flashbacks kreeg. Die flashbacks overvielen je vanuit het niets; ze konden worden veroorzaakt door een joint, een sigaret of niets bijzonders – dan werd ik tijdens een wandelingetje op straat plotseling high en liep ik te trippen, zo'n heldere acid-roes, waarin de mensen van glas lijken en de rug van je hand verandert in een paarse ster. Dan dwaalde ik paranoïde door de buurt en vermeed ik iedereen totdat de roes wegebde. God zij dank bestond er nog geen crack, want dan was ik zeker aan crack verslaafd geraakt. In elk geval moest ik elke dag – op weg naar school, tijdens de schooluren, op weg naar huis – per se high worden. Wanneer de wiet op was dronk ik wijn, en als ik daar niet aan kon komen dronken mijn vriend Marvin en ik hoestsiroop, waarvan je high, slaperig en een beetje misselijk werd. Ik kwam elke avond high of dronken en stinkend als een kroeg thuis, en terwijl ik mijn sleutel in het slot stak, beloofde ik mezelf altijd dat ik de volgende dag niet high zou worden, maar wanneer ik de deur opendeed trof ik ma aan, die me toeschreeuwde: 'Wat is er met jou aan de hand?! Je ogen zijn helemaal rood, en je ruikt gek!' Ik wilde stoppen met die wiet, maar ik kon het niet. De wiet was mijn vriend, door de wiet kon ik de waarheid ontvluchten. En de waarheid was dat mijn moeder bezig was in te storten.

Achteraf begrijp ik dat het ma ongeveer tien jaar heeft gekost om zich te herstellen na de dood van mijn stiefvader. Het was niet alleen het feit dat haar man er plotseling niet meer was; het was de opeenhoping van een leven lang in stilte gedragen leed, waarvan mijn broers en zusters en ik deels nooit hebben geweten. Haar verleden was altijd een geheim voor ons geweest, en dat bleef zo, ook na de dood van mijn stiefvader, maar wat ze achter zich had gelaten was zo groot, zo allesomvattend, dat ze er nooit helemaal afscheid van kon nemen: het uiteenvallen van haar eigen joodse familie, de schuldgevoelens over het feit dat ze haar moeder in de steek had gelaten, het feit dat zij en haar zuster van elkaar waren gescheiden en de plotselinge, tragische dood van haar eerste man, die ze had verafgood. Hoewel het nooit leek of ze haar verstand dreigde te verliezen, waren er momenten waarop ze dicht op het randje stond en elk richtinggevoel kwijt was. Zelfs in mijn eigen sombere toestand, waarin ik alleen oog had voor mezelf, maakte ik me zorgen over haar, want terwijl mijn broers en zusters en ik geleidelijk emotioneel zelfstandig werden, strompelde ma bijna een jaar lang emotioneel verdoofd rond. Maar hoewel ze wankelde en waggelde en zichzelf moest ondersteunen, viel ze nooit. Haar antwoord bestond uit tempo en beweeglijkheid. Ze hield niet op met bewegen. Ze fietste. Ze wandelde. Ze maakte lange busritten naar verafgelegen warenhuizen en supermarkten, waar ze urenlang etalages bekeek en maar vijftig cent uitgaf. Ze wist niet precies wat haar nu te doen stond, maar ze bleef in beweging alsof haar leven ervan afhing, wat in bepaalde opzichten ook zo was. Ze rende, zoals ze dat het grootste gedeelte van haar leven had gedaan, maar dit keer rende ze omwille van haar eigen geestelijke gezondheid.

Ze stuurde op de automatische piloot en stond elke ochtend op om ons naar school te sturen, alsof alles bij het oude was, maar ze kon geen beslissingen nemen. Zelfs de eenvoudigste keuzes, bijvoorbeeld of we een telefoon met toetsen of een draaischijf zouden nemen, moesten uitgebreid en moeizaam worden afgewogen. Als de oven stukging bleef hij stuk, niet alleen omdat ze het geld niet had om hem te repareren, maar omdat... tja... gewoon, daarom. Ze was altijd al ongelooflijk chaotisch geweest, maar dat bereikte nu nieuwe hoogtes. Wanneer ik bij gymnastiekles de van thuis meegebrachte papieren zak met gymspullen opende, trof ik haar ondergoed aan. Ze verdween soms urenlang van huis, zonder bij haar terugkomst een verklaring te geven waar ze was geweest. Ongeveer een jaar na de dood van mijn stiefvader overleed haar beste vriendin, Irene Johnson, een geweldige zwarte vrouw, en toen stond ma weer op het randje, waarbij ze urenlang bij de gootsteen kon staan om dezelfde pan af te wassen, terwijl ze haar tranen opsnoof en 'Laat me met rust!' snauwde wanneer we naar haar toe kwamen. 'Je hebt tijdens je leven maar een of twee goede vrienden,' hield ze ons vaak voor, en voor haar was Irene daar een van geweest. Irene en zij hadden elkaar nog gekend uit Harlem in de jaren veertig, toen ma voor het eerst naar New York was gekomen. Irene begreep wat ma allemaal had meegemaakt. Ze had haar geholpen met de opvoeding van haar oudste kinderen en was als een zuster voor haar geweest. Toch weigerde ma naar Irenes begrafenis te gaan. 'Ik heb het wel gehad met die begrafenissen,' verklaarde ze, maar je kon de pijn van haar gezicht aflezen toen ze de telefoon pakte om Irenes zuster te bellen en te vragen naar de laatste bijzonderheden uit het leven van haar beste vriendin. 'Houd alsjeblieft contact,' zei ma, en dat deed Irenes zuster ook, nog jarenlang. Mam was volslagen in de war over alles, behalve één ding: Jezus. Het joodse meisje dat zich er vroeger niet toe had kunnen brengen een christelijke kerk te betreden, kon er nu niet zonder; haar orthodox-joodse achtergrond had zich al lang geleden getransformeerd tot een onvervalst christelijk geloof. Jezus gaf ma hoop. Jezus was haar verlossing. Jezus dreef haar voort. Hoe moe, depressief of blut ze ook was, ze stond elke zondag vroeg op, trok haar zondagse kleren aan en ging naar de kerk. Toen wij kinderen te oud en te groot werden om ons te dwingen mee te gaan, ging ze in haar eentje met trein F van Queens naar Brooklyn, naar de New Brown Memorial, de kerk die ze samen met mijn vader had gesticht. In de kerk herleefde ze en werd ze vervuld, en elke zondag keerde ze iets meer hersteld terug, totdat ze op die zaterdagmiddag aankondigde dat ze een ritje wilde maken met de auto van mijn stiefvader.

Ze ging aan het stuur zitten, waar ze nerveus mompelend op trommelde, terwijl ik met Z in mijn armen voorin ging zitten. Aan autogordels deden we niet. Ze stak de sleutel in het contact. De motor kwam ronkend tot leven. 'Wat moet ik nu doen?' vroeg ze.

'Je moet schakelen,' zei ik.

'O, dat ken ik wel,' zei ze. Ze gooide de auto in de versnelling en trok op in een wolk van verschroeid rubber en rook, waarna ze hysterisch 'Hoooooooo!' gillend de weg op zwaaide.

'Ga langzamer rijden, mam!' zei ik.

Ze negeerde me. 'Ik heb geen rijbewijs!' gilde ze, terwijl de auto van de ene weghelft naar de andere slingerde. 'Als ik word aangehouden, gooien ze me in de gevangenis!' Ze reed na ongeveer vier blokken zonder vaart te minderen een stopbord voorbij en sloeg op de volgende kruising met een wijde boog linksaf; met haar voet op de plank joeg ze de grote sedan de verkeerde kant van de weg op, terwijl de tegenliggers opzij doken om ons te ontwijken.

'Pas op! Let op wat je doet, mam! Stop nou!' brulde ik.

'Ik moet naar de supermarkt! Ik moet naar de supermarkt!'

gilde ze. 'Daarom leer ik toch zeker autorijden?' We reden hortend en stotend nog een paar blokken verder zonder politie tegen te komen en bereikten wonder boven wonder de supermarkt. Omdat ze niet wist hoe ze langs de stoep moest parkeren, stopte ze naast een geparkeerde auto, waarbij ze boven op de rem ging staan, de auto in de parkeerstand zette, met haar voet op de handrem stampte en vervolgens uitstapte terwijl de motor nog liep. 'Wacht hier op me,' zei ze. Ik hield z in mijn armen terwijl ma naar binnen rende. Toen ze weer naar buiten kwam haalde ze de auto van de handrem, gooide hem in de versnelling en trok op zonder achterom te kijken. Vervolgens trapte ze plotseling, zonder duidelijke aanleiding – misschien had ze het gaspedaal en de rem door elkaar gehaald – uit volle kracht op de rem. De rembekrachtiging blokkeerde en ik schoot met de kleine z in mijn armen richting voorruit. Haar kleine babyhoofdje vloog met een grote zwaai naar het dashboard en miste het op een millimeter afstand. Als ze het had geraakt, zou ze zwaar letsel hebben opgelopen door de klap. De auto bleef met zacht zoemende motor staan, terwijl ma naar adem snakte. 'Zo kan-ie wel weer,' zei ze. 'Ik geef het op.' Ze reed langzaam terug naar huis, parkeerde de auto en liep weg alsof ze het ding nog nooit van haar leven had gezien. Ze is er nooit meer ingestapt. Hij bleef daar nog maandenlang staan, terwijl de bladeren zich weer ophoopten rond de wielen, en de motorkap werd bedekt onder de sneeuw, totdat ze hem ten slotte verkocht. 'Ik zal nooit leren autorijden,' zei ze.

Het ironische was dat ma al voor haar achttiende had leren autorijden. In Suffolk in Virginia reed ze al rond in haar vaders Ford uit 1936. Ze reed er niet alleen in, maar reed ook goed genoeg om een aanhanger vol groothandelswaren voor de familiezaak te vervoeren. Ze reed met de auto en aanhanger over verharde en onverharde wegen heen en weer tussen Norfolk, Suffolk, Portsmouth, Virginia Beach en Noord-Carolina. Ze kon achteruit parkeren met de aanhanger vol winkelwaren, hem lossen bij de winkel, met de auto achteruit de binnenplaats opdraaien, de aanhanger losmaken en de auto achteruit in de garage parkeren. Maar ze had haar verleden zo ver achter zich gelaten dat ze letterlijk niet meer kon autorijden. Rachel Deborah Shilsky kon een auto met aanhanger besturen, maar Ruth McBride-Jordan had voor die dag in 1973 nog nooit een autostuur aangeraakt, dat staat als een paal boven water.

17

Verdwaald in Harlem

Toen ik na de middelbare school naar New York kwam, werkte ik in de leerfabriek van mijn tante Mary en logeerde ik bij Boebbe, die naar de Bronx was verhuisd. Het was geen prettige situatie. Ik was geen kind meer. De zusters van mijn moeder hadden het wel met me gehad. Tante Mary liet me in haar fabriek werken, maar maakte het me beslist niet gemakkelijk. Inmiddels was ze een gezette vrouw met een erg mooi gezicht, die een ijzeren bewind voerde, ook over oom Isaac, haar man. Wat zat die man onder de plak. Hij was schoenmaker en werkte bij H. Bendel's, een fabriek voor exclusieve schoenen op de hoek van Fifty-third en Fifth Avenue. Ze maakten schoenen voor een paar van de rijkste vrouwen in New York, filmsterren zoals Janet Gaynor en Myrna Loy. Ik vond dat hij de geweldigste baan van de wereld had, zoals hij met al die filmsterren in contact kwam, maar ik was bang voor hem. Hij was een kalende man met een zenuwtrek in zijn gezicht, die altijd zwaar begon te drinken zodra hij thuiskwam. Hij hield steevast een fles drank verstopt in het keukenkastje, waar hij met grote teugen uit dronk terwijl hij zwaar ademend op het aanrecht leunde. Dan liep zijn gezicht rood aan en werd hij grof in de mond en gemeen.

Ondertussen bouwde zijn vrouw, tante Mary, haar eigen feestjes met een man die meneer Stein heette. Hij was de man van haar beste vriendin. Wat een schandaal. En dat was nog eens een chique vent, schat! Nou en of! Lang en knap. Hij kwam twee keer per week naar haar kantoor in de fabriek en dan deden ze de deur dicht en rotzooiden ze wat aan, met wijn en crackers met kaas. Dat wist ik omdat tante Mary mij altijd naar de winkel stuurde om drank en hapjes voor hen te halen. Dan snauwde ze: 'Rachel! Haal eens wat wijn en crackers met kaas voor me!' en dan kon je er donder op zeggen dat die mooie meneer Stein een tijdje later opdook. Dan glipte hij haar kantoor binnen, zodat ze de deur dicht konden doen en samen konden rotzooien. Een uur of twee later kwam tante Mary dan weer naar buiten, met haar haren en make-up helemaal in de war en een rood gezicht. Natuurlijk deed ik alsof ik helemaal niets in de gaten had. Ik was blij dat ik werk had.

Rond 1939, kort na mijn aankomst, nam ze een nieuwe werknemer aan die net van Noord-Carolina naar New York was verhuisd en Andrew McBride heette. Zelf gebruikte hij zijn tweede naam, Dennis. Dat was je vader. Dat was nou nog eens een echte man. Daarmee bedoel ik dat hij nieuwsgierig, grappig, gemakkelijk en betrouwbaar was. Dennis was een uitstekende leerbewerker, een echte vakman, en al snel was hij tante Mary's beste werknemer. Tante Mary speelde graag de baas over haar werknemers, en op een dag gaf ze Dennis opdracht een grote rol leer op te halen en met de metro naar Manhattan te brengen. Het was een rol van bijna vijftig kilo. Dennis zei: 'Het spijt me, maar dat kan één persoon alleen onmogelijk dragen', en weigerde het te doen. Dat was een van de eerste keren dat ik een man, welke man dan ook, het tegen tante Mary zag opnemen. Ze haalde bakzeil.

Dennis zag wel hoe onverschillig mijn tante me behandelde, en ook haar amoureuze afspraakjes met meneer Stein ontgingen hem niet, en hoewel hij nooit iets zei van haar verhouding met meneer Stein, had hij voor mij altijd een vriendelijk woord of gewoon een grapje over. Hij had een geweldig gevoel voor humor. Die man kreeg een hond nog aan het lachen. Soms bracht hij me een kop koffie of deed hij gewoon aardige dingen voor mensen. Niet alleen voor mij, maar voor iedereen. Zo iemand was hij. Hij was de vriendelijkste man die ik ooit heb ontmoet, en als ik ook maar een greintje verstand had gehad, had ik hem direct bij zijn lurven gegrepen om met hem te trouwen. Maar ik was jong en probeerde me van mijn familie los te maken, en bovendien had ik Harlem ontdekt.

Ik weet niet wat me daar zo aantrok – misschien kwam het doordat ik het grootste deel van mijn leven tussen zwarten had gewoond, of doordat ik er zoveel over had gehoord. In die tijd ging geen enkele New-Yorker naar de Village om uit te gaan. Alles gebeurde in Harlem. Blank en zwart gingen naar Harlem om uit te gaan. Je had nog geen zware drugs en misdaad zoals tegenwoordig. Het was anders. De mensen stroomden in drommen naar Harlem toe, uit het Zuiden, uit Chicago, overal vandaan. Harlem had iets magisch.

Ik nam altijd metrolijn 2 vanaf tante Mary's fabriek en stapte uit op 125th Street, en dan begon het avontuur. Er stonden theaters van Eighth Avenue helemaal tot aan Lenox Avenue. In Harlem telde één blok meer bioscopen dan heel Suffolk: de Loew's, de Alhambra, de Rialto, nog een stel kleinere theaters als je overstak naar Seventh Avenue, en natuurlijk het Apollo Theater op 125th Street. Soms ging ik naar het Apollo en bleef ik er de hele middag. Ze gaven vier voorstellingen en als je om elf uur 's ochtends naar binnen ging, kon je er drie zien – plus de films. Ik had er genoeg van dat tante Mary zo gemeen tegen me deed, dus nam ik ontslag uit de fabriek en ging ik op zoek naar werk als plaatsaanwijzer of kaartjesverkoopster in Harlem. Ik had altijd van bioscopen en theaters gehouden, dus slenterde ik op een middag naar een bioscoop op Seventh Avenue en vroeg ik naar de manager. Hij kwam naar buiten, bekeek me en zei: 'Wat moet u in vredesnaam in Harlem?'

'Ik ben op zoek naar werk,' zei ik.

'Wat voor werk zoekt u?' vroeg hij.

'Als kaartjesverkoopster,' zei ik.

'Zoekt u nog ander werk?' vroeg hij.

'Ik wil niets anders,' zei ik. 'Ik zoek werk als kaartjesverkoopster. Of als plaatsaanwijzer. Zoekt u daar nog iemand voor?' Hij werd kwaad. 'Zoiets doen wij hier niet,' zei hij. 'Daarvoor moet u ergens anders wezen.' Ik begreep helemaal niet waar hij het over had. Die man dacht dat ik prostituee was, wat ik ook bijna ben geworden. Ik ging langs een paar andere plekken, met vergelijkbaar resultaat. Niemand wilde me aannemen. Waarom zou een blank meisje in Harlem rondhangen, tenzij ze iets kwaads in de zin had? Terwijl er in de binnenstad zo veel werk was? Onmogelijk! En ik was zo naïef dat ik maar rond bleef dwalen, zonder te weten dat ik bezig was me in de nesten te werken, wat al snel genoeg gebeurde.

Omdat ik bij de bioscopen geen geluk had, besloot ik het te proberen bij schoonheidssalons. In Suffolk had Tatte me een cursus schoonheidsspecialiste laten volgen bij de eigenaresse van een bloeiende schoonheidssalon in het centrum. Ze had één schoonheidsspecialiste in dienst, een blond plattelandsmeisje dat oranje lippenstift droeg en elke dag voor haar werk naar Suffolk kwam. Dat meisje leerde me manicuren, maar bracht me ook kapperstechnieken bij: hoe je met je vingers slagen in het haar maakte en hoe je het moest shampooën en permanenten – maar dat waren de haren van blanken geweest. Nou, ik zei: 'Haren zijn haren.' Ik stapte een kleine zaak binnen in de buurt van 135th en Seventh Avenue en zei tegen de eigenaresse: 'Ik kan permanenten', waarop ze me aannam en me een stoel gaf. Nou, ik wist absoluut niet hoe je het haar van zwarte mensen moest permanenten, en mijn eerste klant was een zwarte vrouw, van wie ik het haar verwoestte. Toen ik klaar was, leek het net gehakt. Ik bleef maar tegen haar zeggen: 'U zult er tiptop uitzien, tiptop.' Dat zei iedereen destijds: 'tiptop'. Dat vertelde ik haar terwijl ik haar haren permanentte en knipte, want als kapper moet je met de klanten kletsen en ze op hun gemak stellen en doen alsof alles gesmeerd gaat. Nou, het duurde nog geen dag voordat ze me eruit gooiden.

Ik klungelde een tijdlang wat aan, totdat ik ten slotte tegen mezelf zei: 'Nou, ik kan toch goed manicuren.' Ik had genoeg schoonheidssalons en kapperszaken gezien die adverteerden met 'Manicuurster Gezocht'. Het waren voornamelijk herenkappers. Daar zat ik niet mee, want ik had gehoord dat een baan als manicuurster bij een kapper makkelijk was en goed verdiende. Ik liep heen en weer over Seventh Avenue en belandde ten slotte bij een tent die kapperszaak Hi Hat heette. Hij stond één blok bij Small's Paradise vandaan, op de hoek van Seventh Avenue en 138th Street. Voor het raam hing een advertentie met 'Manicuurster Gezocht', dus ging ik naar binnen om naar de baan te informeren.

De manager, Rocky, was een forse, goedgeklede man met een lichte huidskleur en een diepe stem. Hij liep in de vijftig. Hij nam me onmiddellijk aan. Hij zette de tafel waaraan ik moest manicuren bij het venster en plantte me daar pardoes neer, en zo zat ik in het raam te werken. Toen ik die avond naar huis ging, vertelde ik mijn grootmoeder dat ik een baantje had gevonden waarmee ik vijftien dollar per week verdiende. Boebbe vroeg: 'Wat voor baantje?'

'Een goed baantje,' zei ik, maar ik vertelde haar niet wat voor baantje, en evenmin waar het was. Er kwamen veel artiesten en muzikanten langs, die ik vaak tegen de baas hoorde opmerken: 'Rocky, je neemt wel een risico door dat minderjarige blanke meisje hier te laten werken.' Maar hij schonk geen aandacht aan hen. Ik was negentien, en dat was oud genoeg voor hem. Hij begon voortdurend bij mijn werktafel rond te hangen. Op een dag zei hij dat hij me mee uit lunchen zou nemen, en ik nam zijn aanbod aan. Hij had een mooie auto voor de winkel staan en was behoorlijk rijk, dus ging ik met hem uit.

Ik zocht er niet veel achter. Ik had niet door dat hij andere plannen met me had. Hij begon me steeds vaker mee uit te nemen, naar het Apollo of de bioscoop, waarna hij me met de auto naar huis bracht in de Bronx. Hij had geld en een mooie auto, dus wat kon het ook schelen. Dat maakte indruk op me. Hij nam me mee naar clubs, waar men hem goed kende. Soms nam hij me mee naar Small's Paradise, dat werd bezocht door muzikanten, artiesten, pooiers en prostituees, en het leek alsof hij iedereen kende. Ik vertelde hem dat ik altijd al danseres had willen worden, dat ik wilde proberen bij de Rockettes in Radio City te komen. Hij zei: 'Ik regel het wel', maar ik werd bang en liet het afweten bij de auditie. Ik was een dom plattelandsmeisje, maar niet zo dom dat ik daarheen zou gaan om mezelf voor schut te zetten. Wat nu als alle andere meisjes beter konden dansen dan ik? Vergeet het maar, schat.

Rocky huurde een kamer voor me op 122nd, in de buurt van Seventh Avenue, zodat ik de lange rit naar het huis van mijn grootmoeder in de Bronx niet hoefde te maken. Hij nam me met de auto mee over Seventh Avenue of reed heen en weer over 125th Street. Op straat hingen meisjes rond. Hij zei: 'Ik zal je binnenkort over die meisjes vertellen.' Nou, ik wist al wat er aan de hand was, maar ik zei niets. In eerste instantie had ik er geen enkel bezwaar tegen.

Ik zat telkens een paar dagen op dat kamertje dat hij voor me had gehuurd, ging weer naar Boebbe en ging dan weer terug naar mijn kamertje. Boebbe werd inmiddels erg achterdochtig, maar ze was al erg oud, ze sliep veel, begrijp je, en had suiker, en ik kon haar net zo voor de gek houden als mijn kleinkinderen dat tegenwoordig bij mij doen. Ik maakte haar van alles wijs, snap je, en na een tijdje werd het zo erg dat ik mijn bezigheden, zoals ik een beetje rondhing in Harlem, niet meer kon combineren met mijn relatie met mijn grootmoeder. Ik moest me losmaken en niet meer naar haar toe gaan, want Boebbe herinnerde me te veel aan wie ik was en waar ik vandaan kwam. Ik moest definitief naar Harlem verhuizen en genoeg geld verdienen om er te kunnen blijven, en ik moest erbij horen, met chique jurken en kleren en al. Dus vroeg ik op een dag aan Rocky: 'Wanneer ga ik eens wat verdienen, zoals je andere meisjes?' Ik wist wat ik vroeg. Ik was niet blind. Maar wat kon mij de liefde schelen? Wat wist ik van liefde? Of van seks? Ik wilde hip zijn, maar Rocky zei: 'Je bent er nog niet klaar voor om de straat op te gaan. Wanneer je er klaar voor bent, laat ik het wel weten.'

Nou, op een avond hing ik wat rond met Rocky in Small's Paradise of een van die clubs, ik was al een paar weken niet bij Boebbe geweest, toen ik om de een of andere reden aan Mamme en Dee-Dee moest denken. Ik was bang om contact op te nemen met thuis vanwege Tatte, maar ik wist dat Dennis voor tante Mary werkte, dus spoorde ik hem op de een of andere manier op in Harlem, waar hij woonde. Ik vroeg hem of hij kon proberen erachter te komen hoe het met mijn moeder en zuster ging, want de fabriek was maar klein en hij ving vast weleens iets op van mijn tante. Hij zei: 'Ze zijn al een tijdje naar je op zoek, Ruth. Hoe gaat het met je?' en ik vertelde hem over mijn nieuwe flat en mijn nieuwe vriend, Rocky, en hoe aardig hij was, toen Dennis een uitdrukking op zijn gezicht kreeg waar ik in een klap van stilviel.

Kijk, ik leidde een luxeleventje, ik probeerde gewoon mijn verleden te begraven en los te komen van mijn vader, maar toen ik Dennis begon te vertellen waar ik mee bezig was, schaamde ik me zo, want de manier waarop hij keek zei al genoeg.

Hij zei: 'Ruth, niets wat je ouders je hebben aangedaan is zo erg dat je je met die kerel zou moeten afgeven. Die vent is een pooier. Hij is een pooier, en hij houdt je goed onder de duim.' Hij zat daar maar zo'n beetje te stomen. Hij was niet boos. Hij leek alleen teleurgesteld.

Ik schaamde me zo op dat moment. Ik stond op en zei: 'Ze hoeven niet meer naar me te zoeken. Ik ga naar huis.' Ik pakte mezelf bij de kraag en ging regelrecht terug naar Boebbe in de Bronx. Ze maakte zich zo'n zorgen om me, maar toen ze vroeg waar ik was geweest, gaf ik haar geen directe antwoorden. Ik zei alleen tegen haar dat ze geen telefoontjes voor me moest aannemen en geen enkele informatie over me moest doorgeven. Rocky belde op en stuurde bloemen, maar ik beantwoordde zijn telefoontjes niet. Hij bleef volharden en kwam op een gegeven moment naar Boebbes flat, waar hij aanklopte en vanuit de hal zei: 'Kom naar buiten, Ruth. Ik weet dat je thuis bent. Kom nou naar buiten.' Maar ik bleef achter de deur staan, zonder open te doen of iets te zeggen. Hij bleef maar bloemen sturen en proberen me in zijn greep terug te krijgen, maar na een tijdje hield hij op met bellen en daarna heb ik hem nooit meer teruggezien.

18

Verdwaald in Delaware

In juni 1974 kwam ma op een dag de keuken binnen van ons huis in Queens en zei: 'We verhuizen naar Delaware. Begin maar met inpakken.' Ze had vijf thuiswonende kinderen en zeven die elders studeerden. Sommigen volgden een hogere beroepsopleiding, anderen studeerden medicijnen. Omdat ze allemaal van een beurs of lening leefden en het zelf amper wisten te redden, konden ze haar financieel niet bijstaan. Ons huis was verschrikkelijk vervallen, en ma kon het allemaal niet meer opbrengen.

We waren weken bezig met inpakken. Ik wilde graag verhuizen. Als we in New York bleven, zou ik vrijwel zeker een jaar moeten overdoen om de middelbare school af te maken. Bovendien bleef ik mijn oude vrienden maar tegenkomen, die zich steeds dieper in de nesten werkten. Ik moest wat nieuwe gezichten zien, een nieuw begin maken. Mijn jongere zusters daarentegen waren dol op New York, hadden niet dezelfde problemen als ik en wilden niet vertrekken. 'Waarom zouden we verhuizen?' betoogden ze. 'We zijn hier gelukkig.' Ze belegden een huisvergadering. Ma ging zitten om de zaak uit te praten, hoorde hun argumenten aan, tuitte haar lippen en knikte met haar hoofd. 'Als jullie er zo over denken,' zei ze, 'moesten we maar blijven.' Ze stond op en verklaarde luchtig: 'We gaan niet verhuizen', waarna ze de kamer verliet. Het was alsof ze een handgranaat te voorschijn had gehaald, de pal eruit had getrokken, hem op de vloer had gegooid en was vertrokken. Mijn broers en ik keken elkaar geschokt aan. Inmiddels was het huis al te koop aangeboden en bijna verkocht. We hadden een koper. Er was al een contract getekend. Onze leraren waren op de hoogte gesteld. De voorbereidingen waren al getroffen. We discussieerden er nog urenlang over. 'We kunnen beter verhuizen,' zei ik.

'Vergeet het maar,' zeiden mijn zusters.

'We moeten wel gaan,' stelden mijn oudere broers. Ze vonden dat mam zich niet langer kon veroorloven in New York te wonen.

Er werd een beroep gedaan op mam om zich weer in het debat te mengen. 'Laat me er nog eens over nadenken,' zei ze. Ze ging op de bank zitten en viel onmiddellijk in slaap, waarna ze onverstoord door onze discussie heen lag te snurken.

Mijn moeder is de enige persoon die ik ken die abrupt twee minuten lang in slaap kan vallen – een diepe remslaap, met gesnurk en al – om even abrupt weer te worden gewekt door bepaalde, specifieke geluiden. Een orkaan doet haar niets, maar bij het geluid van een huilende baby of een pan die op de vloer valt springt ze overeind als een soldaat bij de reveille.

Toen ze weer wakker werd, liep ze weg zonder iets te zeggen. Er gingen dagen voorbij. Ten slotte verklaarde ze: 'We blijven.' Gejuich van de meisjes. We begonnen langzaam weer uit te pakken. De volgende dag blafte ze ons toe: 'We verhuizen!' Gejuich van de jongens. We pakten alles weer in. Zo hinkte ze nog wekenlang op twee gedachten, terwijl de makelaar zich de haren uit het hoofd trok over de vraag of hij zijn commissie al dan niet zou opstrijken. De discussie duurde letterlijk voort tot die ochtend in augustus waarop we een bestelwagen huurden en volgooiden met al onze aardse bezittingen – een aantal van ons moest achterin bij de meubelen meerijden – en als een soort Beverly Hillbillies over de I-95 koers zetten richting Wilmington in Delaware. 'Waarom Wilmington?' vroegen we aan mam.

'Waarom niet?' zei ze. 'Het is er goedkoop.' Ze had een klein huisje in de stad gekocht voor minder dan twaalfduizend dollar, en meer kon ze zich niet veroorloven.

We wisten niets over Delaware. Een oude vriendin van ma uit Harlem woonde er. 'Het zal jullie prima vergaan in Delaware,' zei ma's vriendin, maar vanaf het moment dat we de bestelwagen voor onze nieuwe woning parkeerden waren we volledig de kluts kwijt.

We dachten dat in Wilmington alles net zo in zijn werk zou gaan als in New York; dat we de metro of bus zouden kunnen pakken en ons zouden kunnen redden dankzij het openbaar vervoer en door ons aan te passen aan het ritme van de stad. Maar Wilmington had geen metro en alleen de allerarmsten namen de bus, die na ongeveer negen uur 's avonds niet meer reed. In tegenstelling tot New York, waar mam eindeloos lang met een dollar kon doen en haar horde naar het beloofde land van Macy's, Gimbels en Ohrbach's leidde om ons te vermaken met gratis musea, optochten, buurtfeesten en openbare concerten, was Wilmington een oord van voorstadjes met winkelpromenades, muziekkorpsen van middelbare scholen, blonde koninginnen van het schoolbal, kleinburgerlijke roddels en een binnenstad waaruit de blanken even snel wegvluchtten als hun Ford Pinto's konden rijden. We waren geschokt door de rassenscheiding in de stad en het omringende district, waar de meeste zwarte kinderen naar onderbezette en noodlijdende gemeentescholen gingen, terwijl blanken naar smetteloos onderhouden scholen met geweldige voorzieningen in de buitenwijken gingen. De scholen met hun rassenscheiding waren een volslagen verrassing voor ma, die helemaal geen rekening had gehouden met dat probleem, en de zuidelijke sfeer in de stad – voor ons was alles ten zuiden van Canal Street in Manhattan het Zuiden – riep nare herinneringen bij haar op. Ma haat het Zuiden.

Op een avond, een paar maanden na onze aankomst, hield

een patrouille van de staatspolitie van Delaware een stel van ons aan op een donkere verkeersweg nadat mijn oudere broer, David, die aan het stuur zat, was gekeerd op een plaats waar dat niet was toegestaan. De agenten waren lang, arrogant en ontoeschietelijk. Ze omsingelden de auto vol zwarte kinderen en hun blanke moeder, schenen overal met hun zaklampen en lieten David, die destijds voor zijn doctoraal studeerde aan Columbia University, zonder jas buiten in de kou staan om hem aan een scherp verhoor te onderwerpen. Vervolgens rekenden ze hem in om hem nog diezelfde nacht voor de politierechter te geleiden, terwijl de rest van ons er bang en kwaad achteraankwam. Ma was razend dat haar verlegen, intellectuele zoon – ze was altijd zo trots op David, en zou letterlijk zijn boeken voor hem naar school hebben gedragen als hij erom had gevraagd – voor de rechter moest verschijnen, die hem verzocht te verklaren of hij al dan niet 'schuldig' was aan de verkeersovertreding. Ze zette onmiddellijk een mond op als een gehaaide advocate. 'Zeg dat je onschuldig bent!' riep ze uit. 'Ze zullen je opsluiten!'

'Alsjeblieft, mam,' zei David, die haar probeerde te kalmeren terwijl de rechter hen gadesloeg.

'Nee, nee!' riep ze. 'Je bent onschuldig – *je hebt niets gedaan!*'

Achteraf gezien was het hele incident maar een routinecontrole, met een bon en een snelrechtprocedure, en toen ik later als journalist bij de *Wilmington News Journal* verslag moest doen over politieoptredens, kreeg ik de staatspolitie van Delaware van een veel betere kant te zien. Maar ma miste dat inzicht, en vanaf die nacht haatte ze Delaware. 'Nu verhuizen we écht terug naar New York,' zei ze. 'Het huis is nog niet verkocht. We zorgen wel dat we onder dat contract uit komen.'

Mijn zusters stapten, met hun bezittingen in boodschappentassen, op station Wilmington in de Amtrak-trein naar het noorden. Er werden rampenplannen opgesteld, afspraken gemaakt, beloftes overeengekomen: 'Dus jullie volgen ons met de bestelwagen... We zullen ons op school inschrijven... doe een goed woordje voor me bij de directeur, oké?... Tot ziens in New York.' En zo vertrokken ze.

Twee uur later wist ik ma ervan af te brengen. 'Wat hebben we nog in New York?' vroeg ik haar. 'Er wacht daar niets meer op ons. Het is voorbij. Je kunt je dat huis niet veroorloven.' Jammer genoeg was ze het met me eens. Toen de meisjes opbelden vanuit de stad, gaf ze hun opdracht naar huis terug te komen.

Ze draaide alleen maar in zulke wilde cirkels rond omdat ze probeerde te overleven, en ze verliet zich altijd op beweeglijkheid wanneer het erom spande. Ze was een vierenvijftigjarige weduwe, die van een karig pensioen en een uitkering leefde en nog vijf kinderen moest grootbrengen. Ze had er nog nooit alleen voor gestaan als het ging om verhuizen, woonbuurten inspecteren, huizen kopen of autorijden. Dat zou van ieder mens alleen veel gevraagd zijn. Tijdens twee huwelijken – waarvan het eerste zestien en het tweede veertien jaar had geduurd – was het haar taak geweest om haar kinderen te bemoederen, maar nu moest ze leiding geven aan een gezin, en dat moest ze op late leeftijd nog zien te leren. Bovendien was ze emotioneel uitgeput en voelde ze zich enorm schuldig omdat ze ons uit New York had weggehaald. Ze zat vaak 's avonds aan de keukentafel te piekeren: 'Wat heb ik gedaan? Wat bezielde me?' terwijl ze in het niets staarde, met een kop koude, onaangeroerde koffie in haar handen.

Het gebed zorgde voor haar ommekeer. Het gebed, en het openbare-schoolsysteem, dat haar tot handelen dwong. Toen ze de afgetakelde boeken zag die we van school meebrachten, kwam ze weer overeind als de ma van vroeger. 'Met zulk onderwijs worden jullie allemaal nullen,' zei ze. Ze kocht voor negenhonderd dollar een oude tweedehands Toyota, ging op rijles en haalde, ondanks het feit dat de rij-instructeur een vieze oude kerel was die handtastelijk of, zoals zij het noemde, 'vrijpostig' werd, binnen twee weken haar rijbewijs. Ze sloeg het telefoonboek open, ging met haar vinger het rijtje privé- en katholieke scholen af, belde op om uit te zoeken welke er studiebeurzen verstrekten, en bracht me met de auto naar een van hen toe. De directeur overhoorde me vier uur lang. Hij gaf me een toets voor schrijfvaardigheid en aardrijkskunde en kwam vervolgens met een stel wiskundige opdrachten aanzetten waar ik geen raad mee wist. Als ik de voorgaande twee jaren niet zo veel lessen had gemist, had ik die opdrachten misschien met gemak gemaakt, maar ik had ternauwernood de elfde klas afgemaakt en had geluk dat ik me een laatstejaars mocht noemen. De man kwam me niet tegemoet. Hij zei dat ik, omdat ik als laatstejaars op zijn school zou beginnen, aanpassingsproblemen zou kunnen krijgen. Ik werd afgewezen.

Ik ging met mijn zusters Kathy en Judy naar de zwarte openbare middelbare school Pierre S. Du Pont, waar ik het goed naar mijn zin had. De kinderen noemden me, net als de mensen in Louisville, 'New York', maar dit keer vermeed ik het groepje dat altijd samen wat rondhing en richtte ik me op mijn muziekspel, vooral op de tenorsaxofoon en trombone, waarmee ik was begonnen om bij het muziekkorps te kunnen spelen. De verandering deed me goed en ik stopte met wiet en alcohol om me aan de muziek te wijden, met hulp van de uitstekende muziekleraar op school, een zwarte man die C. Lawler Rogers heette. Al met al waren de lessen in Delaware tien keer makkelijker dan die in New York, en ik werd uitgekozen voor een reis naar Europa met de American Youth Jazz Band, die was opgericht door Hal Schiff, een erg vriendelijke blanke muziekleraar uit New Castle County.

De reis naar Europa met de American Youth Jazz Band was niet gratis. Je moest ervoor betalen, en dat kon ik niet. Mijn reis werd betaald door een welgesteld echtpaar uit het nabijgelegen Chadds Ford in Pennsylvania, David H. en Ann Fox Dawson, die al jarenlang een groot deel van hun tijd en middelen aan kinderen in de binnenstad hadden gewijd. Meneer Dawson was een lange, goed verzorgde man met grijze haren, die eerste vicepresident was van Du Pont. Hij en zijn vrouw waren hoofdsponsors van het muziekkorps en verstrekten beurzen aan armlastige muzikanten. In ruil daarvoor moest je tijdens het weekeinde en 's zomers op hun landgoed werken, en zo veranderde ik in een jaar tijd van iemand die high zat te worden op een straathoek in Louisville in iemand die de bediening deed op feestjes voor prominente renteniers in het bekakte Chadds Ford. Ik kamde mijn afrokapsel glad, deed een pak en een vlinderdas aan die mevrouw Dawson me had geleend en liep rond met dienbladen vol hors d'oeuvres, samen met Pearl, de zwarte vrouw die al jaren kookte en het huishouden deed voor mevrouw Dawson. Pearl woonde net als ik in Wilmington, en op een dag nam ik haar apart en vroeg ik haar: 'Waarom werk je voor die blanken?' Ze keek me aan alsof ik gek was. Zij en mevrouw Dawson waren vrij goed bevriend. Ze zei: 'Jij hangt hier toch zeker ook rond?' en ze snoerde me daarmee de mond. Op de feesten van de Dawsons bediende ik stilletjes de gniffelende blanken – onder wie de directeur van Du Pont en de gouverneur van Delaware. Deze mensen leken in niets op mij, mijn moeder of enig ander familielid van me, maar ik voelde geen woede tegenover hen. Mijn woede tegenover de wereld had plaatsgemaakt voor een felle ambitie. Ik wilde niet zijn zoals zij, zoals ze daar wat van hun wijn stonden te nippen en zich gedroegen zoals het hoorde en gelukkig deden terwijl ze dat niet waren – wat dat betreft ben ik net mijn moeder – maar deze mensen hadden mij niets aangedaan. Ik zag in dat ze het muziekkorps wilden helpen, en daarmee indirect mezelf, want ik wilde zielsgraag naar Europa, en daarvoor was ik hun dankbaar. Verder had ik geen verwachtingen van hen.

Ik was de onhandigste en slechtste bediende die mevrouw Dawson ooit op haar feestjes had gehad, en ik zal haar nooit genoeg kunnen bedanken dat ze me niet direct ontsloeg. Ik kreukelde de jassen van de gasten bij het aannemen, drukte hun hoeden plat, morste drankjes en strooide hors d'oeuvres in het rond. Mevrouw Dawson moest voortdurend zeggen: 'James, houd het dienblad zo vast... nee, zó... en zet het nu hier neer... Doe je vlinderdas recht... doe het servet zó over je arm... Houd het dienblad recht, récht... o, jéé!' Knál! Daar ging het dienblad. Ik mocht mevrouw Dawson graag, ondanks het feit dat ik haar vaak kwaad maakte. Ze was een veeleisende, geestige, levendige vrouw, en de eerste blanke met wie ik ooit een langer gesprek heb gevoerd over muziek en literatuur, waar ze erg van hield. Ze liet me kennismaken met klassieke componisten en literaire schrijvers van wie ik nog nooit had gehoord, probeerde mijn in haar ogen slechte taalgebruik en manieren te verbeteren, waarvan ik niets moest hebben, en nam me vaak terzijde om samen gedichten te lezen; woorden die later in mijn leven plotseling uit het niets weer in mijn geheugen zouden opduiken, alsof iemand ze daar had geplant, wat ze in feite ook had gedaan: James James / Morrison Morrison / Weatherby George Dupree / paste altijd / heel goed op zijn moeder, / al was hij nog maar drie...'

De bediening op haar feestjes was niet mijn enige taak. Ik was geen fulltime negerbediende, om het zo maar te zeggen. Het meest werkte ik op het land. Het landgoed besloeg een groot grondgebied van ettelijke hectares en omvatte een paardenstal, een grote groentetuin en een zwembad, dat werd onderhouden door Harry, een jonge blanke werknemer. We maaiden het gras, snoeiden de bomen, hielden de stal schoon, reden rond op een gammele tractor en waren de hele dag druk in de weer. Harry was een echte boer en een slimme jongen, die graag op herten jaagde, waarvoor hij speciaal een voorraadje bier en een lang jachtgeweer bewaarde achter de stoel van zijn bestelauto. Ik mocht Harry graag en maakte de hele dag grapjes tegen hem. Het verbaasde hem altijd hoe ik onder alle smerige klusjes wist uit te komen die mevrouw Dawson me opdroeg.

'James, je bent een luie jongen,' zei hij op een middag tegen me, 'en als je niet beter je best doet, zal mevrouw D. je wel door krijgen.' Ik schonk geen aandacht aan hem, maar niet lang daarna kwam zijn voorspelling uit. Ik moest om vijf uur 's ochtends opstaan om de bus van Wilmington naar mevrouw Dawson te nemen, en kwam vaak uitgeput bij haar aan. Op een warme middag betrapte meneer Dawson me toen ik lag te slapen in een aardbeienveldje dat ik moest wieden, en hij gaf het door aan mevrouw Dawson. Ze werd kwaad en ontsloeg me op staande voet. 'Hoe kunt u mij ontslaan?!' zei ik. 'Ik moet naar Europa!'

'Ik zorg wel dat je in Europa komt,' zei ze, 'maar je bent desalniettemin ontslagen. Jij, knúl, moet eens leren werken.' Nou, toen ze zei dat ik naar Europa zou gaan, omhelsde ik haar. Ik vond het niet leuk dat ze me 'knul' noemde, maar dat ze me ontsloeg kon me niet schelen. Ze had me een gunst bewezen. Ik heb nog jarenlang contact met haar gehouden. Ze hielp me door mijn studie heen, en hielp me ook een vervolgstudie te krijgen; ze betaalde niet voor me, maar in noodgevallen schoot ze me wel te hulp. Toen ik een paar jaar later aan Oberlin College studeerde, lag er op een ochtend een brief van haar in mijn postbus, waarin ze schreef dat haar man plotseling aan kanker was overleden. Later op die dag stond ik op straat met een groep zwarte studenten, toen een van hen zei: 'Laat die bleekscheten maar zitten. Ze zijn allemaal rijk. Ze hebben geen problemen', waarop ik zei: 'Ja, man, net wat je zegt', terwijl ik de opgevouwen brief op zak had met de troosteloze woorden van een oude blanke vrouw die altijd alles had gedaan om mij – en vele anderen zoals ik – te helpen. Het bezeerde me een beetje zoals ik daar stond te liegen. Soms leek het wel alsof de waarheid een kreupele ziel was, die van de ene naar de andere kant van de aarde schoot, zonder dat ik haar ooit kon vinden.

Tegen de tijd dat ik begon aan mijn laatste schooljaar, wist ik al dat ik wilde studeren en muzikant wilde worden op een of ander instrument. Ik zag mezelf niet in Wilmington rondhangen, met een baantje bij een 24-uurswinkel en optredens met een popgroep die voor de oudstrijdersvereniging en in sjofele countrybars speelde, wat ik op dat moment deed. Ik had wel de aanvechting om van school te gaan en me te verdiepen in mijn saxofoonspel en het componeren van jazzmuziek, zoals de veteranen die ik bewonderde – Bird, Coltrane, Clifford Brown – hadden gedaan, maar ik was bang dat ik op die manier misschien nooit uit Delaware zou wegkomen. Mam wilde me ook weg hebben uit Delaware, maar ze zag geen uitweg. Ze was ongelukkiger dan ik haar ooit had gezien. Het was alsof iemand haar benen had geamputeerd. In 1974 begaf haar oude Toyota het op de dag voor Thanksgiving, en omdat ze geen geld had om hem te repareren, moesten we de bus nemen naar een of andere godvergeten afgelegen supermarkt om een betaalbare kalkoen te pakken te krijgen. We vonden het stuk gevogelte, maar toen we instapten in de bus naar huis, brak de papieren zak met de bevroren kalkoen. Hij viel eruit en rolde door het gangpad helemaal naar de voorkant van de bus, waar de chauffeur hem oppakte. De passagiers en chauffeur lachten erom, maar voor mam vatte het voorval haar hele bestaan in Delaware samen, die verdraaide kalkoen die voor de ogen van al die verdraaide mensen door het verdraaide gangpad rolde. Ze had weinig vrienden in de omgeving. De zwarten vonden haar lastig. De blanken vond ze vervelend. Maar er was geen snelle, makkelijke ontsnapping.

Voor mij was mijn studie de uitweg. Becky, de vrouw van mijn oudste broer, had gestudeerd aan Oberlin College in Ohio en zei dat ik me daar moest aanmelden, omdat ze een geweldige faculteit der letteren en een conservatorium hadden en, het allerbelangrijkste, studiebeurzen verstrekten. Ik had slechte schoolcijfers en haalde lage cijfers bij het toelatingsexamen, maar ik had sterke muzikale en literaire kwaliteiten en kreeg goede aanbevelingen mee. Tot mijn opperste verbazing werd ik toegelaten. Ma was volmaakt gelukkig toen ik haar het nieuws vertelde. Ze omarmde me glunderend, borg de brief waarin stond dat ik was aangenomen in de schoenendoos onder haar bed, en pochte tegen iedereen die ze tegenkwam, in de supermarkt en bibliotheek: 'Mijn zoon gaat naar Oberlin. Heeft u nog nooit van Oberlin gehoord? Nou, ik zal u vertellen dat...' Ik was het achtste opeenvolgende kind dat ze liet studeren. Mijn zeven voorgangers waren allemaal afgestudeerd, en hadden meestal nog vervolgstudies gedaan.

Op een bewolkte, regenachtige dag in september 1975 pakte ik al mijn bezittingen in een oude groene plunjezak, waarna mam me met de auto naar het busstation van de Greyhound bracht. Ze was zoals gewoonlijk blut en wierp biljetten van een dollar, kleingeld en centen voor het loket neer om de enkele reis Ohio te betalen. Toen ik de bus wilde instappen, drukte ze me een stel bankbiljetten met wat kleingeld in de hand. 'Het is alles wat ik heb,' zei ze. Ik telde het na. Veertien dollar. 'Bedankt, mam.' Ik kuste haar en ging snel de bus in om mijn tranen te verbergen. Ik had het gevoel dat ik haar in de steek liet – ze haatte Delaware en ik had haar overgehaald om er te blijven, en nu vertrok ik zelf. Toch wilde ze dat ik ging. Terwijl ik plaatsnam in de bus en door het raam naar haar keek, schoot me te binnen dat ze altijd al had gewild dat ik wegging, al sinds ik een klein jongetje was. Ze stuurde me altijd wel ergens heen met de bus; naar de basisschool, het zomerkamp, familie in Kentucky of de universiteit. Ze duwde me net zo van zich af als ze mijn oudere broers en zusters van zich had afgeduwd toen we nog in New York woonden, die ze letterlijk de voordeur had uitgewerkt toen ze gingen studeren. Ze wilde er niets van horen als ze zich aanmeldden voor studies dicht bij huis. 'Als je hier blijft, knoei je maar wat aan,' zei ze dan. 'Ga weg en leer je eigen leven te leiden.' Maar ze veegde haar ogen af met de rug van haar hand en keek stil door het raam in de huiskamer wanneer ze vanaf de stoep lachend vaarwel zwaaiden, zwoegend met de last van dezelfde goedkope plunjezak die nu met al mijn spullen onder in de Greyhound-bus lag. Ze huilde altijd bij hun vertrek, zij het nooit waar wij bij waren. Daarvoor trok ze zich terug in haar kamer. Ik maakte me eigenlijk zorgen dat ze zou huilen toen ik de bus instapte, maar toen ik haar aankeek door het raam zag ik tot mijn opluchting dat ze helemaal niet huilde. Ze liep met getuite lippen en gefronste wenkbrauwen te ijsberen en rare gezichten te trekken. Ze beende heen en weer, met haar handen in haar zakken, terwijl de wind dode bladeren en stukjes papier rond haar benen opjoeg. Ze droeg een bruine regenjas en had een sjaal rond haar hoofd gewikkeld, een eenzame blanke vrouw die, onder een rammelende brug van de Amerikaanse spoorwegen en een bewolkte hemel, heen en weer banjerde over een zwak verlichte straat voor het vervallen busstation van Wilmington in Delaware. Ik weet nog dat ze zo opgewonden en zenuwachtig leek dat ik me afvroeg of ze naar het toilet moest. Toen de motor van de bus ronkend aansloeg zwaaide ze niet zozeer, maar maakte ze een snelle handbeweging om te zeggen: 'Ga! Ga nou maar!' waarna ze haastig wegliep. Toen de bus wegreed, verdween ze even uit het gezicht, maar nadat we de hoek om waren gereden zag ik haar door het raampje tegenover me. Ze was ingestort. Ze steunde op de muur onder de spoorbrug, haar hoofd gebogen en met een hand in haar ogen wrijvend, alsof ze de tranen die er uitstroomden op die manier in het niets kon laten verdwijnen.

19

De belofte

Na mijn avonturen met Rocky had ik genoeg van het snelle leven. Ik vond werk als serveerster in een lunchroom, en na een paar weken nam Dennis weer contact met me op en kregen we wat met elkaar. Hij was een heel serieuze man, attent en betrouwbaar, anders dan Rocky en de andere mannen uit Small's Paradise, met wie ik in Harlem was omgegaan. Dennis speelde viool en was uit High Point in Noord-Carolina naar New York verhuisd. Toen hij naar New York kwam was hij halverwege de twintig, wat in die tijd voor de meeste mensen oud was om uit huis te gaan, maar hij was enig kind, en zijn moeder, Etta, wilde niet dat hij uit huis ging. Ze had een paar miskramen gehad en Dennis was haar enige zoon, maar hij vertrok toch naar New York, omdat hij carrière wilde maken als muzikant. Hij speelde viool, las bladmuziek en componeerde, voornamelijk klassieke en religieuze muziek. Je vader kwam uit dezelfde stad als John Coltrane en had op dezelfde school gezeten, maar hij was ouder dan Coltrane. Toen ik hem leerde kennen, zat Dennis altijd driftig te pennen en te componeren, met stapels bladmuziek om zich heen. Hij speelde prachtig viool, en ik vroeg hem vaak om allerlei liedjes voor me te spelen. Hij kon ook goed zingen en was lid van het koor van de Metropolitan Baptist Church in Harlem.

Dennis verhongerde bijna doordat hij zich zo aan die muziek vergooide, en daarom wilde ik nooit dat jij je eraan zou vergooien toen je besloot er je brood mee te verdienen. Destijds namen orkesten en dergelijke geen zwarten aan, dus doolde hij wat rond en sliep in goedkope hotelletjes. Hij werd gered door Curtis en Minnie Ware, een paar vrienden uit High Point, zijn geboorteplaats. Curtis werkte als conciërge in een flatgebouw in Manhattan, en Minnie en hij waren rijk in verhouding tot de meeste zwarten die uit het Zuiden kwamen, omdat ze geen huur hoefden te betalen. Curtis en Minnie gaven onderdak en voedsel aan hele families die vanuit High Point naar het noorden waren getrokken, maar Dennis was te trots om bij hen langs te gaan. Pas toen hij verhongerde en in goedkope hotelletjes moest slapen, zei hij tegen hen: 'Ik heb geen geld en kan nergens heen', waarop ze boos op hem werden. Ze zeiden: 'Je had eerder naar ons toe moeten komen.' In hun flat zaten nog vier andere vrienden en een van hun zusters uit het Zuiden opeengepakt. Rond etenstijd dekten ze een reusachtige ronde tafel met allerlei zuidelijke gerechten, brood, gebak en koude drankjes. Nadat Dennis zichzelf weer op de been had geholpen, werk had gevonden bij de leerfabriek van mijn tante Mary en wij wat met elkaar kregen, nam hij me mee bij hen op bezoek en zei: 'Ik wil jullie voorstellen aan een vriendin van me.' Hun ogen rolden zowat uit hun kassen toen ik de kamer binnenkwam.

Het was rond 1940, en zwart en blank gingen niet samen uit wandelen en dergelijke, zoals Dennis en ik deden. Sommige mensen wel, maar het gebeurde allemaal stiekem, of anders waren het mensen die veel uitgingen en lol maakten, zoals Rocky's vrienden uit Small's Paradise. Maar Dennis was een serieuze, christelijke man, en hetzelfde gold voor zijn vrienden. Voor hen was het geen grapje.

Nou, nadat ze hun opengevallen monden weer hadden gesloten zeiden ze: 'Beschouw ons huis als het jouwe. Neem plaats en eet wat.' Ze deden helemaal niet moeilijk tegen me, en Dennis' familieleden evenmin. Ze ontvingen me met open armen en behandelden me alsof ik een van hen was; alleen kostte het hun soms een minuut om de schok te verwerken om een zwarte en een blanke samen te zien – zoals tante Candis, een van Dennis' tantes. Tante Candis was Dennis' lievelingstante. Haar grootouders waren slaven geweest. Toen ik voor het eerst naar Noord-Carolina kwam en haar huis binnenstapte, zei ze: 'Hopelijk vergeef je me dat ik je zo aanstaar, maar ik heb nog nooit een blanke over de vloer gehad en ben nog nooit van zo dichtbij in aanraking gekomen met een blanke.' Ik zei: 'Het is goed', en we zijn tot aan haar dood vriendinnen gebleven. Ik zal haar van mijn levensdagen niet vergeten. Ze is bijna honderd jaar geworden. Zonder tante Candis hadden we het niet gered. Na de dood van Dennis kwam ze uit Noord-Carolina om voor jullie te zorgen, omdat ik verdriet had en niet wist wat ik moest doen en me niet kon bewegen. Ik kon me niet bewegen. Ze kwam met de trein helemaal van Noord-Carolina naar New York om voor jullie acht te zorgen, inclusief jij, James, en je was nog maar piepklein. Ze was nog nooit in de grote stad geweest. Ze had nog nooit van haar leven zo veel beton en hoge gebouwen gezien. Na ons huwelijk kocht je stiefvader een groot gouden horloge voor haar, en daarna ging ze weer naar huis in Noord-Carolina. Hij zei: 'Dat is me nog eens een vrouw', en hij had gelijk. Ze was me nog eens een vrouw.

Nou, Dennis was een betrouwbare, nette christen. Hij leek me te begrijpen en dwars door me heen te kijken. Het duurde niet lang voordat ik verliefd werd op hem, en na een paar maanden begonnen we aan een huwelijk te denken. Nu ja, ík dacht aan een huwelijk. Dennis bleef maar aarzelen, totdat hij ten slotte zei: 'Laten we samenwonen, als man en vrouw. De buitenwereld hoeft niet te weten dat we getrouwd zijn. De wereld is nog niet klaar voor ons.' Ik kon me – voorlopig – wel vinden in dat excuus, dus huurden we een kamer in de Port Royal, op 129th Street. We hadden een kamer in een flat met drie slaapkamers, die werd beheerd door ene mevrouw Ellis. Zij en haar man gebruikten een van de slaapkamers en verhuurden de andere twee, met gedeeld gebruik van keuken en badkamer.

Ik verhuisde van de ene op de andere dag. Op een dag vertrok ik uit Boebbes flat, en ik ben er nooit meer teruggekomen. Zie je, Boebbe was oud en had suiker en kon me niets voorschrijven, en het was nou niet bepaald zo dat mijn tantes opbelden om een oogje op me te houden of iets dergelijks. Ze hadden hun eigen levens en maakten zich niet druk om mij. Kind, ik was al volwassen. Ik was geen baby meer. 'Ga er maar op uit en doe wat je het beste lijkt', dat was hun houding. Dus deed ik wat me het beste leek. Ik trok bij Dennis in en had er geen spijt van. Hij bleef voor mijn tante Mary werken, terwijl ik met hem samenwoonde, zonder dat ze het ooit in de gaten had.

Wat een schandaal, vind je niet? Maar mijn moeder miste ik wel. Ik miste haar verschrikkelijk en moest vaak aan haar en mijn zuster, Dee-Dee, denken. Op een dag kreeg ik het gevoel dat ik gewoon met Mamme moest praten, ook al wist ik dat ze het niet eens was met mijn manier van leven, dus raapte ik een berg munten bij elkaar en belde ik naar Suffolk vanuit een telefooncel voor ons kamertje op 129th Street. Aangezien Dennis en ik bij iemand anders op kamers woonden, moest je telefoneren vanuit de huiskamer van mevrouw. Ik kon mijn moeder niet opbellen en Jiddisch praten over de telefoon van mevrouw. Dat leek me gewoon te raar. Ik schaamde me te erg. Dus ging ik naar buiten. In die tijd was het heel wat om interlokaal te bellen. Toen ik opbelde nam Tatte de telefoon op, die tegen me zei: 'Ik weet niet wat je daar uitvoert, maar je moeder is ziek en ik heb hulp nodig in de winkel.' Dus ging ik terug naar Suffolk. Ik wilde niet, maar omdat Mamme ziek was, moest ik wel. Ik zei tegen Dennis dat ik een paar weken naar huis ging, en hij zei dat hij me zou schrijven en geld zou sturen, wat hij ook deed.

Toen ik aankwam in Virginia, zei ik tegen Tatte: 'Ik zal je een tijdje helpen, maar ik blijf niet voorgoed.' Hij negeerde me. Hij nam me vrijwel onmiddellijk mee op bezoek bij een bevriende joodse winkelier in Portsmouth, zogenaamd om 'zaken te doen', waar hij me voorstelde aan de zoon van die kerel. Hij oefende druk op me uit om te trouwen met die dikke knul, die ik niet eens kende. Maar dat was ik helemaal niet van plan. Ik was naar huis gekomen voor Mamme. Ze werd steeds zieker. (Ze was inmiddels bijna blind aan haar linkeroog en viel vaak flauw.) Ze was niet helemaal invalide; zelfs wanneer ze ziek was, was ze niet echt invalide. Ze kookte de hele dag en stopte sokken. Ze kon vis, vlees en groenten snijden op een grote snijplank – en dat alles met één hand. Ze was een goede joodse echtgenote, die haar geloof in ere hield, en door de jaren heen heeft ze heel wat over zich heen laten gaan, want haar man was geen knip voor de neus waard en zij had geen keus. Zoals Tatte haar behandelde – tegenwoordig zou ze een mishandelde echtgenote worden genoemd. Destijds was je gewoon iemands vrouw. En in het Zuiden kon een man met zijn vrouw doen wat hij wilde. Zeker als zij een gehandicapte jodin was en hij een zogenaamde rabbi. Hij kon tegen haar schreeuwen en haar uitlachen, uitschelden en slaan. Hij kon zelfs wat met een andere vrouw hebben waar ze bij stond.

Ook dat probeerde ze te negeren zolang ze kon, en ik geloof dat ze er een tijdlang niet van wist, omdat Tatte toch altijd al een beetje raar was, begrijp je, en erg gesloten. Hij vertelde ons nooit iets, bijvoorbeeld waar hij was geboren, en of hij nog familie of verwanten had. Hij verdween elke zomer een paar weken naar Europa. Dan zei hij: 'Ik ga op bezoek bij mijn *landsman*', en vertrok hij per stoomschip naar een of andere plaats in Frankrijk. 'Landsman' betekent 'landgenoot' in het Jiddisch. Tijdens zijn afwezigheid dreven wij de winkel, Mamme, Dee-Dee en ik. Ik weet tot op de dag van vandaag niet waar hij precies heen ging, maar een paar weken later stapte hij altijd parmantig weer de winkel binnen, waarna hij zijn bagage neerzette en vroeg: 'Waar is mijn geld?' Dat overhandigden we hem dan, en dan ging hij het zitten tellen. Hij telde zijn geld nog voordat hij zijn jas had uitgetrokken. Hij wist vrijwel precies wat voor omzet hij wekelijks draaide. Over zijn geld maakte hij geen grapjes.

Rond 1939, 1940 begon er een grote, dikke blanke vrouw in de winkel langs te komen. Haar achterwerk was zo groot als deze woonkamer. Ze woonde een eindje verderop in onze straat. Haar man zat in de provinciale gevangenis aan de overkant van de straat een straf uit wegens dronkenschap of een dergelijk klein vergrijp. Ze was niet joods en had vier of vijf kinderen. Tatte sprak haar altijd aan in de winkel en probeerde te doen alsof er niets aan de hand was, maar vrijdagsavonds, op de sabbat, ging meneer de rabbi op stap. Dan staken Mamme, Dee-Dee en ik de kaarsen aan en zeiden we de gebeden waarmee de sabbat begon, terwijl Tatte voor Mammes ogen een tas vol kruidenierswaren inpakte en in zijn auto gooide. Dan zei hij in het Jiddisch tegen haar: 'Ik ga uit.' Vervolgens zei hij in het Engels tegen mij: 'Ik kom pas maandag terug. Doe jij zondagochtend de winkel open.'

Dan vroeg Mamme altijd aan me: 'Wat zei hij?'

'Niets,' zei ik dan.

Hun huwelijk was bezig uit elkaar te vallen en ik stond er midden tussenin. Ik trad al dan niet op als tolk tussen hen beiden. In mijn herinnering werd Tattes affaire al snel serieus. Voordat ik het wist had hij die vrouw en haar kinderen over de grens van Noord-Carolina gehaald, naar een of andere plaats, ongeveer een uur rijden van Suffolk. Op een keer sleepte hij me zelfs mee naar haar huis en moest ik buiten wachten terwijl hij naar binnen rende. Hij begon tegen me te zeuren dat ik moest zorgen dat Mamme zich van hem liet scheiden en probeerde via mij met haar te praten. Ze weigerde, en ik begreep haar dilemma. Ze was inmiddels begin veertig en had niemand om voor haar te zorgen. Ze was invalide. Ze was ziek. Ze kon nergens anders heen. Ze zou zich niet van hem laten scheiden. Nooit. Ik geloof trouwens niet dat ze in die tijd ook maar één vriendin had in Suffolk, niet voor zover ik me kan herinneren. Behalve haar moeder had ze niemand om haar te helpen, want haar zusters bekommerden zich nooit veel om haar. Voor hen was ze maar een kreupel geval; ze schreven haar zelden en erkenden nooit welke goede dingen ze had gedaan. Hun manier om vriendelijk tegen haar te doen bestond eruit dat ze me 's zomers in huis namen, en tegen die tijd hadden ze al genoeg van me, omdat ik geen kind meer was. En nu wilde Tatte van haar scheiden zodat hij met zijn vette vriendin kon trouwen, die vrouw die groter en langer dan hij en niet eens joods was. Een goj. Het was allemaal zo walgelijk dat ik het nauwelijks uithield.

Om netjes volgens het joodse geloof te scheiden hadden mijn ouders naar een row, een soort hoge rabbi, moeten gaan, maar Tatte had geen behoefte aan een row. Hij deed geen moeite meer om zich gelovig te gedragen. Op een dag ging hij naar een advocaat en kwam hij terug met wat documenten. Hij legde ze op tafel en zei tegen me: 'Zeg tegen je moeder dat ze dit moet tekenen.' Het was een echtscheidingsverzoek. Mamme weigerde. Vervolgens ging hij naar Reno in Nevada, waar hij zich zonder veel formaliteiten liet scheiden. Toen hij terugkwam naar Virginia zei hij: 'Zeg tegen je moeder dat we gescheiden zijn', en dat was dat. Maar thuis veranderde er niets. We woonden nog steeds samen en waren allemaal nog steeds ongelukkig, en inmiddels was ik al een paar weken thuis, veel langer dan mijn bedoeling was geweest, en wilde ik weer vertrekken. Het was een ellendige tijd, vooral voor mijn arme zusje, Dee-Dee. Dee-Dee was vier jaar jonger dan ik, nog maar een jaar of vijftien. Wat een leven had die gehad. Dee-Dee had het van ons kinderen het zwaarst te verduren gekregen, omdat ze de jongste was.

Dee-Dee leek nooit problemen te hebben. Ik vond haar altijd mooier dan ik. Ze was niet zo opstandig als ik. We verschilden van elkaar als dag en nacht. Zij was klein en had bruine krullen, terwijl ik lang, donker en mager was en haar op mijn lip had. Als klein kind weigerde ze afdankertjes te dragen; ze droeg mooie rokken en kousen en zag er altijd netjes uit, terwijl ik in afdankertjes rondliep en eruitzag als een zak aardappelen, wat ik ook aantrok. Dee-Dee was erg slim. Op school haalde ze goede cijfers, terwijl mijn broer Sam en ik op het nippertje voldoendes haalden. Ze was Tattes lievelingskind, en ik was altijd een beetje jaloers op haar, omdat Tatte voor haar wél pianolessen betaalde terwijl ik er niet op mocht en dergelijke. Kijk, ze was de eerste Amerikaanse bij ons thuis, terwijl Sam en ik immigranten waren en ook zo'n soort uitstraling hadden. Op school plaagden de kinderen ons omdat we joods waren, maar Dee-Dee plaagden ze niet. Dat deed je gewoon niet bij Dee-Dee. Ze had veel zelfvertrouwen. Ze was een aardig joods meisje, dat deed wat haar werd gezegd. Ik bedoel, ze zat op de middelbare school en deed wat meisjes van die leeftijd doen, tennissen en pianoles volgen en zo, en toen Tatte zich van Mamme liet scheiden raakte ze de kluts kwijt. Niemand praatte of deelde zijn gevoelens ooit met haar, ook ik niet. We hadden een hechte band – niet zo hecht dat ik haar vertelde wat voor zootje ik van mijn leven had gemaakt, maar toch redelijk hecht – en op een avond kwam ze onze slaapkamer binnen en zei: 'Ik weet dat je weggaat, Rachel. Ga niet weg. Ga niet terug naar New York.' Dee-Dee was zo trots, en het feit dat ze me vroeg te blijven... nou ja, ze meende het. Op die manier praatten we nooit met elkaar, en het was moeilijk voor haar om zich bloot te geven en te zeggen wat ze voelde. Het deed me zo'n pijn om dat te horen, want ik kon niet blijven. 'Ik zal erover nadenken,' zei ik.

'Ik geloof je niet,' zei ze. 'Ik weet dat je teruggaat. Ga alsjeblieft niet terug. Beloof me dat je zult blijven.' Ze zat op het bed en begon te huilen, met haar gezicht in haar handen begraven, mijn kleine zusje. 'Beloof het me,' snikte ze. 'Beloof me dat je zult blijven.'

'Oké, ik beloof het,' zei ik. 'Ik blijf.' Maar die belofte aan Dee-Dee heb ik gebroken, en dat is ze nooit vergeten. Vele jaren later zou ze me er nog eens aan herinneren.

20

Oude Shilsky

Op een nacht in november 1982 tufte ik om vier uur in mijn groene Volkswagen uit 1972 over snelweg 460 in Virginia. Een paar uur eerder had ik mijn ex-vriendin, Karen, een zwart fotomodel, die haar naam had veranderd in Karone ('Mijn agent vond dat ik dat moest doen'), afgezet bij het huis van haar grootmoeder in Petersburg. Ze was samen op stap met haar tweejarige zoontje, Paul, een lief en vriendelijk jongetje, dat niet helemaal leek te begrijpen wie ik was. Ma haatte Karone. 'Nu heb je een kant-en-klaargezin,' zei ze vinnig. 'Je had je hele leven nog voor je. En moet je nu eens naar jezelf kijken.'

'Wat bedoel je?' vroeg ik.

'Zeg maar dag tegen je dromen!' snoof ze.

Ik negeerde haar. Karone en ik waren niet van plan te trouwen. We hadden geen hechte relatie. We woonden beiden in Boston en hadden besloten dat het tijd was de stad, en elkaar, te verlaten. Zij liet haar ex-man achter zich. Ik wilde mezelf achter me laten. Ik werkte al een tijd als schrijver van achtergrondartikelen bij de *Boston Globe*, een geweldige baan voor een vierentwintigjarige journalist. Mijn beste vriend was Ernie Santosuosso, een blanke man van ongeveer zestig jaar, die destijds als jazzrecensent bij de *Globe* werkte. Wanneer we rondliepen op de redactie zongen we altijd 'Polka Dots and Moonbeams' en 'It's You or No One' van saxofonist Dexter Gordon. Ik had wel eeuwig met Ernie kunnen rondlummelen en melig doen op de redactie, maar ik kon niet beslissen of ik nu schrijver of muzikant wilde zijn, en wist niet dat het ook allebei tegelijk kon. Bovendien zat ik in sommige opzichten gevangen tussen de zwarte en de blanke wereld, want na mijn studietijd was ik erachter gekomen dat de enthousiaste, idealistische rapsessies, die ik en mijn studiegenoten tot vier uur 's nachts hadden gehouden, de wereld geen spat hadden veranderd. Ik weet nog goed hoe ik tijdens het eerste jaar tegen mijn zwarte kamergenoot zei: 'Volgens mij zal het racisme ongeveer rond de tijd dat we afstuderen zijn opgelost.' In plaats daarvan sloeg het me recht in mijn gezicht toen ik de echte wereld binnenstapte. En Boston was niet bepaald een gemakkelijke plek om een identiteitscrisis aangaande je ras te hebben. De stad kampt met complexe rassenkwesties, die samenhangen met thema's zoals het klassenverschil, de geschiedenis, de politiek, zelfs het onderwijs. Het was meer dan ik het hoofd wilde bieden, dus moest ik vluchten.

Op de stoel naast me lag een kleine kaart van Virginia, waarop Suffolk omcirkeld was, en een met de hand getekende plattegrond die ma me had gegeven. Het had me jaren gekost om deze informatie over de plaats waar ze was opgegroeid uit haar los te krijgen. Telkens wanneer ik ernaar vroeg, zei ze: 'O, ja, nou, er is daar niemand meer die zich mij herinnert,' en maakte ze zich weer uit de voeten, op zoek naar een huis of om een of ander klusje te klaren dat uren, dagen of weken vergde. Ik zag al lang niet meer in waarom ze er zo geheimzinnig over deed, en dat deel van mij dat wilde begrijpen wie ik was, begon te zeuren en te knagen, als een irritante muggenbeet die erom schreeuwt te worden gekrabd. Toen ik haar eindelijk zover had, ging ze aan de keukentafel zitten en haalde een oude enveloppe te voorschijn, die ze openscheurde en uitvouwde om meer ruimte te hebben. Vervolgens tekende ze een plattegrond voor me van haar woonplaats in Suffolk. Tijdens het tekenen sprak ze: 'Hier loopt de snelweg. Hier staat de brug. Het gerechtsgebouw staat verderop langs de weg, en hier staat abattoir Jaffe...' Die plattegrond was de enige aanwijzing die ik had om ma's familie te vinden. Ze kon geen namen noemen van mensen in Suffolk, hoewel ze er bijna dertien jaar had gewoond. 'Kun je je niemand herinneren?' vroeg ik.

'Nee.'

'Niemand?'

'Nou ja, ik kende een meisje, Frances.'

'Wie was zij?'

'Ze was mijn beste vriendin.'

'Waar is ze nu?'

'God mag het weten.'

'En haar familie?'

'Kan ik me niet herinneren. Maar haar moeder kon koken als de beste.'

Dus ging ik naar Suffolk om op zoek te gaan naar Frances en haar moeder, die kon koken als de beste. Ma kon zich hun achternaam niet herinneren.

Het was zeven uur 's ochtends toen ik de stad bereikte, uitgeput en hongerig na de rit vanaf Petersburg. De stad zag eruit alsof hij zijn beste tijd had gehad. Het was er stil en leeg, een mengeling van statige oude gebouwen en nieuwbouw, eigenlijk meer een industriegebied dan een stadje, waar de nieuwbouwprojecten meer in de omgeving oprukten dan in de stad zelf. Op de hoek van een kruising zag ik een vestiging van McDonald's staan. Ik parkeerde mijn auto, ging naar binnen en bestelde wat te eten. Nadat ik was gaan zitten, sloeg ik het kaartje open dat ma had getekend. Ik liet mijn blik een paar keer van de kaart naar buiten dwalen. Ik wist dat ik me op de hoofdstraat bevond. Schuin tegenover me stond een oud gerechtsgebouw. Erachter lag een kerkhof. Links van me stonden een brug en een abattoir. Ik zat precies op de plek waar de familiezaak had gestaan, op North Main Street 601. Ik liet het eten onaangeroerd staan, ging naar buiten en keek om me heen. Achter de McDonald's stond een oud huis. Toen ik aanklopte, werd er opengedaan door een bejaarde zwarte man met een bril. Ik vertelde hem waarvoor ik kwam: dat mijn moeder hier had gewoond. Dat haar familie Shilsky heette. Dat ze joods waren geweest. Een winkeltje hadden gehad. Hij friemelde aan zijn bril en staarde me een hele tijd aan. Toen zei hij: 'Kom binnen.'

Hij liet me plaatsnemen en bracht me een flesje frisdrank. Daarna vroeg hij of ik mijn verhaal nog eens wilde vertellen. Ik begon opnieuw.

Hij knikte en luisterde aandachtig. Toen verscheen er een glimlach op zijn gezicht. 'Dus dan bent u de kleinzoon van die ouwe rabbi Shilsky?'

'Juist.'

Eerst begon hij te grinniken. Vervolgens begon hij te lachen. En nog meer te lachen. Hij probeerde tevergeefs zijn lachen in bedwang te houden, waarna hij zijn bril afzette om in zijn ogen te wrijven. Ik begon kwaad te worden en hij bood zijn verontschuldigingen aan. Hij zei dat hij Eddie Thompson heette. Hij was zesenzestig. Hij woonde al zijn hele leven in dat huis. Het duurde een minuut voordat hij zichzelf weer had vermand.

'Ik heb uw moeder gekend,' zei hij. 'Wij noemden haar altijd Rachel.'

Die naam had ik nog nooit eerder gehoord. Zelfs toen ze me het kleine beetje vertelde dat ze had losgelaten over haar leven, had ma zichzelf nooit aangeduid als Rachel. Ze had zichzelf altijd Ruth genoemd. Later kwam ik erachter dat ze eigenlijk Ruchel heette, een Jiddische naam die haar familie had veramerikaanst tot Rachel, dat zij op haar beurt had veranderd in het nog Amerikaansere Ruth.

'Ik heb dat hele gezin gekend,' zei Thompson. 'Rachel, Gladys, Sam en hun ouders. Rachel was de vriendelijkste. Gladys, de jongste, noemden we Dee-Dee. Dat was me een piepklein ding. Ze leek meer op haar vader. Sam, hun broer, noemden we Sparky. Men zegt dat hij tijdens de Tweede Wereldoorlog is omgekomen bij een vliegtuigongeluk. Die Rachel, die liep altijd pal hier over straat heen en weer, zij en haar moeder. Haar moeder was gehandicapt. Ze liep mank. Haar hele linkerzijde was naar de maan, van die mevrouw Shilsky. Zo'n aardige vrouw. Wanneer die ouwe niet keek, gaf ze je altijd stiekem wat fruit of snoep. Maar die ouwe Shilsky...' Hij haalde zijn schouders op. 'Persoonlijk heb ik nooit problemen met hem gehad.'

'Wat was hij voor iemand?' vroeg ik met bonzend hart. Waarom slaat mijn hart nu over, vroeg ik me af. Ik wist het niet precies.

'Hoe hij was?'

'De oude Shil – mijn grootva...'; ik wist niet hoe ik hem moest noemen. Geen van beide klonk zoals het hoorde. 'Wat was Shilsky voor iemand?' vroeg ik.

'Nou... u bent natuurlijk zijn kleinzoon en zo...' Hij haalde zijn schouders weer op. 'Hij... Die ouwe was oké. Ik kon het wel met hem vinden.'

Ik zag aan zijn gezicht dat hij het zelf niet geloofde, dus zei ik: 'U hoeft me niet te ontzien. Ik heb hem nooit gekend. Ik zou gewoon graag willen weten hoe hij was.'

Hij wierp een vluchtige blik uit het raam en zei toen op vlakke toon: 'U zult hier niemand vinden die genoeg op hem was gesteld om het zelfs maar over hem te hebben.'

'Hoezo dat?'

'Zijn afkeer van kleurlingen was groot.'

'Hoe bedoelt u?'

'Tja... hij hield gewoon niet van zwarten. En hij bedroog ze. Hij verkocht ze alles wat los en vast zat en liet hen zoveel betalen als hij kon. Als je vijf dollar bij hem in het krijt stond, liet hij je er tien terugbetalen. Hij heeft die ouwe Lijah Ricks in zijn maag geschoten. Maar dat had Lijah zichzelf op de hals gehaald, toen hij de winkel van Shilsky binnenging en begon te zeuren over wat sardines en crackers waarvoor hij niet wilde betalen. Shilsky schoot hem in zijn linker- of rechterzijde, ik weet niet meer welke. Hij schoot hem niet dood, maar het was een haatdragend figuur, die ouwe Shilsky. Zijn eigen vrouw was bang voor hem.'

'Hoe weet u dat allemaal?'

'Weten? Man, vanuit mijn slaapkamer kon ik zowat in die kerel z'n huis naar binnen kijken. We woonden pal naast elkaar. Ik heb nog een tijdje voor Shilsky gewerkt. Verdiende ik tien cent per dag als ik zaterdagsochtends zijn kachel aanstak, want joden mogen niet veel doen op zaterdag. Dat is hun zondag, begrijpt u. Hij had een petroleumkachel die overal zwarte plekken veroorzaakte. Ik vraag me af wat daarvan is geworden...' Daar dacht hij een minuut lang over na, totdat ik hem weer ter zake bracht. 'Hij had het goed voor elkaar,' zei Eddie Thompson, 'zoals hij bakken met geld verdiende aan ons negers. Maar u moet weten dat hij zo vals was als een vos. Mevrouw Shilsky was doodsbang voor die ouwe. Wanneer hij binnenkwam terwijl ze tegen je praatte, viel ze stil en begon te beven.'

Ik luisterde zwijgend toe, terwijl zijn woorden als bakstenen op me neerstortten. 'Wat is er van hem geworden?' vroeg ik.

'Hij ging ervandoor met een van de meest trieste, slonzigste, straatarmste blanke mislukkelingen die u ooit heeft gezien. Ik weet niet hoe hij bij die vrouw verzeild raakte. Ze was een Claxton, de vrouw van Richard Claxton. Ik denk dat die ouwe verliefd werd op haar door de toestand van mevrouw Shilsky. Die vrouw was zo groot als een huis. Wanneer hij naast haar over straat liep, leek hij net een klein jongetje. Het was een piepklein mannetje.' Hij lachte een bitterzoete lach. 'Ouwe Shilsky. Jongens, dat was me er eentje.'

'Heeft u enig idee waar hij naar toe is gegaan?'

'Nee. Misschien Richmond. Ik weet het niet zeker.'

'Ik zou hem erg graag terugvinden,' zei ik.

'O, ik weet wel waar u hem kunt vinden,' zei de oude zwarte man. Hij wees knipogend naar de grond. 'Daar beneden zou hij nog worden toegelaten als de brug kapot was. Ze zouden hem per parachute binnenhalen.'

Hij bleef nog een hele tijd praten, met veel ongelovig gegrinnik. 'Op een dag is Rachel gewoon weggegaan. Ik zweer het u, ze is vertrokken, en we dachten dat ze dood was. Dat hele gezin behoort tot een ver verleden. We dachten niet dat we een van hen ooit weer zouden zien tot in het hiernamaals. En nu duikt u op. God zij geloofd, wat een mooie dag.'

Hij vroeg of hij ma kon bellen. Ik pakte de telefoon, belde naar ma, kreeg haar aan de lijn en zei dat er iemand met haar wilde praten. Ik gaf hem de telefoon.

'Rachel? Ja. Rachel. Met Eddie Thompson. Uit Suffolk. Herinnert u zich mij? Vroeger woonden we pa... Jaaaaaaaa, juist ja.' Hij pauzeerde. 'Nee. Ze zijn allemaal dood, behalve Molly, Helen, Margaret en Edward. Juist ja... Potdorie! Het is een gezegende dag!'

Hij pauzeerde even om te luisteren.

'Rachel? U zit toch niet te huilen, hè? Dit is Eddie Thompson, van vroeger. Herinnert u zich mij? Gaat u nou niet huilen...'

21

Een vogel die vliegt

In de zomer van 1941, voordat ik terugkeerde naar New York om in Harlem met Dennis samen te wonen, ontvingen we in Suffolk een brief van Mammes familie uit New York. Er stond in: 'We hebben drie kamers vol meubilair. Willen jullie het hebben?' Boebbe woonde in een driekamerflat. Zo vertelden ze ons dat Boebbe was overleden. Ze namen niet eens de moeite om Mamme te schrijven, maar schreven in plaats daarvan aan Tatte, in het Engels, dat Mamme niet las of verstond. Tatte las de brief en wierp hem naar mij. 'Lees dit voor aan je moeder,' zei hij, waarna hij wegliep.

Ik wachtte tot het avond werd voordat ik hem aan haar voorlas, dat wil zeggen dat ze de hele dag in de winkel rondliep zonder te weten dat haar moeder dood was, terwijl Tatte het wist en ik het wist, het was een mooi zootje. Ik las hem aan haar voor in haar slaapkamer, de kamer die ze deelde met Dee-Dee en mij. Ze zat vaak in een kleine schommelstoel, en daarin zat ze uit het raam te kijken toen ik de kamer binnenkwam. Ik zei: 'Mamme, ik moet je iets voorlezen', en las haar de brief voor. Ze zei geen woord. Ze zat daar maar voor zich uit te staren, de donkere nacht in, terwijl de tranen over haar wangen stroomden. Er kwam geen geluid over haar lippen. Geen woord.

Toen ik later naar bed ging, hoorde ik een zacht geluid uit haar bed komen. Ze sliep in haar eentje in een klein bed. Toen ik dat zachte geluid uit haar bed hoorde komen, wist ik dat ze huilde, dus zei ik: 'Het is goed, Mamme, het is goed', maar ze bleef maar huilen. Ze jankte maar door. Soms kan ik haar nog horen janken. Ik weet nog precies hoe het klonk, als een noot of een liedje dat in je hoofd zit en je maar niet loslaat. Zo nu en dan denk ik dat ik het hoor wanneer ik over straat loop, een korte snik, die als 'o!' klinkt, maar wanneer ik me dan omdraai, is er niemand.

Ik bleef nog een tijdje in Suffolk, totdat ik ergens in 1941 voorgoed vertrok. Ik weet niet meer precies wanneer dit allemaal speelde, omdat het een nare tijd was. Het was naar. Mamme maakte ook bezwaar dat ik vertrok. Ze zei: 'Je kunt hier een goed leven leiden', maar ik antwoordde: 'Ik kan hier niet wonen, Mamme', en ze bracht het nooit meer ter sprake en vroeg me niet om langer te blijven. Ik had geen perspectief in Suffolk. Ik pakte het weinige in wat ik mee wilde nemen en probeerde met Dee-Dee te praten voor ik vertrok, maar ze wilde niet met me praten. 'Je hebt beloofd dat je niet weg zou gaan,' zei ze, waarna ze wegliep. Toen ik de winkel wilde verlaten om naar het busstation in het centrum te lopen, gaf Mamme me een lunchpakketje en een zoen, en daarna liep ik de deur uit en was ik weg. Ik heb haar en Dee-Dee nooit meer teruggezien. Toen ik naar buiten liep zei Tatte geen woord tegen me.

Het busstation van de Greyhound stond destijds tegenover het Suffolk Hotel. Terwijl ik op de bus stond te wachten, kwam Tatte aanrijden in zijn grote auto. Hij had een grote Ford-v8. Hij stapte uit, haalde zijn handen uit zijn zakken en begon te ijsberen. Hij zei: 'Je kunt beter hier blijven.'

Ik zei: 'Dat gaat niet.' Ik was zenuwachtig. Hij maakte me altijd zenuwachtig.

'Ik zal je je eigen wijk geven,' zei hij. 'Je mag je eigen wijk hebben en voorraden verkopen aan de boeren op het platteland. Daar kun je een smak geld mee verdienen. Of neem een baantje in Norfolk. Je kunt daarheen verhuizen.'

Ik zei dat ik dat niet wilde.

'Wil je studeren? Ik zal je in Norfolk laten studeren. Of aan de handelsschool, wat je maar wilt, maar je moet hier blijven.'

'Dat kan ik niet doen.'

'Ik gebied je om hier te blijven,' zei hij. 'Hoor je me? Ik heb je nodig om de winkel draaiend te houden. En je moeder heeft je ook nodig.'

Ik begon tegen hem te schreeuwen en we kregen ruzie. Hij was nota bene zelf van Mamme gescheiden, en nou speelde hij haar nog tegen me uit. Toen zei hij: 'Ik weet dat je met een sjwartser gaat trouwen. Je begaat een vergissing.' Daarmee snoerde hij me de mond, want ik wist niet hoe hij daarachter was gekomen. Tot op de dag van vandaag weet ik dat niet. Hij zei: 'Als je met een nikker trouwt, hoef je nooit meer thuis te komen. Kom hier niet terug.'

'Ik zal Mamme altijd komen opzoeken.'

'Niks ervan, niet als je met een nikker trouwt,' zei hij. 'Kom hier niet terug.'

Hij stapte in zijn auto en reed weg. Toen de bus kwam, stapte ik in, waarna ik een beetje huilde en in slaap viel. Toen ik weer wakker werd, maakte ik het lunchpakketje open dat Mamme voor me had gemaakt en trof ik, weggestopt tussen de *kniesj*, matseballen en gehakte levertjes, haar Poolse paspoort aan, met een foto van haar erin. Het is de enige foto die ik van haar heb, waarop ze met mijn broer Sam en mij op schoot zit.

Toen ik al een paar weken terug was in New York en met Dennis in Harlem woonde, hoorde Dennis mijn tante Mary toevallig zeggen dat Tatte een detective had ingeschakeld om me op te sporen. Dat leidde er alleen maar toe dat ik me een tijdlang terugtrok in Harlem. Ik wilde nooit meer terug naar huis. In plaats daarvan nam ik een baan aan in een glasfabriek in de wijk rond Chelsea in Manhattan. Mijn werk bestond eruit dat ik van die glazen buizen boven het vuur hield en omsmolt tot reageerbuizen. Ik kwam elke avond thuis van mijn werk met grote blaren op mijn handen. Niet lang daarna, begin '42, kwam Dennis een keer thuis van tante Mary's fabriek en vertelde hij dat hij tante Mary had horen zeggen dat mijn moeder ziek was en naar een ziekenhuis in de Bronx was gebracht. Ik ging direct naar buiten om tante Mary te bellen en te vragen of ze wist waar Mamme was. Ze zei: 'Je hoort niet meer bij de familie. Houd je erbuiten. We hebben de sjiewa voor je in acht genomen. Je kunt haar niet bezoeken.' O, dat bezeerde me zo verschrikkelijk. Die nacht zei ik tegen Dennis: 'Ik moet bij haar op bezoek gaan.' Hij zei: 'Ruth, je tante Mary heeft wel duidelijk gemaakt dat je niet welkom bent.' Dat deed me aarzelen. Ik wilde Mamme niet nog zieker maken. Ik was nu eenmaal uit de familie verstoten. Ik werd ziek van de zorgen over wat ik moest doen, en kon geen besluit nemen.

Toen ik een paar dagen later in de glasfabriek aan het werk was, kwam de voorman, een Duitser, naar me toe om te zeggen dat er telefoon voor me was. Het was Dennis. Hij belde op vanuit tante Mary's fabriek en vertelde dat Mamme zojuist was overleden.

In de glasfabriek was een kleedkamer, waar we ons omkleedden en onze werkschorten aandeden, en nadat ik had opgehangen ging ik daar mijn verdriet weg janken. De voorman en de andere werknemers kwamen naar binnen en probeerden me te helpen opstaan, want ik was op de vloer gevallen, maar ik kon niet overeind komen. Ik probeerde het, maar het lukte niet, en ondertussen zei een van de vrouwen: 'Och, ze hoeft zich toch niet zo aan te stellen, al dat geschreeuw en zo'n heisa.'

Ik was maandenlang depressief. Ik viel af, kon niet eten en stond op het randje van zelfmoord. Ik bleef maar zeggen: 'Waarom ben ik niet in haar plaats gestorven?' Ik maakte lange wandelingen, en vergat dan vaak waar ik was. Dan was ik ergens en wist ik niet meer hoe ik er terecht was gekomen. Dennis was degene die me eruit sleepte. Hij bleef maar zeggen: 'Je moet jezelf vergeven, Ruth. God vergeeft je. Hij vergeeft de diepste zonden, de diepste zonden.' Maar ik kon er niet naar luisteren, een hele tijd lang kon ik er niet naar luisteren. Ik had zo verschrikkelijk veel spijt, zo'n spijt, diep in mijn hart, maar wanneer iemand overlijdt, komt al je spijt te laat. Ze was er niet meer. Weg. Daarom moet je al je spijt en liefde hardop uitspreken zolang iemand nog leeft, want je weet niet wat er morgen gebeurt. Mijn God, ik brandde van de pijn. Ik klampte me vast aan Mammes paspoort en droeg het overal bij me. Toen ik van huis wegging had ik niet gedacht dat ze stervende was, maar zij had het geweten. Daarom had ze me dat paspoort gegeven. Dat schuldgevoel heb ik tot op de dag van vandaag gehouden, dat ik Mamme heb verlaten, want haar hele leven lang ben ik degene geweest die voor haar tolkte en haar bijstond. Ik was haar ogen en oren in Amerika, en toen ik wegging... nou ja, Sam was al weggegaan, Boebbe was overleden en haar man behandelde haar zo slecht en was van haar gescheiden, en haar redenen om voort te leven vielen gewoon langzaam weg. Het was een nare tijd.

Het duurde lang om eroverheen te komen, maar Dennis bleef aan mijn zijde staan, en na een tijdje begon ik te luisteren naar wat hij zei, dat God je vergeeft, en daar begon ik me aan vast te klampen, dat God je zal vergeven, dat Hij de diepste zonden vergeeft, omdat ik vond dat Mamme wat beters van me had verdiend. In die tijd begon ik met Dennis naar de Metropolitan Church in Harlem te gaan om te luisteren naar de preken van eerwaarde Brown. Het hielp me om het van de christelijke kant te horen, want ik had hulp nodig, ik moest Mamme laten gaan, en in die tijd werd ik langzaam christen en begon het joodse in mij af te sterven. Het joodse in mij was toch al aan het afsterven, maar het stierf pas voorgoed bij de dood van mijn moeder.

Ik weet nog hoe ze lachte wanneer ze met jom-kippoer met kippen boven onze hoofden zwaaide. Ik durf te wedden dat dat tegenwoordig niet eens meer wordt gedaan. Ze zwaaide een levende kip boven je hoofd rond en zei tegen het dier: 'Voor jou de dood, voor mij het leven!' terwijl wij gilden en wegrenden, want daarna nam mijn vader de kip van haar over om het dier te slachten als bloedoffer. Daar hield ik niet van. Het leek zo ouderwets en raar. 'In Amerika wil ik dat niet doen,' zei ik altijd. Maar dan antwoordde zij: 'Met die kip tonen we enkel onze dank aan God voor het feit dat we leven. Het is maar een kip. Het is geen vogel die vliegt. Vogels die vliegen zijn bijzonder. Niemand zou een vogel die vliegt opsluiten.' Ze zat altijd boven in haar kamer in een kleine schommelstoel naar de vogels te kijken. Dan legde ze kruimels op de vensterbank, waar de vogels op afkwamen om te eten terwijl ze hen toezong, maar daarna riep ze altijd: 'Kst! Kst!' zodat ze wegvlogen en weer vrij waren. Ze zong altijd een Jiddisch liedje voor hen: *Fejgle, fejgle, geh awek.* 'Vogeltje, vogeltje, vlieg maar weg.'

22

Een jood vindt zichzelf

Het is een middag in augustus 1992 en ik sta voor de enige synagoge in het centrum van Suffolk, een verzameling oude winkelpuien, zwak verlichte gebouwen en oude spoorbanen, die een betere tijd en een grotere bevolkingsdichtheid verraadt. Het is een klein, oud, witgeschilderd gebouw, met vier hoge zuilen en een trap die naar een hoge ingang leidt. Dit is de synagoge waar de jonge Rachel Shilsky met haar familie heen wandelde, en waar rabbi Shilsky de gemeente voorging tijdens de joodse feestdagen Rosj Hasjana, het joodse nieuwjaar, en jom-kippoer, de Grote Verzoendag, waarop men vast. Als kind betekenden de joodse feestdagen voor mij dat ik een dag vrij kreeg van school, en verder niets. Ik had beslist niet het idee dat ze iets met mij te maken hadden.

Ik voelde me maar een rare kwast, zoals ik daar voor dat stille, lege gebouw stond, en mijn ogen speurden om de paar minuten de straat af, voor het geval de politie voorbijkwam en zich zou afvragen waarom een zwarte man op klaarlichte dag in Suffolk in Virginia rondhing voor een gebouw van blanken. Laten we wel wezen, dit zijn de jaren negentig, en iedere zwarte man die langere tijd voor een gebouw rondhangt om het te bekijken, zal verdenkingen wekken bij de politie en anderen, die waarschijnlijk zullen denken dat hij op zoek is naar een toegang om naar binnen te klimmen en iets te stelen. In Amerika worden zwarte mannen niet nauw in verband gebracht met blanke joodse moeders, maar met criminaliteit, en ik kon me niet voorstellen dat een agent mijn verhaal zou slikken wanneer ik, op de stoep voor de synagoge, zou vertellen: 'Eh, jaaa, mijn grootvader is hier rabbi geweest, begrijpt u...' De zon scheen brandend op het trottoir, en het was zo heet dat ik op de trap ging zitten, met mijn cassetterecorder en notitieboekje naast me.

Mijn lange zoektocht naar de familie Shilsky liep hier ten einde. Ik had een aanzienlijke hoeveelheid tijd gestoken in onderzoek naar schooladministraties, rechtbankverslagen en andere documentatie, met wisselend succes. Mijn grootmoeder, Hudis, lag ver van hier begraven, op een kerkhof op Long Island, tussen ettelijke honderden joden, meer dan ze er hier in het Zuiden ooit om zich heen had mogen hebben. Het Amerikaanse leger had me de overlijdensakte doorgespeeld van sergeant Sam Shilsky, die in februari 1944 was gestorven, maar de fijnere details van zijn staat van dienst waren voorgoed verloren gegaan bij een brand in de militaire archieven. Ik had het gevoel dat ik op spoken jaagde. Geen teken van rabbi Shilsky, wiens spoor ik had weten te volgen tot een adres in Brooklyn uit de jaren zestig, waar hij schijnbaar was beland na zijn omzwervingen door Norfolk in Virginia, Belleville in New Jersey en Manhattan. Dee-Dee was kort voor het overlijden van haar moeder verdwenen uit Suffolk, om nooit meer terug te keren. Ze verliet de middelbare school in Suffolk op 23 januari 1942, een semester voor haar eindexamen. Haar moeder overleed vijf dagen later, op 28 januari 1942, in New York. Ik kon me levendig voorstellen hoe pijnlijk dat moest zijn geweest, toen ze op haar zeventiende het enige echte thuis moest verlaten dat ze ooit had gehad, terwijl haar moeder er niet meer was, haar vader een relatie had met een christelijke vrouw, haar broer in de oorlog vocht, haar zuster was verdwenen, en zijzelf volslagen weerloos was nu de steunpilaren van haar leven wegvielen alsof het luciferhoutjes waren.

Alles wat ze had gekend, was verdwenen. Met wie zou ze tegenwoordig haar leven delen? Misschien werd ze wel door haar vader onderhouden. Wie zou het zeggen? Ik had het gevoel dat ze nog leefde. Ze zou inmiddels ongeveer zevenenzestig zijn geweest. Ik had haar kunnen opsporen – ik was niet voor niets journalist – maar na een paar halfslachtige pogingen gaf ik het op. Ik kon het niet over mijn hart verkrijgen. Ik wilde niet nog meer pijn in haar leven brengen. Ze had al genoeg meegemaakt. Ik kon haar niet dichter benaderen dan door hier, op de trap van deze synagoge, te zitten branden in de hitte van augustus en me af te vragen hoe alles was gelopen.

Ik wilde de synagoge van binnen zien. Ik wilde hem zien, zodat ik er later over kon vertellen aan mijn zwarte vrouw en twee kinderen – omdat een deel van mijn bloed erdoorheen vloeit, omdat de geschiedenis van mijn familie ermee verbonden is, omdat hij een deel van mij bevat, of ik of het bestuur van de synagoge dat nu leuk vinden of niet. Eerlijk gezegd was ik nog nooit eerder in een echte synagoge geweest; ik had hooguit in de tijd dat ik als journalist werkte eens een reportage gemaakt over een joodse school in Queens, die aan een synagoge was verbonden. Tijdens het interview met de directrice liet ik vallen dat mijn moeder joods was, waarop ze uitriep: 'Nou, volgens de joodse wet houdt dat in dat u ook joods bent! Hier op school werkt ook een zwarte jood!' Ze drukte op de intercom van haar telefoontoestel en zei: 'Sam, kun je even hier komen?' Een paar minuten later kwam de zwarte conciërge binnen, met een lach op zijn gezicht en een zwabber in zijn handen. Ik zou heel wat geld overhebben voor een foto van mijn gezicht op dat moment. De ouwe Sam groette me glimlachend en ik stamelde een beleefd antwoord, hoewel ik mezelf wel had kunnen wurgen dat ik mijn grote mond had opengetrokken.

Toen ik de rabbi van mijn moeders vroegere synagoge opbelde, stond hij me te woord zonder nostalgie of verbazing, enkel met een schoorvoetende blijk van herkenning. Hij had van andere joden met wie ik had gesproken gehoord dat ik in de stad was. Hij wist dat ik zwart was en wie mijn moeder was. 'Ik herinner me uw moeder wel,' zei hij. Ik legde hem uit dat ik een boek aan het schrijven was over mijn familie, en vroeg of ik wat in de archieven van de synagoge mocht kijken. 'Ze bevatten niets wat u verder zou kunnen helpen,' zei hij kortaf. Ik vroeg of ik de synagoge zelf van binnen mocht bekijken. Hij zei: 'Ik zal een paar andere bestuursleden moeten vragen wie er tijd heeft om hem te openen en u rond te leiden', en hij hing op. Ik wist al hoe laat het was. Gelet op de foto van het bestuur in het jaarverslag van de synagoge dat ik had verkregen, betwijfelde ik of ook maar de helft van die oude knarren nog ademhaalde. Ik hing de hoorn op de haak, terwijl ik in mezelf mompelde: 'Ik hoef je stomme oude synagoge ook helemaal niet te zien.'

Tegen die tijd had ik toch al genoeg gezien. De geur van azalea's en de sluimerende eenzaamheid die me overviel terwijl ik in Suffolk rondsnuffelde, begonnen me te verstikken. Het isolement waarin mijn familie had verkeerd, het intense verdriet dat ze te verwerken hadden gekregen, leken van de bomen te druipen, leken door de statige oude bakstenen gebouwen te waren en als damp van het standbeeld ter nagedachtenis van de Amerikaanse Burgeroorlog te slaan, waarvan het kanon recht op mij gericht had geleken toen ik over het gemeentelijke kerkhof ronddwaalde. Ik wilde terstond vertrekken, maar in plaats daarvan bleef ik als vastgenageld zitten op de trap van de synagoge en liet mijn gedachten terugdwalen naar een eerder bezoek in 1982, toen het lot en het toeval me diep in het binnenste van een overheidskantoor hadden gevoerd, naar de werkkamer van Aubrey Rubenstein op de afdeling voorrangsrecht van de dienst autowegen. Rubenstein was destijds begin zestig, een zwaargebouwde man met donker haar, een sterk zuidelijk accent en een zeer uitgesproken en doordachte manier van doen. Zijn vader had de winkel van mijn grootvader rond 1942 overgenomen, nadat de oude man was vertrokken uit de stad. Toen ik zijn kantoor binnenliep en uitlegde wie ik was, keek hij me lange tijd aan. Hij lachte niet. Hij fronste niet. Ten slotte begon hij te spreken. 'Wat een verrassing,' zei hij zacht. Hij bood me een stoel en een kop koffie aan. Ik nam ze aan. 'Blijf daar zitten,' zei hij.

Hij belde iemand op. 'Jaffe,' zei hij, 'ik heb ongelooflijk nieuws. De kleinzoon van Fishel Shilsky is hier. Hij zit in mijn kantoor. Nee, het is geen grap... Aha. En je zult het niet geloven. Hij is zwart. Nee. Ik meen het. Hij is journalist en werkt aan een boek over zijn familie... Juist.' Nadat hij had opgehangen, zei hij: 'Wanneer we klaar zijn, moet u bij het abattoir in de hoofdstraat langsgaan om Gerry Jaffe en zijn gezin te bezoeken. Ze willen u graag persoonlijk ontmoeten.' Ik kende de naam Jaffe wel. Ma had meerdere keren over hen verteld. 'De familie Jaffe had een abattoir verderop langs de weg. Daar nam Tatte ons mee naar toe om volgens koosjer voorschrift koeien te slachten...' Ik vond het belangrijk hen te bezoeken. Zoals de meeste joden in Suffolk waren ze erg aardig voor me, echt warm en gastvrij, alsof ik een van hen was, wat ik op een rare manier waarschijnlijk ook was. Ik vond het merkwaardig en verbazingwekkend om zo te worden behandeld door blanken, alsof er geen hindernissen tussen ons stonden. Het zei veel over deze religie, het joodse geloof, dat een aantal van haar volgelingen, deze oude, armoedige blanken uit het Zuiden, die met een zuidelijk, nasaal accent praatten en strohoeden droegen, schenen te geloven dat haar godsbeloftes iemands huidskleur te boven gingen. De familie Sheffer, Helen Weintraub, de familie Jaffe; ze stonden me persoonlijk en schriftelijk te woord, op een manier en toon waaruit in wezen sprak: 'Vergeet ons niet. Wij hebben hier weten te overleven. Uw moeder heeft hier deel van uitgemaakt...'

In zijn kantoor gezeten praatte Aubrey Rubinstein op zijn gemak, terwijl een zwarte collega die in de buurt zat met ontzag het macabere gesprek afluisterde dat zich ontspon tussen deze bejaarde blanke en mij. 'We zijn niet meer met zo velen,' zei Aubrey. 'Ooit woonden hier misschien vijfentwintig, dertig joodse gezinnen, in de tijd dat uw grootvader hier nog woonde. De ouderen zijn gestorven, de jongeren zijn vertrokken. Sommigen zijn naar Californië gegaan, anderen naar Virginia Beach, weer anderen zijn gewoon weggegaan. Alleen zij die de zaak van hun vader overnamen zijn gebleven.'

'Waarom is iedereen vertrokken?' vroeg ik.

'Waarom zouden ze zijn gebleven?' zei hij. 'Het was bepaald geen gemakkelijke omgeving voor joden. De joodse bevolking was erg klein. De meesten dreven een of andere handel. Ik vermoed dat een aantal van hen elders makkelijker aan de kost kwam.' De Wandelende Jood, dacht ik bij mezelf.

We spraken een hele poos op ons gemak. 'Het is interessant dat u hierheen bent gekomen om navraag te doen naar uw grootvader,' zei hij. 'Werkelijk, wat een verhaal.'

Ik vroeg hem naar mijn familie. 'Tja, het was eigenlijk nogal tragisch. Shilsky was niet wie hij had kunnen zijn. Hij was een goede rabbi – daarmee bedoel ik dat hij verstand had van wat hij onderwees. Hij heeft mij als kind zelfs nog een tijdje onderwezen. Maar hij besloot zich fulltime met zijn zaak bezig te gaan houden, waar een hoop joden hier niet blij mee waren, en hij had jarenlang een relatie met een andere vrouw. Ik weet niet zeker of hij bij zijn vertrek hier al dan niet gescheiden was, maar ik heb hem na de oorlog nog eens ontmoet in New York, misschien was het in '46. Ik bezocht hem met een andere kerel in verband met de aankoop van het perceel naast zijn winkel. Hij woonde in Brooklyn.'

'Wat deed hij daar?'

'Ik weet het niet. Maar ik geloof dat mevrouw Shilsky inmiddels al was overleden. Het was allemaal erg tragisch.' Toen hij de uitdrukking op mijn gezicht zag, voegde hij eraan toe: 'Uw grootmoeder was een goede vrouw. Ik weet nog hoe ze naar de synagoge kwam, de kaarsen aanstak en staand haar gebeden opzei. Ze staat me nog helder voor de geest. Ze was aan een been mank. Het was een heel goede vrouw.'

Ik vroeg hem of iemand had geweten hoe rabbi Shilsky zijn gezin behandelde; hij haalde zijn schouders op.

'Je hoort wel dingen, maar niemand vroeg ernaar. Hij was erg zuinig, en ze hadden er beter voor kunnen staan dan aan hen viel af te zien. De Shilsky's waren erg op zichzelf. Uw oom Sam ging in dienst bij de luchtmacht en kwam om het leven bij een vliegtuigongeluk in Alaska. Zijn lichaam en dat van de andere piloot werden lange tijd niet teruggevonden, als dat al ooit is gebeurd. Dat heb ik gehoord, ik weet niet of het klopt. Uw tante Gladys kent u niet, is het wel? Het was een heel slim meisje. Uw moeder... nou ja, ze was een goede meid. We hoorden natuurlijk geruchten, ik zeg het u maar eerlijk, dat ze was weggelopen en met een zwarte was getrouwd, maar ik heb nooit geweten of dat al dan niet waar was. Mijn vader vertelde dat op een gegeven moment, maar mijn ouders gingen er verder nooit op in. Mijn vader en moeder waren behoorlijk progressief voor hun tijd. Ik heb hen nooit horen afgeven op mensen omdat ze blank, zwart, groen, christelijk, joods of katholiek waren.'

Ik zei niets, maar luisterde zwijgend toe. Ik stelde me voor hoe het nieuws van ma's huwelijk als een aardbeving door de joodse gemeenschap was geraasd.

'Hoe gaat het met uw moeder?' vroeg hij.

'Goed.'

'Weet u,' zei hij, terwijl hij aan de papieren op zijn bureau frommelde, 'u lijkt wel wat op uw moeder. Die glimlach. Gaat u, als halve jood, naar de synagoge?'

'Nee. Ze heeft ons niet volgens het joodse geloof opgevoed.'

'Tja, dat is misschien ook maar beter zo,' zei hij.

Ik verbaasde me over zijn openhartigheid, en vertelde hem dat.

We bleven nog een tijdje praten, totdat ik opstond om te vertrekken. 'Als u de volgende keer langskomt, zal ik kijken of ik een foto van die oude winkel kan opduiken,' zei hij. 'Vergeet niet uw moeder de groeten te doen van Aubrey Rubenstein.'

Ik wees op mijn cassetterecorder, die op zijn bureau lag. 'De band loopt nog,' zei ik. 'U kunt het haar zelf vertellen.'

Hij boog zich over de cassetterecorder en sprak er zachtjes op in. Toen hij klaar was, leunde hij achterover in zijn stoel en keek bedachtzaam naar het plafond. 'Ze heeft zelf zo'n leven gekozen en geleid, dat is alles. Ik weet niet wat haar beweegredenen waren. Maar ze heeft het goed gedaan. Ze heeft twaalf kinderen opgevoed. Ze heeft een goed leven geleid.'

Ik zei tegen hem dat ik over een paar maanden zou terugkomen. 'Ik zal zorgen dat ik een foto van die winkel voor u heb,' beloofde hij. Maar het duurde tien jaar voordat ik terugkeerde, en toen ik hem opbelde, bleek hij te zijn overleden. Ik heb de band waarop hij de groeten doet aan ma nog jarenlang bewaard, en hoewel ik hem nooit voor haar heb afgespeeld, omdat ik dacht dat het misschien te emotioneel voor haar zou zijn, heb ik hem zelf nog heel vaak beluisterd, met de gedachte, de wens, de hoop, dat de wereld net zo ruimdenkend zou zijn, en in de wetenschap dat God dat is: 'Ruth, hier spreekt Aubrey Rubenstein. Ik weet niet of u zich mij al dan niet herinnert, maar zo ja: ik ben blij uw zoon te ontmoeten, en zie dat u heel wat heeft bereikt in uw leven. Als u hier ooit in de buurt bent, kom dan even langs om ons gedag te zeggen. We herinneren u ons allemaal. We wensen u het beste.'

Terwijl ik in de hete augustuszon op de trap van de synagoge zat, drongen zijn woorden als regendruppels mijn geheugen binnen. Ik keek toe hoe twee kleine zwarte meisjes voorbijstapten, zwaaiden en weer doorliepen. Een van hen at uit een zak chips. Ik zei tegen mezelf: 'Waar ik ook naar op zoek ben, ik heb het gevonden.' Ik stapte in mijn auto en reed terug naar de McDonald's, waar de winkel had gestaan. Ik liep nog een keer over het terrein, alsof de aarde me te woord zou staan. Dat deed hij niet. Het was gewoon een verhard parkeerterrein. Ze zouden al die parkeerterreinen in zee moeten donderen, de hele bende, dacht ik bij mezelf. De familie Shilsky behoorde tot het verleden. Een ver verleden.

Die nacht sliep ik in een motel, in de buurt van de McDonald's, toen ik om vier uur 's nachts recht overeind schoot. Iets had me gewekt. Nadat ik een uur lang had liggen draaien en woelen, kleedde ik me aan en ging ik naar buiten om langs de weg naar de nabijgelegen kade te wandelen. Terwijl ik over de kade liep en uitkeek over de rivier de Nansemond, die in het maanlicht een vreemde paarse kleur had aangenomen, zei ik tegen mezelf: 'Wat doe ik hier? Wat een eenzame plek. Ik moet hier weg.' Plotseling realiseerde ik me dat mijn grootmoeder hier vaak had rondgelopen en naar het water had gestaard, en de eenzaamheid en vertwijfeling die Hudis Shilsky had gevoeld, als joodse in deze eenzame zuidelijke stad – zo ver van haar moeder en zusters in New York en zonder kennis van de Engelse taal; een gehandicapte Poolse immigrante, die geen liefde ontving van haar man en haar dromen om haar kinderen te zien opgroeien in Amerika zag vervliegen toen haar levenskracht haar op zesenveertigjarige leeftijd verliet – zwollen ineens aan in mijn aderen en spoelden in golven over me heen. Ik werd overweldigd door een snijdende eenzaamheid, die zo zwaar op me drukte dat ik moest gaan zitten en mijn gezicht moest bedekken. Ik had geen tranen meer. Die had ik allang vergoten, maar in mijn binnenste zagen een nieuwe pijn en een nieuw bewustzijn het licht. De onzekerheid die ik met me meedroeg, loste langzaam op; de pijn van het kleine jongetje dat in de spiegel keek, was verdwenen. Mijn eigen menselijkheid was ontwaakt en verwelkomde me nu met uitgestrekte armen, terwijl ik het eerste zonlicht zag gloren aan de horizon. Het verschil tussen leven en dood is zo groot, dacht ik bij mezelf, en het grootste geschenk dat men een ander kan geven, is het leven. En de diepste zonde die men tegen een ander kan begaan, is hem of haar dat leven te ontnemen. Daarbij vergeleken zijn alle regels en religies van de wereld ondergeschikt; niet meer dan woorden en meningen waarin mensen verkiezen te geloven, en uit naam waarvan ze moorden en haten. Zo zal ik mijn leven niet leiden, en naar ik hoop mijn kinderen evenmin. Ik keerde terug naar New York, in de gelukkige wetenschap dat mijn grootmoeder niet voor niets had geleden en was gestorven.

23

Dennis

In 1942 woonden Dennis en ik op een kamer in de Port Royal op 129th Street, tussen Seventh en Eighth Avenue, en op een avond liep ik na mijn werk de hal van ons gebouw in, toen een zwarte vrouw me recht in mijn gezicht sloeg. Ze sloeg me zo hard dat ik op de grond viel. 'Doe niet brutaal tegen me!' zei ze. Ze was stapelgek. Ik wist niet eens wie ze was. Op de een of andere manier wist ik weer overeind te komen, waarna ze me achternazat tot aan mijn kamer, waar ik de deur voor haar neus dichtsmeet en wachtte totdat mijn man thuiskwam. Toen hij uit zijn werk kwam, ging Dennis met haar praten. 'Die blanke vrouw hoort hier niet thuis', zei ze. Dat zei ze tegen hem. Dennis viel haar niet aan, maar zei alleen: 'Laat mijn vrouw met rust,' waaraan ze gevolg gaf. Ook al waren we niet getrouwd, we beschouwden onszelf toch als man en vrouw.

Sommige zwarten hebben me nooit willen accepteren. De meesten wel, maar er liepen er altijd wel een paar rond die zeiden van 'Afrika zus' en 'Afrika zo' en altijd praatten over het moederland en zo. Nou, ik ben moeder van zwarte kinderen, en niemand zal me mijn kinderen ooit misgunnen, en dat kunnen ze in hun Afrikaanse zak stoppen. Al dat gezeur over

Afrika. James, als je terug wilt naar je moederland, ga je je gang maar. Ik zou niet weten wat je er te zoeken hebt, terwijl je familie hier woont. Maar als je denkt dat je naar Afrika moet om je oorsprong terug te vinden, zal ik je niet tegenhouden. Bij je terugkeer zal ik nog steeds je moeder zijn. En jij nog steeds mijn zoon.

Na de dood van mijn moeder was er geen weg terug. Ik koos voor de zwarte kant, want dat was de enige keus die ik had. De paar problemen die ik had met zwarten waren niets vergeleken met het leed dat blanken je berokkenden. Met blanken viel er niet over te praten. Je hoorde niet met een zwarte samen te zijn, en daarmee uit. Ze zeiden gewoon 'vergeet het maar'. Ben je gek? Jij met een nikker? Niks ervan. Ze noemden je 'blank uitschot'. Zo noemden ze me. Tegenwoordig zie je op tv om de haverklap van die gemengde stellen klagen: 'O, we hebben het zo moeilijk.' Ze hebben auto's en televisies en woningen, en nog klagen ze. Dan kakelen ze wat over hun 'zucht naar het onbekende', waarmee ze de hele zaak alleen maar in het belachelijke trekken. Ze hebben niet hoeven rennen voor hun leven, zoals wij. Dennis en ik veroorzaakten een keer een rel op 105th Street. Nadat we door een stel blanke mannen over straat waren achtervolgd, hadden ze Dennis omsingeld en wilden ze hem vermoorden. Ze gooiden met flessen naar hem en sloegen en schopten hem, totdat een van hen de rest tegenhield. Hij zei: 'Maak dat je weg komt nu het nog kan!' en we renden ervandoor. Kijk, de meeste gemengde huwelijken hielden geen stand. Dat zei Dennis altijd wanneer we ruziemaakten. Wanneer ik zei: 'Ik ga weg', zei hij: 'Ga maar. Ga maar. Dat is precies wat de mensen willen. Dat verwachten ze van ons.' En hij had gelijk.

Kijk, voor een huwelijk is liefde nodig. En God. En een beetje geld. Dat is alles. De rest los je wel op. Het gaat niet om zwart of blank. Het gaat om God, en laat je door niemand iets anders wijsmaken. Al dat gezeur over de zucht naar het onbekende! Verdorie! Die zucht gaat wel weer over, schat, en wat moet je dan? Dat zeg ik achteraf, want in eerste instantie was Dennis bang om met me te trouwen. We gedroegen ons als man en vrouw, en hadden zo veel plezier dat het me niet kon schelen dat we niet getrouwd waren. Ons kamertje op 129th, vlak bij Seventh, lag pal in het uitgaanscentrum van Harlem. In die tijd liepen er over Seventh Avenue hele optochten met allerlei kopstukken voorbij. Adam Clayton Powell stond vaak midden op 125th Street op een podium politieke toespraken te houden. Malcolm x ook. 's Zaterdags gingen we naar het Apollo Theater, en als je daar om elf uur 's ochtends kwam, kon je er de hele dag naar drie voorstellingen kijken. Ze begonnen altijd met bioscoopjournaals over de oorlog, korte lachfilms, tekenfilms, of soms met een western met Hoots Tebicon of een musical met Jeanette MacDonald en Nelson Eddy. Om één uur 's middags speelden ze de herkenningsmelodie van het Apollo, 'I Think You're Wonderful', en dan barstten de bands los: Count Basie, Duke Ellington, Jimmie Lunceford, Louis Jordan, Billie Holiday, Billy Eckstine. Die muzikanten werkten als bezetenen, drie voorstellingen per dag. En 's zondags gingen we naar de Metropolitan Baptist Church, op de hoek van 128th en Lenox Avenue, om te luisteren naar de preken van eerwaarde Abner Brown.

Die man was de beste predikant die ik tot op heden ooit heb gehoord. Hij kon een kikker nog op zijn achterste poten laten staan en vervuld laten worden door Jezus. Zo iemand heb je nog nooit gehoord. Bij hem was het niks geen hel en verdoemenis. Hij bracht God op zo'n manier in verband met je dagelijkse leven, dat je het idee kreeg dat de hemel binnen handbereik lag. Heel Harlem was gek op hem. De Metropolitan was destijds dé kerk in Harlem. De Abyssinian was ook een belangrijke kerk, maar voor de Metropolitan stonden ze op 128th Street in de rij alsof ze naar een rockconcert gingen. Als je 's zondagsochtends niet om negen uur op de stoep stond voor de dienst van elf uur, moest je in het gangpad staan, en dat terwijl er zitplaats was voor misschien wel, weet ik veel, minstens tweeduizend mensen. Ze hielden twee diensten tegelijk, eentje boven, in de grote kerk, en eentje beneden, zo vol was het.

Dennis was diaken en zong in het kerkkoor. En dat was me nog eens een prachtig koor. Wat een tijd was dat. Het waren mijn beste jaren.

Mijn wereld verbreedde zich dankzij Dennis. Hij bracht me dingen bij waarvan ik nog nooit had gehoord. Hij mediteerde elke dag een kwartier. Dat heeft hij jarenlang gedaan, zodat zelfs de kinderen dat ritueel leerden aanvaarden. Hij geloofde in gelijke rechten, kennis en boeken; hij leerde me over mensen zoals Paul Robeson, Paul Lawrence Dunbar en Joe Louis. Hij was gek op de Brooklyn Dodgers – Don Newcombe, Roy Campanella en Jackie Robinson, vooral die laatste. Daar raakte hij niet over uitgepraat. 'Jackie Robinson heeft bewezen dat negers ook kunnen spelen,' zei hij. Ik leerde de hoofdmaaltijd 's avonds in plaats van 's middags te gebruiken. In plaats van koosjer te eten, de tafel voor elke maaltijd opnieuw te dekken en alleen maar vlees of zuivel te eten, at ik wat ik wilde. Ik at voor het eerst varkenskarbonades, die ik heerlijk vond. Gort, eieren, cake met boter, spek, boerenkool, varkenskluifjes, ik at alles wat ik voorheen niet had mogen eten. Maar weet je, ik kon niet strijken, schoonmaken of koken. Ik had als meisje nooit leren koken. Ik werkte de hele dag in de winkel terwijl Mamme koosjere maaltijden bereidde, of soms huurde Tatte een zwarte vrouw in, die Mamme tweemaal in de week kwam helpen bij het koken. Mijn man kon beter koken dan ik, en toen ik thuisbleef na de geboorte van ons eerste kind, moest ik leren koken van mijn zwarte vriendinnen, Susie Belton en Irene Johnson. Susie Belton en haar man, Edward, hadden een kamer in Harlem, direct naast ons, en Susies kamer was altijd brandschoon, met kanten gordijnen voor het raam en kanten beddenspreien, terwijl het er bij mij altijd uitzag alsof er een orkaan had gewoed.

In 1942, een paar maanden na de dood van mijn moeder, zei ik tegen Dennis: 'Ik wil Jezus Christus aanvaarden en toetreden tot de kerk.' Dennis antwoordde: 'Weet je zeker dat je dat wilt, Ruth? Je weet wat het betekent?' Ik zei: 'Ik weet het zeker.' Ik wist het absoluut zeker.

Een paar zondagen later raakte ik in vervoering toen ze in de Metropolitan 'I Must Tell Jesus' zongen, en toen eerwaarde Abner Brown vroeg of een van zijn medechristenen wilde toetreden tot de Metropolitan, stapte ik het gangpad in en liep ik naar voren. Eerwaarde Brown en alle diakens gaven me een hand, en sindsdien ben ik er nooit meer op teruggekomen. Op die dag heb ik Jezus aanvaard, en Hij heeft me tot op heden nooit in de steek gelaten. Later werd ik secretaresse bij de kerk en typte ik de brieven uit van eerwaarde Brown, of soms trad ik op als getuige bij de huwelijken die hij sloot in zijn kantoor, want vaak was ik de enige die in de buurt was, en voor een huwelijk waren twee getuigen nodig. Bij het zien van al die huwelijken begon ik te verlangen naar mijn eigen huwelijk. Nu was ik al secretaresse bij de kerk en Dennis was een fiere diaken, en we waren niet eens getrouwd. Met zo'n schande kon ik niet leven. Op een avond zei ik tegen Dennis: 'We moeten trouwen', maar hij aarzelde. Hij zei: 'Ik ben opgegroeid in het Zuiden, en daar zouden ze me vermoorden als ik trouwde met een vrouw van het andere ras.' Ik zei: 'Dit is het Zuiden niet. Dit is New York, en ik ben als nieuwe christen toegetreden tot God, en ik wil niet meer in zonde leven.' Ik zei tegen hem dat ik zou weggaan als we niet trouwden. Daar zat hij wel mee in de knoop. Hij twijfelde er zo lang over dat ik daadwerkelijk ergens een voorschot op een kamer betaalde, maar toen zei hij: 'Dat hoef je niet te doen, Ruth. Ik houd van je en zou graag willen dat je met me trouwt, als jij dat ook wilt.' Wat een man was dat. Ik hield van hem. Hij was de aardigste man die ik ooit heb gekend. We kregen vaak bezoek van al zijn vrienden uit Noord-Carolina die in Harlem woonden. Dan riepen ze onder ons raam: 'Dennis! Dennis!' en nodigde hij ze binnen; hij gaf hun ons laatste eten of zijn laatste cent als ze erom vroegen. Hij kwam uit een gezin waarin vriendelijkheid vooropstond. Ik wilde bij zo'n familie horen. Ik was trots om er deel van uit te maken, en zij waren blij me erbij te hebben.

We moesten op zaterdag bij het stadhuis afspreken om onze huwelijkstoestemming te krijgen, omdat we beiden door de week werkten. Die zaterdagochtend moest Dennis ook werken. Inmiddels had hij ontslag genomen bij tante Mary en werkte hij voor uitgeverij McCoy, een postorderbedrijf dat emblemen, voorschoten en boeken leverde aan de vrijmetselaars. We spraken af dat we elkaar om twee uur voor het stadhuis zouden treffen. Ik was er om klokslag twee uur, waarna ik ongeveer een uur stond te wachten. Net toen ik weg wilde lopen, terwijl ik dacht: ik wist het wel, kwam hij opdagen. 'Zo makkelijk kom je niet van me af,' zei hij.

Er werd een hoop gestaard, gefluisterd en gewezen toen we naar de burgerlijke stand gingen om toestemming te krijgen, en er werden heel wat domme vragen gesteld. De ambtenaren deden heel naar en niemand wilde onze papieren in orde brengen, maar we lieten ons huwelijk niet in de war schoppen door die idioten. Nadat we toestemming hadden gekregen, sloot eerwaarde Brown ons huwelijk in zijn privé-kantoor in de kerk. Toen ik hem de waarheid had verteld, dat Dennis en ik niet echt waren getrouwd, had hij gezegd: 'Maak je geen zorgen. Ik zal jullie huwelijk sluiten en het aan niemand vertellen.' Pas later ontdekte ik dat meerdere kerkleden jarenlang hadden samengewoond als man en vrouw zonder ooit te trouwen. Sommigen hadden zelfs al volwassen kinderen gehad. En eerwaarde Brown had al hun huwelijken naderhand gesloten, dus voor hem was het niets nieuws. De conciërge en een andere medewerker van de kerk traden op als getuigen. Later hielden we een receptie op de hoek van 103rd en Third, in de woning van vrienden van ons, Sam en Trafinna, alias Ruth, Wilson. Ze hadden de flat versierd met slingers van roze en wit keukenpapier en dienden prachtige schalen op met heerlijke sandwiches, hoofdgerechten en koffie met taart. Eerwaarde Brown kwam ook langs. Het was een prachtige receptie, zo met z'n vijven. Ik hoefde geen miljoen rozen en een fanfare te hebben. Mijn man hield van me en ik hield van hem, meer had ik niet nodig. Toen we daar zo bij Ruth thuis koffie zaten te drinken op onze receptie, zei mijn man (o, wat was ik trots om dat te zeggen – 'mijn man') tegen me: 'We moeten sterk zijn.

Je weet wat de mensen over ons zullen zeggen, Ruth. Ze zullen proberen ons uit elkaar te drijven.' Ik zei: 'Ik weet het. Ik zal sterk zijn', en in de loop van de jaren zijn we op de proef gesteld, maar we zijn nooit uit elkaar gegaan en hebben nooit zelfs maar een nacht zonder elkaar doorgebracht, behalve wanneer hij met de kinderen op bezoek ging bij zijn ouders in Noord-Carolina. Vanwege het gevaar kon ik nooit met hem mee naar het Zuiden. De eerste keer dat ik met hem naar het Zuiden ging was tevens de laatste, toen ik zijn lichaam er heenbracht om hem te begraven.

Toen we in 1943 ons eerste kind kregen, verhuisden we naar de overkant, naar een eenkamerwoning met een keukentje, die zes dollar per week kostte. We hadden een gootsteen, een bed, een ladenkast, een kachel en een koelkastje, waarvan het ijs eenmaal per week werd bijgevuld door de beheerder. Al onze meubels waren opklapbare dingen die we hadden gevonden of gekocht bij Woolworth: opklapbare stoelen, opklapbare tafels. Ons raam keek uit op een steegje en de bakstenen muur van het gebouw naast ons, dat zo dichtbij stond dat je niet kon zien of het buiten nu regende of sneeuwde. Je moest je hoofd uit het raam steken om te zien wat voor weer het was. De badkamer was op de gang en werd gebruikt door alle huurders, en het stikte van de kakkerlakken. Hoe veel je er ook doodmaakte, ze kwamen steeds weer terug. Ik bewaarde mijn zondagse hoed in een hoedendoos op een plank, en elke zondag kropen de kakkerlakken eruit wanneer ik mijn hoed wilde pakken. We hebben vier kinderen gekregen in die ene kamer. We gebruikten de laden van de kast als wiegjes, en de kinderen sliepen bij ons in bed of op kampeerbedjes. We hebben négen jaar in die ene kamer gewoond, en het waren de negen gelukkigste jaren van mijn leven.

In die tijd leerde ik mijn vriendin, Lily, kennen, een interessante blanke vrouw. Ik ontmoette haar op een dag in het park aan 127th, toen ik met mijn eigen kroost en zij met haar twee kinderen naar buiten was. Omdat ze blank was, leken haar kinderen op de mijne, en zo raakten we in gesprek. Ze was joodse, uit Florida. Haar familie was rijk en ze was erg beschaafd – Lily hield van boeken en de opera – en we hadden allebei een zwarte man, dus dat hadden we gemeen. Lily's man was West-Indiër, en ze waren lid van de communistische jeugdbeweging. Báf! Destijds betekende dat weinig goeds, de overheid kon hen wel in de gaten houden of zo. Dennis en ik waren niet voor het communisme. Wij waren voor Jezus Christus. Lily en ik bleven lange tijd bevriend, totdat ze naar Californië vertrok. Haar man had haar verlaten voor een jongere vrouw – ze was toch al te goed voor hem. Hij was een ontzettende rokkenjager, hij zat zelfs achter mij aan wanneer ze niet keek, maar daar wilde ik niets van weten. Zij ging bij de Hare Krishna's of zo'n andere wilde religie, en is later hertrouwd, dit keer met een blanke. In de jaren zeventig zou ik haar eens bezoeken, maar net voordat ik zou gaan schreef ze me een gemene brief, waarin stond dat ik maar niet moest komen, en nog een hoop andere gemene en beledigende dingen. Ik zei mijn bezoek af en heb nooit meer iets van haar vernomen. Ik weet niet waarom ze dat deed. Ik denk dat ze misschien wat problemen had met haar kinderen. Misschien zat dat er wel achter, want we schreven elkaar al jaren en dan vertelde ik altijd over de mijne. Maar haar kinderen hadden wat problemen.

Ons gezin dijde zo snel uit dat Dennis en ik voordat ik het wist met vier kinderen in die ene kamer gepropt zaten. Dus meldden we ons aan voor een flat in het Red Hook-woningbouwproject in Brooklyn. We werden op een lange wachtlijst geplaatst en kregen te horen: 'Verwacht er maar niet te veel van', want de politiek besliste of je daar al dan niet werd toegelaten, maar God bereidde ons een weg en in 1950 werden we toegelaten. We kregen een flat met twee slaapkamers op de zesde verdieping van Hicks Street 795, mét badkamer! Dat was het mooiste. Om je eigen badkamer te hebben. De vloeren en wanden waren van beton. De kinderen kregen blauwe plekken en gaten in hun kleren wanneer ze erop vielen, en de glazen en borden moesten worden vervangen door plastic exemplaren, want als je ze liet vallen lagen ze aan diggelen. Maar Red Hook was destijds prachtig. De mensen leefden er geïntegreerd – Italianen, Portoricanen, joden, zwarten. Rond de centrale winkelpromenade groeide gras, en er was een speeltuin met glijbanen en klimrekken. Het was het echte Amerikaanse leven, het leven waarvan ik altijd had gedroomd. 's Ochtends gaf ik Dennis een zoen wanneer hij naar zijn werk ging, en wanneer hij 's avonds thuiskwam keek ik uit het raam hoe hij de hoek om kwam en over de winkelpromenade liep. Ik herinner me hem nog haarscherp – zijn manier van lopen, zijn witte overhemd, zijn schoenen. De kinderen renden altijd naar beneden om hem te begroeten en hingen dan als jonge hondjes aan zijn benen. Hij bracht altijd boodschappen mee uit de supermarkt, en een verrassing voor de kinderen – een gebakje dat hij bij de lunch had bewaard, of kauwgum. Ik was dol op die man. Na mijn huwelijk heb ik mijn oude woonplaats of mijn familie nooit meer gemist. Mijn ziel was vervuld.

Na onze verhuizing naar Red Hook gingen we nog een paar jaar naar de Metropolitan, maar eerwaarde Brown was onverwachts overleden aan een hartaanval, en het werd ons te veel om elke zondag met de kinderen helemaal met de metro naar Harlem te gaan. Bovendien voelde Dennis zich geroepen om predikant te worden en zei hij dat hij zijn eigen kerk wilde stichten. Hij stopte met bier drinken en schreef zich in aan de theologische hogeschool Shelton, waar hij in 1953 doctor in de theologie werd. Vervolgens nodigden we onze buren in Red Hook uit om op woensdagavond en zondagochtend naar de gebedsbijeenkomsten in onze woning te komen. Mevrouw Ingram, de familie McNair, je peetouders, de families Flood en Taylor, dat waren de eersten die langskwamen. Ik ruimde de tafel af, legde er een wit tafellaken op, en dat was dan Dennis' kansel. Toen het eenmaal goed begon te lopen, zei hij dat hij een kerkgebouw nodig had. Ik zei: 'Hoe moeten we een kerkgebouw betalen?' Van zijn lage salaris konden we amper onze kinderen te eten geven – inmiddels waren het er geen vier meer, maar vijf, zes, zeven. Ik bedoel, na een tijdje bleven ze gewoon maar komen, alsof het niets was, en we vonden het heerlijk om ze te hebben, maar ik zag niet in hoe we een kerk konden betalen met al die kinderen. Bij je zuster, Helen, heb ik voor de geboorte geen enkel doktersonderzoek gehad, niets in die geest. Ik liep gewoon het ziekenhuis binnen, baarde haar, plop, alsof het niets was, en ging weer naar huis. Hoe we hun te eten gaven, nou ja, dat bekeken we van maaltijd tot maaltijd. Hun kleren en kerstcadeautjes kocht ik bij liefdadigheidsinstellingen, en ik nam hen mee uit wandelen en liet hen buiten spelen. Ik had er altijd twee in de kinderwagen en twee naast me, en de anderen hield ik gewoon in de buurt. Op de een of andere manier voorzag God gewoon in onze behoeften.

Dennis bleef zoeken totdat hij een goedkoop leegstaand gebouw vond in de buurt van Red Hook. Omdat de blanke eigenaar niet aan zwarten wilde verhuren, ging ik er in mijn eentje heen om het huurcontract te tekenen; toen die man je vader en peetvader en mij de volgende dag naar binnen zag lopen met blikken verf en gereedschap om het pand op te knappen, wilde hij het terughebben, maar het was al te laat. We noemden de kerk de New Brown Memorial, ter nagedachtenis van eerwaarde Brown. Dankzij de nieuwe leden liep de kerk goed, en toen we zestig regelmatige bezoekers hadden, verhuisden we naar een gebouw met verwarming op Richards Street 195, omdat Dennis in dat eerste, ijskoude gebouw voortdurend met kachels liep te sjouwen. Onze kerk liep echt goed, totdat Dennis begin 1957 zwaar verkouden van zijn werk kwam. Hij was zo hees dat ik zei dat hij moest gaan liggen en rust houden. Hij lag ongeveer drie weken hees op bed.

Hij rookte sigaretten, Lucky Strikes zonder filter, en zo nu en dan werd hij hees van het prediken en de slechte verwarming in de kerk; bovendien was het buiten koud, want het was januari, dus maakte ik me er niet druk om. Maar het werd zo erg dat hij niet meer uit bed kon komen, niet wilde eten en koorts kreeg, dus bracht ik hem naar het St. Peter's-ziekenhuis. Toen we binnenkwamen werden we door veel mensen aangestaard, en de artsen en verpleegsters en zo stelden allemaal vragen: 'Wie is dat?' en 'Bent u zijn vrouw?' en dergelijke, maar ik negeerde hen. Ik wilde alleen maar dat Dennis weer naar huis mocht komen, want de kinderen en ik misten hem. Onze hele wereld draaide om hem. De kinderen zaten vaak net als hij te mediteren, en schepten dan tegen elkaar op hoe ze hem dat zouden voordoen wanneer hij weer thuiskwam. Van je zuster Rosetta mocht er niemand in zijn stoel zitten zolang hij in het ziekenhuis lag, zelfs ik niet. Niemand.

Hij leek al heel snel ernstig ziek te worden. De ene dag liep hij nog rond, de volgende was hij hees en lag hij in het ziekenhuis. De artsen wisten niet wat hij mankeerde. Iets aan zijn longen, zei de een. Iets aan zijn alvleesklier, zei een ander. Wanneer ik ernaar vroeg, hielden ze me aan het lijntje. Met mij spraken ze altijd in algemene termen over hem, en daarna gingen ze in de hal hoofdbewegingen naar mij staan maken en maakten ze opmerkingen over Dennis en mij, waarvan ze dachten dat ik ze niet kon verstaan. Ik verstond ze wel degelijk, maar negeerde hen. Al mijn aandacht ging uit naar mijn man. Wanneer ik van het ziekenhuis naar huis wandelde, stak mijn vriendin Lillian elke dag haar hoofd uit het raam van haar flat in het woningbouwproject om te vragen: 'Hoe gaat het met eerwaarde McBride?' Dan zei ik: 'Hij heeft vandaag niet gegeten', en dan antwoordde zij: 'Nu ja, het moet eerst slechter met hem gaan voordat hij beter wordt.' Een andere keer liep ik lachend langs haar raam, met de blijde boodschap: 'Vandaag heeft hij grapefruit gegeten', waarop zij zei: 'Zie je, ik heb het wel gezegd. Het moet eerst slechter met hem gaan voordat hij beter wordt.' Maar hij werd niet beter. Het ging almaar slechter met hem, en in diezelfde periode merkte ik dat ik over tijd was. Ik had zeven kinderen, en ik had geen tijd om me met mijn menstruatie bezig te houden. Ik dacht dat het door de spanning kwam, omdat Dennis langer in het ziekenhuis moest blijven dan ik wilde, maar toen ik het aan hem vertelde zei hij: 'Als het een jongetje is, noemen we hem James, naar mijn oom, Jim.' En zo kreeg jij je naam. Weet je, ik dacht niet dat hij zou sterven. Ik had er geen idee van, maar hij wist het, want hij heeft je naam bedacht en maakte vaak opmerkingen zoals: 'Ik weet dat onze Heer Jezus Christus zich over jullie zal ontfermen als mij iets overkomt. Maak je geen zorgen, Ruth. Vertrouw op God.' Ik wilde niets weten van zulke praatjes, en liet hem er altijd mee ophouden.

Soms ging ik in het ziekenhuis de gang op om te huilen zodat Dennis het niet zou zien, en op een avond stond ik daar te huilen toen er twee blanke artsen voorbijkwamen, die vroegen: 'Wie bent u?' want het gewone bezoekuur was al voorbij. Ik wees op Dennis' kamer en zei: 'Daar ligt mijn man', en toen deden ze zo kil en afkerig. Ze praatten over mij waar ik bij stond en liepen weer weg.

Op een middag, toen Dennis al een paar weken was opgenomen en inmiddels aan het vermageren was omdat hij niet at, zei hij tijdens het bezoek: 'Waarom neem je de kinderen niet een keer mee?' Ik antwoordde: 'Dat kunnen we beter niet doen', want ze moesten naar school, en bovendien lieten ze geen kinderen toe in het ziekenhuis en kon ik geen zeven kinderen meeslepen. Eigenlijk wilde ik niet dat ze hem zo ziek zouden zien – de oudste was toen dertien – maar ze wilden erg graag bij hem op bezoek, dus zei ik: 'Oké. Ik zal met hen naar het raam komen, dan kun je door het raam naar hen kijken.' Hij lag op de eerste verdieping. Dus ging ik naar huis om alle kinderen op te halen en naar het ziekenhuis te brengen, waar ze vanaf de straat naar hem riepen: 'Papa! Papa!' Dennis kwam in zijn ochtendjas aan het raam staan en zwaaide naar hen, en door zijn gezichtsuitdrukking, zoals hij daar stond te zwaaien naar de kinderen, die zo opgewonden waren om hem te zien, sloeg me een verschrikkelijk gevoel om het hart. Ik zei tegen mezelf: 'Heer, hij zal toch niet sterven? Hij is mijn man. Hij is mijn droom. Hij zal toch zeker niet sterven, Heer?' Ik had geen idee wat ik moest doen. Het leek me gewoon dat het niet kon gebeuren. Ik ging naar huis en bad tot God dat hij mijn man niet van me weg zou nemen.

Een paar dagen later overleed hij.

Lieve Heer... hij ging zomaar dood.

Ik was thuis toen er rond zes uur 's ochtends werd gebeld

door een arts uit het ziekenhuis. Hij vroeg of ik mevrouw McBride was. Ik zei dat hij aan het goede adres was. Hij zei: 'De heer McBride is zojuist overleden.' Ik zei: 'Dat is onmogelijk. Zo ziek was hij niet.' Hij zei: 'Hij had kanker', en hing weer op. Dat was de eerste keer dat me werd verteld dat hij kanker had. Dat was de eerste keer dat ik ervan hoorde. Ik stond daar maar uit het raam over het woningbouwproject uit te kijken. Het was 5 april 1957, ik weet het nog precies. De dag brak net aan. Terwijl ik naar buiten keek, daalde er een inktzwarte duisternis op me neer. Een gevoel alsof ik wegzonk, alsof ik in de duisternis afgleed. Toen de kinderen wakker werden kropen ze huilend bij elkaar, en ook ik begon te huilen. Met de dood van Dennis stierf ook een deel van mijzelf. Ik hield meer van die man dan van het leven zelf, en soms wilde ik dat de lieve Heer mij tot zich had genomen in plaats van hem, omdat hij een veel beter leven leidde dan ik. Hij had de wereld gewoon zoveel meer te bieden dan ik. Hij gaf me nieuwe levenskracht. Hij bracht me weer tot leven nadat ik mijn familie had verlaten, leidde me naar Jezus, opende mijn ogen voor een andere wereld, en vervolgens overleed hij zelf. Mijn God, wat was dat moeilijk. Zo moeilijk om hem los te laten. Een tijdlang was ik boos op hem omdat hij was gestorven, boos dat hij me achterliet met al die kinderen, maar bovenal miste ik hem.

We begroeven hem in High Point in Noord-Carolina. Eerlijk gezegd verkeerde ik een groot deel van de tijd in een shocktoestand, en het waren je tante Candis en je zuster Jack die mij en de kinderen bij elkaar raapten voor de begrafenisdiensten, eerst in Brooklyn en vervolgens in Noord-Carolina. Het was de eerste en laatste keer dat ik ooit met hem naar het Zuiden ben gegaan. Na de begrafenisdienst in Brooklyn kon ik niet meer van zijn zijde wijken, ik zou samen met zijn lichaam achter in de trein zijn meegereisd als ik had gekund, maar dat mocht niet; in elk geval zei ik onderweg tegen mezelf: 'Ik zal hem naar huis brengen. Ik zal erop toezien dat hij thuis wordt begraven', en geen blanke of zwarte had me daarvan af kunnen brengen, ik zweer het voor de almachtige God, als iemand me ervan had willen weerhouden, had ik hem tegen de vlakte geslagen. Toen we aankwamen op het station van High Point ging Jim, Dennis' oom, samen met mij naar het loket om Dennis' lichaam op te eisen, en de blanke loketbeambte vroeg: 'Voor wie is dit lichaam bestemd?' Ik zei: 'Voor mij.' Hij bleef oom Jim en mij maar aankijken en vroeg opnieuw: 'Voor wie is dit lichaam bestemd?' Oom Jim wilde zeggen dat het lichaam bij hem hoorde om problemen met die blanke vent te voorkomen, maar ik zei tegen hem: 'Nee, oom Jim. Dat is mijn man die daar ligt.' Ik zei tegen die vent: 'Dat is mijn man, ik ben hierheen gekomen om hem te begraven en hij hoort bij mij.' Dat veroorzaakte een lichte opschudding, maar hij deed niet moeilijk en gaf het lichaam vrij aan oom Jim en mij, en zo begroeven we Dennis op de Burns Hill-begraafplaats. Ik was zesendertig en was bijna zestien jaar samen geweest met Dennis, ik had het nog nooit zonder hem hoeven stellen. Ik weet nog hoe ik huilend met mijn zeven kinderen over het terrein van ons woningbouwproject liep – soms barstte ik gewoon midden op de dag in huilen uit – en hoe je zuster Helen, die toen een jaar of negen was, zei: 'Niet huilen, mam. Papa is in de hemel', waardoor ik alleen maar harder moest huilen. Het was een ontzettend moeilijke tijd.

Toen we na Dennis' begrafenis terugkwamen in New York, trof ik bij het openen van de brievenbus stapels enveloppen aan met cheques, postwissels en contant geld van kennissen uit het woningbouwproject en mensen van de Metropolitan Church in Harlem. Tientallen brieven met cheques en geld. Dat zal ik nooit van mijn leven vergeten. Mensen stuurden ons sinaasappels, appels, kippen, kalkoenen en kleding, en als iemand iets overhad, kregen wij het gewoon. De mensen op zijn werk, uitgeverij McCoy, blanke mensen, stuurden ons ook geld. Je zuster Jack en tante Candis, die helemaal vanuit Noord-Carolina kwamen om bij ons te logeren, de familie McNair, je peetouders, de familie Ingram, en mijn oude vriendin Irene Johnson, iedereen droeg zijn steentje bij, maar zelfs met hun hulp hadden we het moeilijk.

Ik was zo wanhopig dat ik terugging naar mijn joodse familie om hun om hulp te vragen. Ik zocht mijn tante Betts op, die was getrouwd met een rijke man en in een chique gebouw met een portier woonde in de East Side in Manhattan. Ik moest een heel verhaal ophangen bij die portier voor ik naar binnen mocht. Toen ik aanklopte bij haar woning, deed tante Betts de deur open, maar toen ze mij zag, gooide ze hem voor mijn neus weer dicht. Ik ging weg en huilde op de stoep, waar iedereen het kon zien. Daarna belde ik mijn zuster Gladys op, die in Queens woonde. 'Je had beloofd dat je niet weg zou gaan,' zei ze. Ik zei dat het me speet. Maar ze was niet erg blij om van me te horen. 'Bel morgen maar weer terug,' zei ze, maar toen ik de volgende dag belde nam haar man de telefoon op, die zei: 'Ze wil u niet spreken. Bel ons nooit meer', en daarna hing hij weer op. Begrijp je, ze hadden niets meer met me te maken. Wanneer joden kaddisj hebben gezegd, zijn ze niet meer verantwoordelijk voor je. Wat hun betreft ben je dan dood. Door kaddisj te zeggen en de sjiewa in acht te nemen worden ze ontslagen van elke verantwoordelijkheid voor je. Ik stond er alleen voor, maar toch was ik niet alleen, want, zoals Dennis al had gezegd, God de Vader waakte over mij, en Hij stuurde me je stiefvader, die het heft in handen nam en ons redde en heel, heel veel voor ons heeft gedaan. Hij was geen predikant, zoals Dennis. Hij was anders, een arbeider, die in de dertig jaar dat hij voor de New-Yorkse woningdienst werkte nog nooit te laat op zijn werk was verschenen, en een ontzettend goede man. Ik leerde hem na je geboorte kennen en na een tijdje vroeg hij me met hem te trouwen. Tante Candis zei: 'Trouw met die man, Ruth. Trouw met hem!' en wanneer hij op bezoek kwam, maakte ze het huis altijd brandschoon en kookte ze fantastische maaltijden om een goede indruk van me te geven. Hij dacht dat ik die lekkere zoete aardappelen en varkenskarbonades zelf klaarmaakte, en dat terwijl ik voor geen meter kan koken. Toen ik hem de waarheid vertelde, zei hij dat het niet gaf en dat hij evengoed met me wilde trouwen, ook al vonden zijn broers dat hij gek was. Ik had acht kinderen! Maar ik was er nog niet aan toe om te trouwen.

Ik heb hem drie keer afgewezen. Eind '57 nam ik je mee naar Noord-Carolina zodat Dennis' ouders, Etta en Nash, je konden zien – na de dood van hun enige kind hebben ze het maar vier of vijf jaar volgehouden – en toen ik je grootmoeder, Etta, vertelde dat ik dacht aan hertrouwen, zei ze: 'God zegene je, Ruth, want je bent nu onze dochter. Trouw maar met die man.' Zo dachten zwarte mensen toen. Daarom heb ik altijd voor de zwarte kant gekozen. Het zou niet eens bij me zijn opgekomen om met een blanke te trouwen. Toen ik je stiefvader vertelde hoe mijn zuster en tante Betts me hadden behandeld, sprak hij over hen zonder verbittering of haat. 'Je hebt hun hulp niet nodig,' zei hij. 'Ik zal je de rest van je leven helpen als je met me trouwt', en dat deed ik ook, en hij hield zijn woord, God zegene hem.

24

De New Brown

'Kom tot de Here! Laat u zegenen door de Heer!'

Het is oktober 1994, het gala ter ere van het veertigjarige bestaan van de New Brown Memorial Baptist Church, en een diaken roept het publiek op tot het gebed. Hoewel de New Brown in Harlem is gevestigd, zijn de zestig parochianen bijeengekomen in deze piepkleine feestzaal in het Ramada Hotel bij het vliegveld La Guardia in Queens, omdat iemand een van de hotelkoks kent, zodat de kerk korting kon krijgen. Het is niet bepaald het Plaza Hotel met zijn viersterrenservice, maar het kan ermee door. Het vertrek is bedompt, donker en koud. De vleesschotels smaken beroerd en de obers hebben het te druk. Iemand is op het idee gekomen een gospelgroep in te huren, met een toetsenist die een zonnebril draagt en te hard speelt, maar niemand beklaagt zich. Het is een feestelijke avond, en de parochianen zijn op hun paasbest gekleed. De New Brown, die zich bevindt in het Red Hook-woningbouwproject, een van de grootste en meest verwaarloosde woningbouwprojecten in New York City, heeft het al veertig jaar uitgehouden. Al veertig jaar lang hebben de parochianen zich ervoor ingezet. Al veertig jaar lang houden ze vol en verspreiden ze het woord van God. Dit is ma's eigen kerk. Dit is de kerk waarin ik ben getrouwd. Dit is de kerk die mijn vader, Andrew McBride, heeft opgebouwd.

Hij leefde niet lang genoeg om zijn dromen in vervulling te zien gaan, maar wanneer ik door zijn hele papierwinkel van vijfenveertig jaar geleden in zijn oude bruine aktetas blader, onthullen de aantekeningen en geschriften die hij heeft achtergelaten een man wiens geest voortdurend aan het werk was: verwijzingen naar Dostojevski, Faulkner, Paul Lawrence Dunbar en Jackie Robinson, en het ene na het andere notitieboek vol preken en bijbelverzen. Zijn geschriften staan bol van de toespelingen op de boeken der Kronieken, Jesaja, de Openbaring van Johannes en de brief aan de Filippenzen.

'Soms dwalen onze gedachten, ons geloof, onze belangstelling, onbewust af naar het verleden,' schreef hij. 'We praten over andere tijden, andere plaatsen, andere mensen, en verliezen onze greep op het heden. Soms denken we dat we gelukkig zouden zijn als we maar konden teruggaan in de tijd. Maar iedereen die tracht terug te keren naar het verleden, kan rekenen op teleurstelling. Iedereen die weleens, na jaren van afwezigheid, is teruggekeerd naar zijn geboorteplaats, werd geschokt door het verschil tussen de werkelijke hoedanigheid van die plaats en zijn herinnering ervan. Hij mag dan over vertrouwde straten en wegen lopen, maar hij blijft een vreemdeling in een vreemd land. Hij heeft deze plaats als zijn thuis beschouwd, maar merkt dat hij er zelfs geestelijk geen deel meer van uitmaakt. Hij is doorgegaan in een nieuw, ander leven, en door met weemoed aan het verleden terug te denken, heeft hij zijn gedachten en belangstelling laten uitgaan naar iets wat niet langer werkelijk bestaat. Als dit al geldt voor het stoffelijke ik, hoeveel sterker geldt het dan voor het geestelijke ik...'

Hij noteerde bijbelverzen op alles wat hij kon vinden – kleine stukjes papier, de achterkant van dienstregelingen van de spoorwegen en kwitanties. Naast sommige verzen schreef hij de namen en telefoonnummers op van artsen van wie hij dacht dat ze hem misschien konden helpen, hem konden genezen van de longkanker die hem op zijn vijfenveertigste had overvallen, maar ze konden hem niet meer helpen. Zijn tijd was om, en dat wist hij.

Hij liet zijn zwangere vrouw en jonge kinderen geen verzekering, onroerend goed of geld na, maar hij had geholpen de grondslag te leggen waarop ma dertig jaar lang twaalf kinderen zou opvoeden – geen kinderen de deur uit na vijven, doe je best op school, loop niet achter de massa aan en volg Jezus – en het geluk, of Jezus, wilde dat mijn stiefvader ma na hun huwelijk zou helpen diezelfde regels te handhaven. De oudgedienden van de New Brown zeiden altijd dat eerwaarde McBride in hoog aanzien stond bij God. Hij stierf zonder een cent op zak, en toch groeiden zijn kinderen stuk voor stuk op tot afgestudeerde artsen, hoogleraren, onderwijzers en vakmensen. Dat was het werk, zo zei men, van niemand minder dan Jezus Christus zelf.

Op dit moment zit de vrouw die Jezus Christus heeft geholpen de kinderen van eerwaarde McBrown naar hun volwassenheid te begeleiden – de enige nog levende stichtster van de New Brown Memorial Baptist Church – aan het uiteinde van een lange tafel op een verhoging, als enige blanke in het vertrek, in een blauwkatoenen jurk en met mijn twee jaar oude dochter, Azure, op schoot. Er kwam heel wat bij kijken om ma hierheen te krijgen. Ze wilde niet. In 1989 kreeg de kerk een uitstekende nieuwe predikant, en een van de eerste dingen die hij deed was het verwijderen van mijn vaders portret achter de kansel van de New Brown, om het te laten herplaatsen in een nieuw aan te leggen portaal op kosten van het immer noodlijdende kerkfonds, dit alles in het schimmige kader van 'hier wordt aan Gods huis gebouwd', wat betekende dat ma dit tijdens haar leven misschien nooit meer zou meemaken. Om de zaak te bemoeilijken, beging hij de vergissing om haar tijdens de dienst niet formeel zijn erkentelijkheid te betuigen toen ze naar de kerk kwam. Dat was een grote fout, die hij gemakkelijk had kunnen voorkomen: als hij, ergens tussen de rijtjes van het 'gebed voor de zieken en invaliden' en de 'gelukkige verjaarswensen voor onze leden', een kort: 'Wij verwelkomen vandaag mevrouw McBride, onze stichtster, in de kerk, mag ik een "amen" horen?' had kunnen inlassen, was alles nog wel op zijn pootjes terechtgekomen. Maar dat deed hij niet. In plaats daarvan behandelde hij haar als een buitenstaander, een vreemdelinge, een blánke, en begroette hij haar na afloop van de dienst met de kruiperige glimlach en geveinsde oprechtheid die zwarten bewaren voor blanken die ze niet goed kennen of niet vertrouwen, of een combinatie van beide. Diezelfde grimas zag ik eens op het gezicht van een zwarte ober toen ik voor de *Washington Post* naar het Witte Huis werd gestuurd om een feestje van Nancy Reagan te verslaan. Een glimlachje voor onze blanke presidentsvrouw. Foute boel.

Ma was zo gekwetst dat ze zich voornam er nooit meer heen te gaan, een belofte die ze keer op keer brak, wanneer ze de rit van twee uur met de metro en trein vanuit haar woonplaats, Ewing in New Jersey, weer trotseerde en plaatsnam in de kerk, als enige blanke in het gebouw, een vreemdelinge in diezelfde kerk die ze in haar eigen woonkamer had opgericht. De eerlijkheid gebiedt te zeggen dat de predikant ook een nieuwkomer was. Hij had weinig ervaring en kende haar niet. In feite kende geen van de nieuwkomers haar, en op een gegeven moment heeft de man zijn fout nog hersteld, maar daar ging het niet om, vond ma. 'Die nieuwe predikanten hebben geen enkele visie,' brieste ze. 'Ze willen alles op een presenteerblaadje aangeboden krijgen. Je vader, dat was nog eens iemand met visie.' Ze vergeleek hen allemaal met mijn vader, maar in feite ging elke vergelijking mank. Dat waren andere tijden, andere omstandigheden en andere mannen geweest.

Ma sprak jarenlang zelden over mijn vader. Het was alsof hij al zo lang geleden was overleden dat ze het zich niet meer herinnerde; maar diep vanbinnen beschouwde ze haar huwelijk met hem als het begin van haar leven, en zijn dood dan ook als onderdeel van het einde ervan, en om nog verder terug te reiken in haar verleden moest ze door de hel gaan, door een gebied waar ze liever niet aankwam. Om dit streng verboden gebied, de joodse kant, te ontwijken, ontweek ze ook hem. Haar geheugen was als een mijnenveld, waarin elke herinnering een mogelijke springlading was, een *Bouncing Betty* – die landmijnen die de Vietcong vroeger tijdens de oorlog in Vietnam gebruikte, die nooit afgingen wanneer je erop ging staan, maar je de lucht in joegen zodra je je voet wegtrok. Maar wanneer ze wel over hem sprak, begon ze altijd op eerbiedige toon, om te eindigen met de bedroefde constatering: 'Ik heb nooit geweten hoe ziek hij was.' Ik staarde vaak naar foto's van hem en vroeg me dan af hoe zijn stem had geklonken, totdat ik mijn neef uit Noord-Carolina, Linwood Bob Hinson, leerde kennen, die precies op hem leek. 'Als je wilt weten hoe je vader was,' zei mam, 'moet je met Bob praten.' Bob was toen ongeveer veertig. Hij sprak in het aangename, vertrouwde, nasale dialect van Noord-Carolina. Hij beheerde een postkantoor in een klein, blank stadje, waar hij boze klanten uit de brand hielp. Bob was een van de eerste zestien zwarten geweest die werden toegelaten tot de middelbare school in Mount Gilead in Noord-Carolina, de geboorteplaats van mijn vader. Hij was een rustige, grappige, gelovige man, die veel had bereikt. Hij had zijn veertienjarige zoon, Tory, verloren door een tragisch auto-ongeluk dat een hele gemeenschap van zwarten en blanken in Noord-Carolina in rouw had gedompeld, en waarbij hij zijn medemensen nog had getroost, ook al was zijn eigen hart gebroken. Als mijn zoon later op Bob lijkt, zal ik me gelukkig prijzen.

Maar we kunnen niet allemaal lijken op Bob, of op eerwaarde McBride, zelfs niet op Ruth McBride. Mensen verschillen. De tijden veranderen. Predikanten veranderen. Ma beseft dit, en ondanks haar persoonlijke meningsverschillen met de nieuwe predikant, wilde ze niet laten verdwijnen wat in feite mijn vaders en haar levenswerk was. Dus heeft ze wat geld ingezameld bij mijn broers en zusters en is ze naar het diner gekomen, waar ze nu aan de rand van de verhoging zit. Naast haar zit de inleidende spreker, Hunson Greene, de voorzitter van de New-Yorkse synode van predikanten van de baptistengemeente en een geweldig spreker, die tevens de broer is van ma's vroegere beste vriendin, wijlen Irene Johnson. Als het om Jezus gaat heeft ma, die een hekel heeft aan de zwarte bourgeoisie, vrienden op hoge posten.

Na een tijdje beklimt de jonge predikant het podium om het publiek op te warmen als een soort inleidende komiek. Zijn opmerkingen zijn bondig en grappig. 'De biefstuk is niet slecht,' grapt hij, 'de groenten zijn niet te taai, het is zaterdagavond, tast toe, mensen, morgenochtend moeten we weer naar de kerk.' Hij neemt snel het programma door. Drie van de geplande godvruchtige sprekers zijn niet komen opdagen, onder wie de medestichters van de kerk, eerwaarde Thomas McNair, mijn peetvader, en zuster Virginia Ingram, die zich beiden beroepen op ziekte of dubbele afspraken. Ten slotte wordt ma verzocht naar het podium te komen. De nieuwe predikant introduceert haar als de 'oorspronkelijke stichtster van onze kerk'. Daar gooit hij hoge ogen mee. Ma zet mijn dochtertje neer, staat op en loopt naar het podium toe.

Het kost haar een eeuwigheid om het podium te bereiken.

Ze is inmiddels vierenzeventig. Haar knieën willen niet meer zo best. De snelle tred van haar o-benen lijkt nu meer een soort waggelende gang. De slanke mooie vrouw die ik als jongetje heb gekend, is nu een klein, licht gebukt gaand, lief, pittig oud dametje geworden. Haar gezicht is hetzelfde gebleven, met die donkere ogen vol vuur en energie, haar haren zijn, dankzij haar Clairol-haarverf, nog altijd zwart, en omdat ze nooit heeft gedronken of gerookt en drie keer per week aan yoga doet, lijkt ze tien jaar jonger dan ze is. Maar ze lijdt tegenwoordig aan een hartkwaal en heeft een hoge bloeddruk, waarvoor ze medicijnen slikt. Nadat die hartkwaal bij haar werd geconstateerd wilden een paar van mijn broers, die arts zijn, haar aanmelden voor vervolgonderzoeken bij vooraanstaande hartspecialisten, maar dat weigerde ze. 'Mij krijgen ze niet,' mijmerde ze voor zich uit, waarbij het vage 'ze' sloeg op ziekenhuizen, het systeem, en alles waarbij je 'tegelijkertijd wordt volgestopt met slangetjes en van je geld beroofd'. Ze beweegt zich nu trager en heeft moeite de trap op te komen. De laatste tijd praat ze vaak alsof ze er niet lang meer zal zijn, en wordt elk plan dat ze maakt voorafgegaan door de woorden: 'Nou, als ik er volgend jaar nog ben, zou ik graag...' Naar Disneyland gaan, naar de diploma-uitreiking van een kleinkind, nog een keertje naar Parijs, een nieuwe auto kopen. Gedeeltelijk zijn het maar dagdromen, gedeeltelijk ook niet. In elk geval zinkt het hart me erbij in de schoenen. Zoals de meeste mensen zou ik niet weten wat ik moet doen wanneer mijn moeder haar laatste schreden zet. Wanneer ze het podium bereikt, schiet ik wakker uit mijn gemijmer. In haar hand houdt ze een verfrommeld vel papier met een half getypte, half handgeschreven toespraak. Het papier beeft in haar handen. Ze legt het langzaam neer en trekt de microfoon dichterbij, zodat hij een beetje gaat rondzingen. Terwijl ze dit doet, wordt het muis-en muisstil in de zaal.

'Goedenavond, geachte eerwaarde Reid en genodigde geestelijken,' leest ze voor op een schelle, ademloze toon. 'De New Brown is...' Onmiddellijk stokt ze weer. Of het nu de emoties van het moment zijn of gewoon zenuwachtigheid valt moeilijk te zeggen, maar in elk geval heeft ma nog nooit eerder een toespraak gehouden. Maar dan ook nooit. Ze schraapt haar keel, terwijl er een koor van 'Amen' en 'Ga door, lieverd' opklinkt in het vertrek. Ze begint opnieuw: 'Goedenavond, geachte eerwaarde Reid en genodigde geestelijken. De New Brown is dankzij het geloof zo ver gekomen...' Dit keer baant ze zich een weg door haar tekst, onbesuisd en gehaast, als een auto die door een reeks sneeuwbanken ploegt, zoals ze slipt en voortraast, in kringetjes ronddraait en nergens op uitkomt; haar woorden zijn nauwelijks verstaanbaar terwijl ze op die schelle, zenuwachtige toon snel haar hoogdravende toespraak afsteekt. Ten slotte stopt ze, legt een hand op haar hart en haalt diep adem, terwijl er een pijnlijke stilte neerdaalt op de zaal. Ik sta op het punt het podium op te rennen, bang dat ze een hartaanval krijgt, wanneer ze plotseling het vel papier met de toespraak op de vloer laat neerdwarrelen en direct in de microfoon begint te spreken. 'Mijn man wilde een kerk oprichten, maar omdat we geen geld hadden, zei hij: "Laten we er hier in onze eigen woonkamer mee beginnen." We maakten het huis aan kant, stelden een preekstoel op met een wit tafellaken en nodigden de familie McNair, de familie Ingram, de familie Taylor en de familie Flood uit. Zo zijn we begonnen.'

'Amen!' klinkt het uit het publiek. Ze heeft nu het vuur aangewakkerd.

'We zetten stoelen neer, lazen de bijbel en hielden diensten. We hadden geen organiste zoals zuster Lee. We zongen zonder orgelbegeleiding. Dat was de gelukkigste tijd van mijn leven, en jullie moeten weten dat...' Ze stokt, terwijl de tranen in haar ogen schieten.

'Amen!'

'Ja!!'

'Vertel ons maar wat we moeten weten, lieverd.'

Ze begint weer: 'Jullie moeten weten dat...'

'Ga door! Zeg het maar!'

Ze haalt diep adem: 'Jullie moeten weten dat jullie hier een getuige van Gods woord zien. Echt waar,' zegt ze. 'Écht waar!' De 'amens' weergalmen door het vertrek terwijl ze zich omdraait en van de preekstoel wegloopt, haar tred weer fier, zonder gewaggel, en vierenzeventig levensjaren vallen als sneeuwvlokken van haar af wanneer ze achter haar stoel op het podium gaat staan en met een bezielde blik naar het publiek kijkt. 'God zegene jullie allemaal, in naam van Christus!!!' roept ze, en ze zwaait haar vuist in de lucht en gaat weer zitten, met een rood aangelopen gezicht en een rode neus, terwijl er heel wat traantjes worden weggepinkt, ook door mij.

Op de terugweg in de auto vraag ik haar: 'Ik neem aan dat je niet meer boos bent op de nieuwe predikant?'

'Laat die man met rust,' zegt ze, terwijl het licht van de straatlantaarns grillig over haar gezicht danst. 'Hij doet zijn werk goed. Ze hebben geluk met zo'n jonge predikant, als je ziet hoe het tegenwoordig toegaat in die kerken. Je zou zelf predikant moeten worden. Heb je daar al eens aan gedacht? Maar je moet een vooruitziende blik hebben. En een visie. Ben jij iemand met visie?'

'Dat geloof ik niet,' zeg ik.

'Nou, als je dat niet bent, moet je Gods tijd niet verspillen.'

25

Op zoek naar Ruthie

Toen we in juni 1993 ma's testament aan het opmaken waren – ik had haar daartoe moeten dwingen – kwam het lugubere thema van haar begrafenis ter sprake. 'Wanneer ik doodga,' zei ze, 'moet je me niet in New Jersey begraven. Wie wil er nou in Jersey worden begraven?' Ze sprak deze woorden in de keuken van het huis dat ze deelt met mijn zuster, Kathy, in de gemeente Ewing in de buurt van Trenton, een prachtige streek in New Jersey.

Ik zei: 'We zullen je begraven in Virginia, naast je tweede man.'

'O, nee. Ik wil niet in Virginia worden begraven. Ik ben weggelopen uit Virginia. Daar wil ik niet terugkeren.'

'Wat dacht je van Noord-Carolina? Dan begraven we je bij je eerste man.'

'Geen haar op mijn hoofd. Ik ben mijn hele leven op de vlucht geweest voor het Zuiden. Begraaf me niet in het Zuiden.'

'Oké, New York dan,' zei ik. 'Daar heb je veertig jaar gewoond. Je houdt nog steeds van New York.'

'Te vol,' snoof ze. 'In New York begraven ze je in stapels van drie. Ik wil in mijn graf niet onder iemand anders worden bedolven.'

'Waar moeten we je dan begraven?'

Ze hief haar handen omhoog. 'Wat kan het schelen? Wat een onzin is dit. Ik laat jullie toch niets na, behalve een paar rekeningen.' Ze stond nijdig op van de keukentafel en zei bits: 'Begrafenis híer, begrafenis dáár, wil je me soms dood hebben? En wat er ook gebeurt, ik wil geen slangetjes in mijn lijf. Als je ergens snel aan sterft, zijn het artsen.' Ze pakte haar zonneklep. 'Dit heeft je zuster me aangedaan,' zei ze.

'Wat dan?'

'Ik had een bultje op mijn gezicht, en toen heeft ze me naar een dure arts gestuurd. Nu moet ik de hele tijd zo'n dom petje dragen. Ik lijk wel een haan.'

Artsen hadden huidkanker geconstateerd in een kleine moedervlek die ze van ma's gezicht hadden verwijderd, die was veroorzaakt door overmatige blootstelling aan het zonlicht. Ironisch genoeg treft deze aandoening voornamelijk blanken. Ma blijft tot het bittere einde een grillige opeenhoping van botsende belangen en tegenstrijdigheden, een zwarte vrouw met een blanke huid, met zwarte kinderen en de lichamelijke kwaal van een blanke vrouw. Gelukkig heeft men de moedervlek tijdig verwijderd, maar de laatste tijd lijkt ze volledig in beslag te worden genomen door de kwestie van haar eigen sterfelijkheid, waarschijnlijk omdat ze weet dat de dood de enige omstandigheid is in het leven waarvoor ze niet kan wegrennen. 'De dood is maar iets raars, vind je niet?' mijmert ze. 'Zo definitief. Je weet dat je niet kunt rekenen op de tijd,' zegt ze, terwijl ze haar vinger vermanend opsteekt. 'Daarom moet je zorgen dat je Jezus leert kennen.'

Als het me net zo lang gaat kosten om Jezus te leren kennen als het me bij jou heeft gekost, sta ik er niet best voor, denk ik bij mezelf. Het heeft me vele jaren gekost om erachter te komen wie ze was, deels omdat ik nooit wist wie ik zelf was. Het was niet zozeer dat ik op zoek was naar mezelf, maar meer dat ikzelf besloot niet op zoek te gaan. Als kind was ik in de war over de hele rassenkwestie, maar ik beschouwde mezelf niet als achtergesteld of ongelukkig. Als jonge man had ik geen tijd, geld of zin om verder te kijken dan mijn eigen armoede en me met mijn identiteit bezig te houden. Toen ik bij het verlaten van de middelbare school nog steeds niet in de bak zat, dacht ik dat me niets meer kon gebeuren. Oberlin College was een eitje – eten zoveel je wilde, niemand die je de wet voorschreef, en je had nog je eigen baantje ook als je wilde. Toch moest ik bitter lachen om de blanke studenten met hun gescheurde spijkerbroeken, die met frisbees ronddolden op het grasveld van de campus en met Kerstmis het terrein rondgingen om Duitse kerstliedjes te zingen. Ze leken vrij te zijn, op een manier waarop ik het nooit zou kunnen zijn. De meeste van mijn vrienden en vriendinnen waren zwart, hoewel ik met verloop van tijd ook bevriend raakte met blanke studenten, van wie er twee – Leander Bien en Laurie Weisman – nog steeds goede vrienden van me zijn. Bij die zeldzame, lastige sociale aangelegenheden waarbij ik bekneld raakte tussen zwart en blank, vluchtte ik altijd naar de zwarte kant, net zoals mijn moeder dat had gedaan, en liet ik me hooguit te vuur en te zwaard weer verdrijven. Als je gemengd bloed hebt, heb je net zo'n tintelend gevoel als wanneer je moet niezen – je wacht tot er iets gebeurt, maar er gebeurt niets. Gezien mijn zwarte gelaat en opvoeding kon ik makkelijk vluchten in de anonimiteit van de zwarte massa, maar toch vond ik het frustrerend te moeten leven in een wereld die je gelaatskleur opvat als een directe politieke stellingname, of je het nu leuk vindt of niet. Het heeft jaren geduurd voordat ik het feit begon te accepteren dat die vage 'blanke wereld' niet zo vrij was als hij leek; dat het ook om klasse, geluk en religie ging; dat de problemen van veel blanke individuen de mijne (vaak ver) te boven gingen; en dat niet alle joden op mijn grootvader lijken, en een deel van mij ook joods is. Maar die grens in mijn hoofd, die met huidskleur te maken heeft, was en blijft de grootste hindernis. Om die te overwinnen, besloot ik me er verder niets van aan te trekken en mijn eigen weg te kiezen.

Ik vluchtte zo lang ik kon. Nadat ik in 1979 was afgestudeerd aan Oberlin College en in 1980 mijn studie journalistiek aan Columbia University had afgerond, brak voor mij een fase aan van eindeloos aarzelen tussen muziek en journalistiek, die acht jaar duurde voordat ik besefte dat ik ook succes kon hebben als schrijver én muzikant. Bij elke baan die ik kreeg als journalist nam ik weer ontslag. Bij de *Wilmington News Journal* nam ik ontslag. De *Boston Globe*: ontslag. De tijdschriften *People* en *Us*, de *Washington Post*: ik hield er altijd weer mee op. Dit speelde voor mijn dertigste. Ik moet wel enig talent hebben gehad, want ik werd altijd wel weer ergens aangenomen, maar ik ging door het leven als iemand die zich voor een ander uitgeeft. Overdag zwierf ik door de stad en 's avonds strompelde ik uitgeput de redactie binnen om mijn stukken te schrijven. Ik was dol op zo'n kale ruimte in de stad, met niets meer dan flikkerende beeldschermen en een paar leeglopers zoals ik. Dat was het enige tijdstip waarop ik kon schrijven, ver weg van blanke journalisten, zwarte journalisten, van de versmelting van zwart en blank die al sluimerde in het binnenste van mijn ziel en op de minst gelegen momenten tot uitbarsting kwam. Als werkende volwassene was het veel vervelender om gevangen te zitten tussen zwart en blank dan toen ik nog studeerde. Ik keek toe hoe de blanke en zwarte werelden op de redacties in botsing kwamen, waarbij de menselijke brokstukken rond mijn voeten neervielen. Wanneer ik hoorde hoe zwarte verslaggevers zich boos maakten over een sympathieke blanke redacteur, was ik het in stilte vaak oneens met hen. De blanken regeerden, soms meedogenloos, en vonden slimme manieren om de carrières om zeep te helpen van prima zwarte journalisten, die nog vol pit in het vak kwamen, maar weer andere blanken waren net zulke speelballen als ik. Mijn directe redacteuren waren meestal blanke vrouwen, die ik over het algemeen het meelevendste, menselijkste, en vaak slimste van de hele redactie vond, maar die zelden een topfunctie bereikten – zelfs in vergelijking met hun conservatievere zwarte mannelijke tegenhangers, die soms op de redacties rondbanjerden alsof ze de reïncarnatie waren van Martin Luther King en je met hun ras om de oren sloegen alsof het een honkbalknuppel was. Ze stonden niet dichter bij de zwarte man in de getto's dan hun blanke tegenhangers. Ze spraken over hun 'jeugd in Mississippi', of waar het dan ook mocht zijn geweest, als bewijs van hun ervaring met armoede en hoe het is om zwart te zijn, terwijl de meesten van hen in feite de laatste twintig jaar hoogstens een stedelijk getto hadden gezien vanachter het stuur van een stevig gesloten Honda. Ik vond hun beweringen over hun arme jeugd ongegrond. Ze hadden geen achtergestelde, maar een bevoorrechte jeugd gehad, omdat ze moeders, vaders, grootouders, buren, kerken, families, een heel systeem hadden gehad om hen te beschermen, te beschutten en groot te brengen. Ze waren niet opgegroeid zoals kinderen in de jaren tachtig en negentig, beroofd van alles wat op een familie lijkt, behalve de voortdurende aanwezigheid van drugs en geweld. Hun verhalen van: 'Ik ben opgegroeid met niets, en heb het toch tot Harvard geschopt', waren voor blanke redacteuren het criterium om hen aan te nemen. Maar ja, dat was gedeeltelijk ook hoe ik overal binnenkwam. Ik wilde het wel uitschreeuwen om die hele toestand.

Ik had in die jaren geen werkelijk privé-leven. Weinig afspraakjes, weinig uit eten, geen lunches met belangrijke figuren. Mijn vriendin uit mijn studietijd, een vrouw van gemengde afkomst uit Hyde Park in Chicago – ze had een zwarte moeder en joodse vader – was mijn oogappel, maar ik was destijds bang om me te binden, bang om kinderen te krijgen, omdat ik niet wilde dat ze net als ik zouden worden. Ik vervreemdde langzaam van haar, en liet de tijd en de afstand tussen ons de rest doen. Omdat ik buiten mijn muziek geen privé-leven had, ging het me als journalist voor de wind, maar uiteindelijk nam ik altijd weer de benen en zei ik na een jaar of twee tegen mijn blanke redacteuren dat ik moest vertrekken om 'mezelf te vinden, een boek te schrijven, saxofoon te spelen', of dergelijke excuses. De meeste zwarten vonden het een luxe om 'jezelf te willen vinden'. Blanken schenen het te beschouwen als een noodzaak – de meeste blanken dan, met uitzondering van die ene, allerbelangrijkste.

Telkens wanneer ik ontslag nam voerde ma een krijgsdans uit, met kreten en sprongen en al, waarbij ze meestal begon met: 'Wat ben je nú van plan?! Je hebt een herkansing gekregen, en die gooi je zomaar weg! Je moet toch een báán hebben?!' Zoals de meeste moeders oefende ze enorm veel macht over me uit, en mijn vastbeslotenheid brokkelde af als een zandkasteel onder haar frontale aanvallen, die er als vloedgolven overheen spoelden. Ik probeerde haar dan koest te houden en trok me langzaam terug richting voordeur, terwijl ik zei: 'Maak je geen zorgen, mam. Maak je geen zorgen', waarna ik me maandenlang terugtrok in het ondergrondse labyrint van het New-Yorkse muziekwereldje om saxofoon te spelen bij een of andere groep en zo nu en dan een muziekstuk te verkopen. Ik had altijd redelijk veel succes, en dat gold des te sterker voor latere jaren, toen ik de Stephen Sondheimprijs voor muziektheatercomposities won en samenwerkte met Anita Baker, Grover Washington jr., Jimmy Scott, Rachelle Ferrell en nog vele anderen, maar in de jaren tachtig had ik het moeilijk als componist, en telkens wanneer ik krap zat, begaf ik me ijlings weer in de journalistiek – totdat ik in februari 1988 op de moderedactie werkte van de *Washington Post* en overwoog ermee te stoppen om me in New York weer bezig te gaan houden met muziek. De moderedactie van de *Post* is voor een schrijver van achtergrondartikelen het neusje van de zalm, de elite, de crème de la crème, de overkant waar het gras zo veel groener is, en daar dien je niet snel je ontslag in, zelfs niet als je een door de wol geverfde ontslagnemer bent, zoals ik. Terwijl ik hierover zat na te denken, belde mam, die onraad rook, me onverwacht op. 'Ik ken jou wel!' zei ze vinnig. 'Je hebt nu een regelmatig inkomen. En niet te zuinig. Wáág het niet ontslag te nemen!!'

Maar dat deed ik wel, deels omdat ik geen zin meer had om te vluchten, deels omdat het vaag knagende gevoel dat ik als kind had gehad, op mijn dertigste niet meer zo vaag was. Het was een enorme, loeiende riff geworden, die door mijn ziel gierde als een vervormde rockgitaar en me op vol volume toeschreeuwde: 'Maak wat van je leven!!!'; speel saxofoon, schrijf boeken, componeer, doe iets, druk jezelf uit, wat stel je nou eigenlijk helemaal voor? In mijn binnenste stonden twee werelden te popelen om aan het daglicht te treden. Ik móest meer te weten komen over mezelf, en om dat te doen, moest ik weten wie mijn moeder was.

Het was een verpletterende gewaarwording, om het feit onder ogen te moeten zien dat je degene van wie je het meest houdt, je hele leven nooit echt hebt gekend. Als jong kind was ik er al aan gewend dat ma haar verleden verborg, wat ik in de loop van de tijd leerde accepteren, en de bijzonderheden van haar leven gingen verloren naarmate mijn eigen leven zich ontwikkelde, wat ze waarschijnlijk ook zo wilde. Ik sneed het hele onderwerp zelfs nooit serieus bij haar aan, totdat ik in 1977 voor mijn studie een formulier moest invullen, waarvoor om de een of andere reden ma's meisjesnaam vereist was. Toen ik haar opbelde in Philadelphia om ernaar te vragen, reageerde ze plotseling ontwijkend. 'Hoezo?' vroeg ze, 'waar heb je die voor nodig?' Ze aarzelde nog wat langer voordat ze hem eindelijk prijsgaf. 'Shilsky,' zei ze.

'Kun je dat voor me spellen, mam?'

'Wie betaalt dit gesprek? Betaal ik hiervoor? Bel je op mijn kosten?'

'Nee.'

'Je studeert toch,' zei ze bits. 'Je kunt zelf spellen. Zoek het zelf maar uit.' Klík.

Het onderwerp werd niet meer aangeroerd, totdat ik begin 1982 Al Larkin leerde kennen, de toenmalige redacteur van de zondagbijlage van de *Boston Globe*. Al haalde me over om een stuk te schrijven voor moederdag, en de *Philadelphia Enquirer* was zo vriendelijk het gelijktijdig te publiceren, omdat mijn moeder daar destijds woonde. Het stuk werd zo enthousiast ontvangen door het publiek dat ik besloot dieper te graven, deels om niet meer te hoeven werken voor mijn brood, deels om een paar van mijn eigen kwelgeesten uit te bannen, die me belaagden aangaande mijn bruine huidskleur, mijn krullen en mijn gespleten ziel. Ik vroeg ma of ze belangstelling zou hebben om mee te werken aan een boek; het antwoord luidde 'nee'. Ik zei tegen haar dat ik er wel een miljoen dollar mee kon verdienen. Ze zei: 'Oké. Als jij rijk wordt, word ik het ook. Als je maar geen ontslag neemt.' Dus nam ik in 1982 eerst verlof bij de *Boston Globe*, om pas daarna mijn ontslag in te dienen. 'Dat is een van de stomste dingen die je ooit hebt gedaan,' snoof ze toen ik aankondigde dat ik ermee was gestopt.

Ik verwachtte er samen met haar voor te gaan zitten om lange, diepgravende interviews af te nemen, waarbij ik gespannen zou toehoren hoe de pijnlijke en fascinerende details van haar leven naar boven kwamen. Ik stelde me voor hoe ze als een wijze oude vrouw in haar schommelstoel zou zitten en gedurende een week of zes, misschien acht, onverstoorbaar de ontroerende details van haar leven in mijn geduldig wachtende cassetterecorder zou spuien, en hoe ik haar zachtjes zou aansporen en zij zich behulpzaam zou opstellen, terwijl we hand in hand, een ontdane moeder en zoon, met kleine stapjes vooruit zouden worstelen, totdat we – o, wonder! – zes maanden later klaar zouden zijn en de wereld konden opluisteren met ons grootse epos.

Acht jaar later kreeg ik nog steeds te horen: 'Bemoei je met je eigen zaken. Als je te veel nadenkt, zullen je hersenen uitdrogen als een pruim. Ze hoeven geen tv-programma naar me te vernoemen. Laat me met rust. Een nieuwsgierige aap ben je! Ik ga verhuizen uit Philadelphia. Kom, laten we inpakken.'

Mijn moeder is de enige persoon die ik ooit heb gekend die al tien jaar aan een stuk verhuist. Nadat ze maar een jaar in Delaware had gewoond, kocht ze in 1975 een klein rijtjeshuis in de wijk Germantown in Philadelphia, waar ze nog niet was ingetrokken of ze ging al op zoek naar een volgende woning, een proces dat voor haar letterlijk een manier van leven werd. Ze leek elke makelaar in Germantown bij voornaam te kennen. Ze stond 's ochtends op, vloog de deur uit, en reed dan de hele dag rond met een makelaar om huizen te bekijken die ze niet kon of wilde kopen, waarna ze zo'n arme makelaar aan het einde van de dag vroeg 'over een week terug te bellen'. Dan pakte ze haar biezen en 'verhuisde' ze naar Atlanta, waar ze drie weken bij mijn broers of zusters logeerde, of verdween ze gewoon uit het oog, waarna ze zich nooit meer liet zien bij de makelaar in kwestie. Zo'n arme drommel bleef maar bellen, totdat een van ons hem eindelijk te verstaan gaf dat ma geen belangstelling had. Soms stond ze naast de telefoon in ons ene oor te fluisteren, terwijl wij voor haar bemiddelden via het andere. 'Vertel hem dat ik er niet ben!' siste ze dan. 'Waarom blijft hij me maar lastigvallen?'

Het was het typische neurotische gedrag van ma, dat ik nooit ten volle heb begrepen totdat ik erachter kwam wat ze eigenlijk achter de rug had. Voor haar is haar joodse kant verdwenen. Voor mij zette ze de deur open, maar voor zichzelf had ze hem al lang geleden gesloten, en voor haar was het alsof ze met vuur speelde wanneer ze hem weer openbrak en naar binnen gluurde. Wanneer ze er een blik door wierp, deinsde ze verblind terug, terwijl de feiten van haar eigen geschiedenis haar overspoelden als een lavastroom. Ik voelde me hulpeloos toen ze me de feiten van haar leven onthulde, alsof ik toekeek hoe ze stierf en werd herboren (hoewel er ook een zuiverend element aan te pas kwam), want nadat ze zich jaren had verstopt, gaf ze zich nu bloot en begon te vertellen over haar verleden, en nu dat gebeurde werd ik zelf degene die dekking wilde zoeken. Ik kan niet beschrijven hoe schokkend het was om woorden als 'Tatte', 'row', 'sjiewa' en 'Boebbe' uit haar mond te horen, terwijl ze aan de keukentafel zat in haar woning in Ewing. Stelt u zich voor hoe u, in het bestek van enkele maanden, als het ware vijfduizend jaar joodse geschiedenis in uw schoot krijgt geworpen. Het stortte mij als het ware in mijn eigen afgrond, waarbij ik probeerde te redden wat er te redden viel van mijn gevoelens en emoties, die in de wind vervlogen terwijl ze sprak. Het was een fascinerend staaltje levensgeschiedenis – op zijn zachtst gezegd een wonderbaarlijk geval van de werkelijkheid die alle fictie te boven gaat. Ik voelde me een kind dat zijn eigen ik samenstelt uit een bouwpakket; want terwijl ze haar leven voor mij uiteenzette, voegde ik haar woorden als bij een puzzel weer samen tot een tafereel, en door dat te doen nam ook mijn eigen leven nieuwe vorm aan.

Ma is veranderd, ze is niet meer dezelfde die ze was toen ze in de jaren veertig het christelijke geloof aannam. Ze is veranderd in de zin dat ze haar verleden tegenwoordig onder ogen kan zien. Nadat ze jaren heeft gezegd: 'Mijn zaken gaan niemand wat aan', heeft ze nu een punt bereikt waarop ze zegt: 'Het maakt niet uit. Iedereen is toch dood, of zit in Florida', wat in haar ogen hetzelfde is. 'Ik slijt mijn oude dag niet in Florida', heeft ze gezworen. En toen we op een dag langs een kerkhof reden, keek ze ernaar met de opmerking: 'Kijk, Florida gaat nooit verloren.'

Mam zette zich op haar vijfenzestigste nog aan het werk om haar diploma als maatschappelijk werkster te halen aan Temple University. Ze genoot van de intellectuele gedachtewisselingen, van het studeren, het lezen van verschillende auteurs – ik was vergeten hoe intelligent ze was. Het voortdurende studeren en haar zucht naar kennis hielpen haar ten slotte besluiten te verhuizen uit het drukke centrum van Philadelphia om zich samen met mijn zuster, Kathy, te vestigen in het rustigere en veiligere voorstadje Ewing. Een paar jaar lang werkte ze met haar diploma als vrijwilligster bij een dienstverlenende instantie voor ongehuwde zwangere vrouwen in Philadelphia, waarna ze overstapte op een baan als leidster van een wekelijkse leesgroep voor zowel geletterde als ongeletterde ouderen in de plaatselijke bibliotheek van Ewing, die ze nog steeds heeft. Maar dat is niet genoeg om haar bezig te houden. Elke dag moedigt ze na het opstaan eerst haar twee kleinkinderen aan om naar school te gaan, waarna ze met de auto rondrijdt door midden-New Jersey om op vlooienmarkten met kooplui te onderhandelen of in haar trainingspak en Nikes naar yogales te gaan. Zo tuft ze in haar Toyota uit 1995 voort, met vijfenveertig kilometer per uur op wegen waar de maximumsnelheid bijna negentig kilometer per uur bedraagt, en houdt ze het verkeer op Route 1 op terwijl ze luistert naar Bernard Meltzer op WOR-AM of de Howard Sternshow. ('Oma moet altijd lachen als Howard Stern vieze mopjes vertelt,' fluistert mijn nichtje, Maya, weleens.) Soms verdwijnt ze na het opstaan dagen achter elkaar; dan glipt ze naar haar oude thuishaven, het Red Hook-woningbouwproject, om naar de kerk te gaan en haar oude vrienden te bezoeken. Ze is gek op Red Hook. Hoewel mijn broers en zusters er vaak op aandringen dat ze er niet meer heen gaat, weigert ze dat. 'Vertel me niet hoe ik moet leven,' zegt ze dan. Ze is altijd al een beetje onhandelbaar geweest, die moeder van mij, en heeft altijd de zenuwslopende gewoonte gehad het roer over te nemen en loopings en duikvluchten te maken met ons vliegtuigje. Vervolgens rent ze de cockpit uit, onder het gillen van: 'Doe iets, iemand, we storten neer!' om op het allerlaatste moment toch maar weer achter het stuur te kruipen en het ding zelf bedaard op de grond te zetten, waarna ze het hele incident direct weer vergeet. Ze zou het zich nog niet herinneren als je haar foto's liet zien van haarzelf in actie. Ze kan haar geheugen in één klap en doelbewust schoonvegen; dat is haar manier om zichzelf te beschermen. Zo zit ze in elkaar. Haar overlevingsinstinct is onvoorstelbaar, en de manier waarop ze met vuur speelt altijd een spektakel. 'Ruthie' noemden mijn zusters haar altijd liefkozend. 'Ruthie is gék.'

In augustus 1993 ging Ruthie, alias Ruth McBride-Jordan, alias Rachel Deborah Shilsky, na meer dan vijftig jaar eindelijk de confrontatie aan met de geesten uit haar verleden. Ze bezocht haar vroegere woonplaats, Suffolk in Virginia, met in haar kielzog Judy, mijn zuster uit New York, die onderwijzeres is, Billy, mijn broer, die als arts werkt in Atlanta, en ik. We reden het hele stadje door, over de hoofdstraat, langs het enige gebouw dat in de jaren dertig over een lift beschikte, langs de plek waar haar vroegere huis had gestaan, langs de oude synagoge en haar oude middelbare school, die er nog steeds stonden. 'Er is niets veranderd,' zei ze zacht toen we stilhielden voor de synagoge, die er nog even wit en oud uitzag, maar iets statigs had met zijn vier hoge zuilen. Mam staarde naar het oude gebouw, maar weigerde uit de auto te stappen; ze keek enkel uit het raampje. 'Hij wordt in elk geval goed onderhouden,' mompelde ze, waarna ze Billy, die aan het stuur zat, opdracht gaf om verder te rijden. Ze leek onbewogen – oplettend, bedachtzaam, maar onaangedaan – totdat we in Portsmouth de oprit opreden van een zekere Frances Moody, die tegenwoordig Frances Falcone heette, en die ik had gevonden na een lange zoektocht. Het had me twaalf jaar en een hoop geluk gekost om de mysterieuze Frances op te sporen. Het was dan ook vijftig jaar geleden dat ma hier was geweest, en de meeste mensen van toen waren vertrokken. De achtergeblevenen kenden of herinnerden zich niemand met de naam Frances. Ten slotte ontmoette ik een vrouw die Frances Holland heette en me vertelde over twee meisjes met wie ze in de zevende klas bevriend was geraakt als nieuwe leerlinge aan de lagere middelbare school Thomas Jefferson: Ruth Shilsky en Frances Moody. 'Frances Moody leeft nog, ze woont ergens in Portsmouth,' zei ze. Een zoektocht door het telefoonboek leverde niets op, en ik bleef met lege handen achter, totdat ik de stadsbibliotheek van Suffolk bezocht, waar een bibliothecaresse me een papiertje overhandigde met een telefoonnummer. 'Dit is de vrouw die u zoekt,' zei ze. 'Tegenwoordig heet ze Frances Falcone.' Ik bedankte haar en vroeg hoe ze dat wist. Ze haalde haar schouders op. Ze maakte geen vriendelijke of onvriendelijke indruk, maar deed gewoon zakelijk. Ze nam de telefoon op, draaide een nummer en overhandigde me de hoorn. Ik had Frances Moody, die tegenwoordig Frances Falcone heette, aan de lijn. 'Ik ben al jaren naar u op zoek,' zei ik. Ze lachte. 'Kom vooral langs, maar misschien zal ik naar ú op zoek moeten,' zei ze. 'Ik heb gisteren een oogoperatie gehad wegens grauwe staar.' Ik reed onmiddellijk naar Portsmouth, waar ik mijn moeders jeugdvriendin ontmoette, een slanke vrouw van ma's leeftijd, met bruine haren en een zachte stem, die nog over een prima gezichtsvermogen bleek te beschikken. Het leek passend dat Frances Moody, die in de jaren veertig, toen joden in Suffolk niet geliefd waren, een grens had overschreden door vriendschap te sluiten met een jodin, was getrouwd met een Italiaanse houtbewerker, Nick Falcone. 'De laatste keer dat ik uw moeder zag, gaf ze een feestje voor me omdat ik ging trouwen,' zei Frances. 'Dat was in 1942.'

'Ik durf te wedden dat u dacht dat u haar nooit weer zou zien,' zei ik.

'Nee,' zei ze. 'Ik wist dat ik haar op de een of andere manier nog eens zou ontmoeten.'

Toen we Frances' huis in Portsmouth naderden, begon ma zenuwachtig te worden en druk te praten. 'Moet je die wegen eens zien,' zei ze. 'Geen hobbels. Geen gaten. Hier in Virginia worden ze goed onderhouden, maar je moet niet te hard rijden, want de politie hier speelt geen spelletjes. Ze spelen geen spelletjes, horen jullie me?! Langzamer rijden, Billy! O, mijn knieën doen zo'n pijn. Ik krijg echt last van mijn knieën van die airconditioning. En ik zit te krap.' Zelfs nadat we de oprit van Frances' huis waren opgereden en haar vriendin op ons afliep, zat ze, inmiddels klagend, nog voor zich uit te kwebbelen. 'O, ik kan niet overeind komen. Mijn benen doen pijn. Help me eens overeind, wat willen jullie nou eigenlijk ook, verdorie! Zo hard rijden! Zo kun je niet rijden in Virginia, zeg ik je. Nou heb ik pijn aan mijn knieën, en – Frances! Kijk nou toch eens hoe slank je bent. O, wat zie je er knap uit. O, ik moet ervan huilen. Jongens toch, wat willen jullie ook...' En huilend omhelsde ze haar vriendin.

Na dit bezoek gingen Frances en zij weer verder waar ze op de middelbare school waren gebleven, en ze zijn nog steeds dikke vriendinnen. Maar verder dan Frances kan Ruthie niet teruggaan. Haar hereniging met haar oude vriendin is een van de kleine, schitterende bijkomstigheden van haar medewerking aan een boek waarin ze werkelijk nooit geïnteresseerd is geweest, en waarvoor ze een verleden moest onderzoeken dat voor haar in veel opzichten voorgoed is verdwenen en beter definitief met rust kan worden gelaten.

Er zijn waarschijnlijk wel honderd redenen waarom Ruthie beter aan de joodse kant had kunnen blijven, in plaats van de lokale trein van New Jersey en trein F te nemen om met haar sjwartse kinderen en vrienden een christelijke kerk te bezoeken in Red Hook in Brooklyn, en die worden ongetwijfeld allemaal genoemd in het Oude Testament, maar ik ben blij dat ze de Afrikaans-Amerikaanse kant heeft gekozen. Ze is met twee buitengewone mannen getrouwd geweest en heeft twaalf bijzonder creatieve en begaafde kinderen grootgebracht, en het wordt tijd dat ik hun namen voor u op een rijtje zet. Dat hoorde nu eenmaal bij mijn deel van de overeenkomst, en de prestaties van haar kinderen vormen in elk geval haar levenswerk. Hierbij dan, van de oudste tot de jongste:

ANDREW DENNIS MCBRIDE. Bachelor of Arts, Lincoln University; MD, medische faculteit, University of Pennsylvania; doctorandus in de geneeskunde, Yale University; directeur gezondheidsdienst van de gemeente Stamford in Connecticut.

ROSETTA MCBRIDE. Bachelor of Arts, Howard University; doctorandus in de sociale wetenschappen, Hunter College; stafpsycholoog bij de onderwijscommissie van de gemeente New York.

WILLIAM MCBRIDE. Bachelor of Arts, Lincoln University; MD, medische faculteit, Yale University; doctorandus in de bedrijfswetenschappen, Emory University; directeur gezondheidszaken regio zuidoost, Merck and Co., Inc., afdeling geneeskundig onderzoek.

DAVID MCBRIDE. Bachelor of Arts, Denison University; doctorandus in de geschiedenis, Columbia University; doctor in de geschiedenis, Columbia University; voorzitter vakgroep voor Afrikaans-Amerikaanse geschiedkunde, Pennsylvania State University.

HELEN MCBRIDE-RICHTER. Verpleegkundige, universiteitsziekenhuis University of Pennsylvania; geautoriseerd verpleegkundige, medische faculteit, Emory University; verloskundige, Emory University.

RICHARD MCBRIDE. Oudgediende van de Noord-Amerikaanse krijgsmacht; Bachelor of Science, vakgroep scheikunde, Cheney University; doctorandus in de exacte wetenschappen, Drexel University; buitengewoon hoogleraar in de scheikunde, Cheney State; medewerker voor scheikundig onderzoek bij AT&T.

DOROTHY MCBRIDE-WESLEY. Afgestudeerd aan Pierce Junior College; Bachelor of Arts, La Salle University; office manager geneeskundige praktijk in Atlanta (Georgia).

JAMES MCBRIDE. Bachelor of Arts, Oberlin College; afgestudeerd als journalist aan Columbia University; schrijver, componist en saxofonist.

KATHY JORDAN. Bachelor of Arts, Syracuse University; doctorandus in de pedagogische wetenschappen, Long Island University; onderwijzeres aan de Ewing High School voor buitengewoon onderwijs in Ewing (New Jersey).

JUDY JORDAN. Bachelor of Arts, Adelphi University; doctorandus in de pedagogische wetenschappen, Columbia University; onderwijzeres aan de lagere middelbare school nr. 168 in Manhattan.

HUNTER JORDAN. Bachelor of Science, vakgroep informatica, Syracuse University; automatiseringsdeskundige voor de US Trust Corporation en Ann Taylor.

HENRY JORDAN. Derdejaars aan North Carolina A&T University; medewerker afdeling klantenservice en inkoop van Neal Manufacturing, Inc. in Greensboro (Noord-Carolina).

RUTH JORDAN. Bachelor of Arts (1986), Temple University.

Ma's kinderen zijn buitengewone mensen, die veelal op hun eigen manier een voortrekkersfunctie vervullen. Ze hebben allemaal meer geestelijke bagage moeten verstouwen en meer ontberingen te verduren gekregen dan ze willen weten, en toch wordt hun houding gekenmerkt door een reusachtige dosis waardigheid, bescheidenheid en humor. Zoals elke familie hebben ook wij onze problemen, maar we hebben altijd een nauwe band gehad. Door huwelijken, adopties, verliefdheden en de vorming van samenwonende stelletjes is het oorspronkelijke dozijn uitgegroeid tot ettelijke tientallen – aangetrouwden, kinderen en kleinkinderen, neven en nichten; van donker- tot lichtgekleurd, van zwart kroeshaar tot blond met blauwe ogen. Door te vluchten voor haar verleden heeft ma haar eigen volk gecreëerd, een regenboogcoalitie die met elke Kerst en Thanksgiving haar huis binnenvalt en zich overal te slapen legt – op de vloer, het tapijt, soms om beurten; of met zijn tweeën of drieën in een bed, 'twee naar boven, drie naar beneden', net als vroeger.

Elk jaar maken we weer ruzie waar we Kerst zullen vieren. Elk jaar geven we honderden dollars uit aan telefoongesprekken en brieven, wanneer we elkaar weer schrijven, faxen, overhalen en omkopen om onder de bedevaart naar ma's piepkleine huisje in Ewing uit te komen. Elk jaar beweren we alle twaalf dat we Kerst in onze éigen woning gaan vieren en níet met tíg kinderen tíg kilometer gaan rijden om als kleine kinderen met tíg mensen bij ma op de vloer te slapen, gewoon, omdat we moe zijn, man, en dat hebben we vorig jaar ook al gedaan. Maar op haar vierenzeventigste voert de voorzitster, manager en opperbevelhebber van ons legertje nog altijd het bevel. Mijn vrouw, Stefanie, heeft een grappig verhaal over de eerste keer dat ze met Kerst met me meekwam en mijn familie leerde kennen. We zaten met zijn allen in ma's huis in Ewing, alle twaalf de broers en zusters, twaalf artsen, hoogleraren en wat niet meer – het huis was net zo'n heksenketel als toen we klein waren, onze kinderen braken de tent af en onze echtgenotes keken verstijfd toe hoe ma's oorspronkelijke twaalftal verviel in idioot gedrag, waarbij een psycholoog zijn armen vertwijfeld ten hemel zou heffen – toen iemand boven het kabaal uit riep: 'Laten we naar de film gaan!' De hele kamer was onmiddellijk in rep en roer.

'Goed idee!'

'Ja... kom, laten we gaan. Ik rijd wel.'

Uit een andere kamer klonk: 'Wacht op mij!'

'Schiet op! Waar zijn mijn schoenen?'

Ma zat tijdens het hele gebeuren op de bank in de woonkamer, met haar voeten op de salontafel. Ze geeuwde en zei zachtjes: 'Ik heb zin om te eten.'

Iedereen was de film onmiddellijk vergeten.

'Ja! Kom, we gaan eten!'

'Jee, wat heb ik een honger!'

'Zullen we wat laten bezorgen?!'

En uit een andere kamer: 'Ik heb al de hele dag zo'n trek...!'

Dat noem ik nog eens een sterke vrouw.

Epiloog

In november 1942 lieten de ouders van Halina Wind, een eenentwintigjarige joodse vrouw, hun dochter onderduiken nadat de nazi's hun woonplaats, het Poolse dorp Turka, waren binnengevallen en het merendeel van de zesduizend joodse inwoners hadden vermoord, waarbij uiteindelijk ook Halina's ouders, een van haar broers en haar grootmoeder om het leven zouden komen. Ze vluchtte naar Lvov, waar ze zich met negen andere joden veertien maanden in het riool schuilhield. Ze leefden tussen de ratten en het rioolafval in een natte ondergrondse gevangenis waar het zonlicht nooit doordrong, en werden van voedsel voorzien door drie Poolse rioolwerkers. Halina Wind overleefde die verschrikking en kon er later van getuigen.

In 1980 – bijna veertig jaar later – slenterde Halina's enige zoon, David Lee Preston, een lange, slanke, knappe vent met een smal gezicht, donkere ogen en een bril, naar mijn bureau op de redactie van de *Wilmington News Journal* in Delaware, met een artikel van mij over de bokser Mohammed Ali in zijn handen. Hij was net als ik verslaggever bij de krant, maar we hadden nog niet kennisgemaakt.

'Dit is een uitstekend artikel,' zei hij.

'Dank je,' zei ik.

'Je hebt "Mohammed" verkeerd gespeld. Het moet met dubbel m, niet met een enkele. De redactie heeft het over het hoofd gezien.' Het is de bedoeling dat de redactie dat soort foutjes corrigeert voordat de krant naar de drukker gaat.

'Oké,' zei ik schouderophalend. Ik zat er niet mee.

'Ik hoorde dat je saxofoon speelt,' zei hij. 'Heb je weleens gehoord van Albert Ayler?'

Albert Ayler was een ongelooflijke avant-garde saxofonist, die alleen bekend was bij de meest doorgewinterde jazzliefhebbers. Het gerucht wil dat hij met een betonnen blok aan zijn voeten is verdwenen in de East River in Manhattan. Ik was volkomen verrast. 'Hoe ken je hem?' vroeg ik.

Hij haalde glimlachend zijn schouders op. Sinds die dag is de zoon van Halina Wind een van mijn beste vrienden. Toen ik hem leerde kennen, wist ik niet dat David Preston joods was. Hij liep er niet mee te koop. Hij was een meelevende, nieuwsgierige, grappige intellectueel en een groot schrijver; zijn religieuze achtergrond kwam nooit ter sprake, en op dat moment leek het me ook niet van belang. Pas toen ik hem onthulde dat mijn moeder de dochter was van een orthodox-joodse rabbi kwam zijn joodse achtergrond naar boven, omdat hij onmiddellijk de volle reikwijdte van ma's belevenissen doorzag. 'Wat een vrouw,' zei hij. En dat van een man die zelf is opgevoed door een ongelooflijke vrouw.

Terwijl zijn leven zich verder ontwikkelde – momenteel schrijft hij een boek over zijn moeder en werkt hij als columnist voor de regio Zuid-New Jersey bij de *Philadelphia Enquirer* – gebeurde bij mij hetzelfde. Ik nodigde hem uit mijn huwelijk bij te wonen toen ik in 1991 trouwde met mijn Afrikaans-Amerikaanse vrouw, Stephanie. Een jaar later vroeg hij mij hetzelfde toen hij trouwde met zijn joodse vrouw, Rondee. Hij wilde dat ma ook naar de bruiloft kwam. Ik zei dat ik de uitnodiging zou overbrengen, hoewel ik heimelijk mijn bedenkingen had.

'Interessant,' was haar reactie toen ik haar ervan vertelde.

'Hij wil echt graag dat je komt,' zei ik. Ik wist dat ze enorm op David was gesteld.

'Ik kom, als Kathy ook meegaat,' zei ze. Ma heeft haar dochters graag om zich heen bij emotionele gebeurtenissen. Over haar zonen schept ze graag op en vertelt ze graag wat voor geweldige dingen ze wel hebben gedaan, welke opleidingen ze hebben gevolgd en ga zo maar door, maar in werkelijkheid zijn het de vrouwen van het geslacht McBride-Jordan die de familie bij elkaar houden, en dat zullen ze blijven doen, ook wanneer zij er niet meer is. Net als ma hebben mijn zusters geleerd beproevingen over zich heen te laten gaan en weer overeind te krabbelen nadat de tegenslagen van het leven weer achter de rug zijn. De mannen, inclusief ondergetekende, laten zich willoos opslokken door alledaagse details, en hangen tijdens familiebijeenkomsten met Kerst en Thanksgiving wat op ma's bank om rugby te kijken, hoe beroerd er ook wordt gespeeld. Kathy stemde toe om met haar negenjarige dochtertje, Maya, naar de bruiloft te komen, en zo gingen we op pad.

Het huwelijk werd gesloten in de Beth Shalom-synagoge in Wilmington, waar Halina Wind-Preston dertig jaar lang les had gegeven. Ik was bruidsjonker, en terwijl ik door het gangpad liep, achter zes joodse muzikanten die het traditionele joodse volkslied 'Erew Sjel Sjosjannim' speelden, in een zwarte smoking en met een wit keppeltje op mijn hoofd, voelde ik me melancholiek, ontroerd en trots. David Preston huwde zijn vrouw met net zo'n geestdrift en enthousiasme waarmee hij alles in het leven te lijf gaat. Ze tekenden hun huwelijksakte. Ze werden in de echt verbonden onder een *choepa*, een baldakijn waaronder het huwelijk wordt gesloten. Twee voorzangers, waaronder Davids zuster, Shari Preston, traden naar voren en begonnen te zingen. De ceremonie werd geleid door Davids oom, rabbi Leon Wind, de broer van Halina. Hij hield een welsprekende toespraak, vol eerbied en gezag. 'Vandaag wordt mijn hart vervuld door diepe, tegenstrijdige gevoelens,' zei de achtenzeventigjarige rabbi. 'Ik ben zeer verheugd dat jullie in het huwelijk treden. Toch doet mijn hart pijn, omdat mijn zuster, voor wie dit het hoogtepunt van haar leven zou zijn geweest, dit niet meer heeft mogen aanschouwen.' Davids moeder, Halina Wind-Preston, was in december 1982 op eenenzestigjarige leeftijd overleden na een openhartoperatie. Alle aanwezigen waren ontroerd door de diepgevoelde woorden van de rabbi, en mijn gedachten dwaalden af naar mijn eigen joodse moeder, die op de vierde rij zat.

Ik draaide me om om een blik te werpen op ma, die juist haar rood aanlopende neus afveegde met een zakdoek. Aan haar pols hing een camera. Bij dit soort gelegenheden neemt ze meestal graag foto's. Ze legt alle momenten die ze belangrijk vindt op de foto vast. Ze loopt met haar waggelende tred vanaf de halte van trein A over Atlantic Avenue in Brooklyn naar het universiteitsziekenhuis op Long Island om de eerste levensdagen van mijn dochtertje, Azure, te fotograferen, of stelt mijn zoontje, Jordan, een peuter, bij een boom in haar tuin op om een kiekje van hem te maken in zijn paaskostuum. Haar foto's zien er afschuwelijk uit, de hoofden ontbreken, of er staat gewoon niets op, een tafel, hand of stoel. Toch fotografeert ze elke gebeurtenis die ze belangrijk vindt, omdat ze weet dat elke herinnering te belangrijk is om te verliezen, want ze heeft er al zo veel verloren. Maar op het moment schiet ze geen plaatjes. In haar witte jurk met halsketting kijkt ze, op deze regenachtige middag, recht voor zich uit; haar lange neus en donkere ogen lijken volmaakt aan te sluiten bij de overwegend Oost-Europese gezichten om haar heen. Het kostte haar geen moeite de synagoge te betreden. Toen ze in de hal rondkeek, knikte ze goedkeurend. 'O ja, dit is de wand waarop de namen van de overledenen ter nagedachtenis worden geschreven,' wees ze aan. 'O ja, wanneer er een vrouwelijke voorzanger zingt, verlaten de mannen het vertrek.' Ze sprak alsof ze een museum bezocht.

'Hoe voelt het om hier te zijn?' vroeg ik haar.

'Ik voel me prima,' zei ze. 'Ik ben blij dat David trouwt. Hij is een aardige joodse jongen.' Ze moest lachen om de ironie van het hele gebeuren. Op dat moment besefte ik dat wie er voor ma ook kaddisj – het joodse gebed van rouw, de overlijdensverklaring, het ritueel dat hen ontslaat van elke verantwoordelijkheid voor het lot van het betreffende kind – had gezegd, er juist aan had gedaan, want ma had die wereld werkelijk verlaten. In haar ogen was ze hier te gast. 'Het doet me helemaal niets meer,' liet ze op een gegeven moment vallen.

Op de receptie die na de ceremonie beneden werd gegeven, leefde ma nog meer op toen de klezmermuzikanten traditionele joodse volksmuziek begonnen te spelen. Ze at koosjere houmous, tahina en *baba-ganou* en legde mijn nichtje Maya het belang uit van koosjer eten; ze zat te lachen en maakte grapjes met een groep joodse vrouwen naast ons, en stond zelfs op om te kijken hoe ik een paar andere mannen hielp om David Preston in een stoel door de kamer te dragen voor de traditionele joodse bruidegomsdans. Maar niet veel later kwam ze terug naar onze tafel om aan te kondigen: 'Het is tijd om te gaan', op een toon en manier waaruit sprak dat ze werkelijk weg wilde.

Toen we de deur van de synagoge openden regende het, en we hadden geen paraplu's. Kathy en Maya sprintten naar de auto, terwijl ma en ik erachteraan kwamen. 'Zo gaat dat in zijn werk,' zei mam terwijl ik haar de trap van de synagoge af hielp; haar jichtige knieën deden pijn door het vochtige weer. 'Zo deden die joden dat vroeger in mijn tijd ook. Je trouwt onder zo'n ding, de choepa. Je gooit je glas kapot. Ik had daar zelf kunnen staan, weet je,' zei ze terwijl ze de laatste traptrede afstapte en haar voet wankel op het trottoir neerzette.

'Ik weet het,' zei ik, terwijl ik haar arm losliet en naar de auto liep, 'en wat was er dan van mij geworden...?' Maar ik stond plotseling tegen mezelf te praten. Ze was verdwenen. Ik stond stil en draaide me om om achter me te kijken. Ze stond voor de ingang van de synagoge in gedachten verzonken naar de deur te kijken, terwijl de regen in plassen rond haar neerviel. Ze bleef nog een moment lang peinzend in de stortregen staan kijken voordat ze zich omdraaide en naar de auto haastte, met hetzelfde waggelgangetje als altijd.

Woord van dank

Mijn moeder en ik willen graag onze Heer Jezus Christus danken voor Zijn liefde en trouw aan alle generaties. Met dank aan mijn lieve vrouw, Stephanie Payne, die me overeind hielp toen ik niet meer kon staan, niet toestond dat ik mijn droom opgaf, en een man van me heeft gemaakt. Dank aan mijn kinderen, Jordan en Azure, in de hoop dat ze hun achtergrond zullen kennen.

Dank aan mijn elf broers en zusters: Andrew Dennis McBride, Rosetta McBride, William (Billy) McBride, David McBride, Helen McBride-Richter, Richard McBride, Dorothy McBride-Wesley, Kathy Jordan, Judy Jordan, Hunter Jordan en Henry Jordan, voor jullie hulp bij het maken van dit boek en voor de kracht die jullie ons gezin gedurende de jaren hebben verleend. Aan mijn bijzondere zuster, Jacqueline Nelson uit Louisville (Kentucky), die me heeft geholpen mijn leven een andere wending te geven.

Dank aan mijn redacteur, Cindy Spiegel van Riverhead Books, die met haar creativiteit, verbeeldingskracht, raadgevingen, inzet en vooruitziende blik de structuur en betovering van dit boek tot stand heeft gebracht, en aan mijn agent, Flip Brophy van Sterling Lord Literistic, die tien jaar lang achter me is blijven staan, ondanks het feit dat ze nooit een cent aan me heeft verdiend.

Mijn moeder en ik willen ook onze vrienden en familie bedanken in Harlem, het Red Hook-woningbouwproject in Brooklyn, St. Albans in Queens en Philadelphia, die ons door de jaren heen nooit in de steek hebben gelaten: in het bijzonder mijn peetouders, moeder Rachel en eerwaarde Tom McNair en hun familie; moeder Virginia Ingram en haar familie; eerwaarde Edward Belton en zijn familie uit Passaic (New Jersey); wijlen Irene Johnson en haar dochters, Deborah en Barbara, haar zuster, Vera Leake, haar broer, eerwaarde Hunson Greene, en overige familie; eerwaarde Elvery Stannard, eerwaarde Arnet Clark en de Tiberian Baptist Church; predikant Joseph Roberts en de Ebenezer Baptist Church; dr. Gary Richter, Rose McBride en Rebecca Randolph; en Gladys en Fred Cleveland, Alice en Neddie Sands en Dorothy en Thomas Jones. De families Napper en Harris en Sheila Warren en Evelyn Hobson; Trafinna 'Ruth' Wilson en haar familie uit Wilmington (Delaware); onze geliefde tante zaliger, Sallie Candis Baldwin, en Etta en Nash McBride; de families Hinson, Leake en Rush uit Mount Gilead (Noord-Carolina); tante Mag Lomax, nicht Edna Rucker en de familie Gripper uit High Point (Noord-Carolina); de New Brown Memorial Baptist Church in Brooklyn; eerwaarde Thomas Davis van de Crossroads Baptist Church in Harlem; nicht Maggie Harris en haar familie uit Richmond (Virginia); Thelma Carpenter, oom Walter Jordan, Flossie Jordan en de leden van de familie Jordan uit Brooklyn en Richmond; en de families Payne en Hawkins uit Los Angeles.

Met dank aan de mensen uit Suffolk (Virginia): Frank en Aubrey Sheffer, Helen Weintraub, wijlen Aubrey Rubenstein, mevr. Frances Holland, Mary Howell-Read van de gemeentesecretarie, Curly Baker en Eddie Thompson. Een innige omhelzing voor Frances en Nick Falcone uit Portsmouth (Virginia), omdat ze weer in ons leven zijn verschenen. Dank aan Dina Abramowicz van het Yivo-instituut voor joods onderzoek in New York, en aan al mijn kameraden op het Hoekje voor slijterij Vermont in Louisville, in het bijzonder Mike Fowler, Big Richard Nelson en wijlen Chicken Man. Dank aan mijn accountant, Milton Sherman, Janette Bolgiani en Julian 'Sharon' Jones. Dank aan Jim Naughton van de *Philadelphia Enquirer*, Rhonda Goldfein, en Halina Wind en George Preston, overlevenden van de holocaust, en hun zoon, David Preston, die hielpen de wonderen van het judaïsme aan me te onthullen. Dank aan mijn vrienden bij de *Boston Globe*: Dennis Lloyd, Al Larkin, Jack Driscoll, Ed Siegel, Cindy Smith, Steve Morse en natuurlijk Ernie Santosuosso. Dank aan Mary Hadar, mijn begeleidend redacteur bij *The Washington Post*, en bebop-gitarist Jeff Frank, die nog aan zijn tweede carrière moet beginnen. Dank aan Jay Lovinger en Gay Daley, die het manuscript lazen en met hun vriendelijkheid mijn familie en mij altijd hebben geïnspireerd. Dank aan Bill Boyle, Mike Daley, Hank Klibanoff, Marguerite Del Giudice, Doran Twer, Gar Joseph, Gary Smith en Sally Wilson; aan Isabel Spencer en Fred Hartman, die me mijn eerste baan als journalist gaven, Norman Isaacs, die me leerde dat ik goed genoeg moest zijn om er een te krijgen, Jann Wenner van de tijdschriften *Rolling Stone* en *Us*, die me zonder bezwaar saxofoon liet oefenen op mijn werk, en Eric 'Bud Powell' Levin, Jesse Birnbaum, Pat Ryan, Jim Gaines en Mercedes Mitchell van *People*. Dank aan Jill Nelson, Richard Ben Kramer, Carolyn White, Gerri Hirschey en auteur en levende legende John A. Williams, wiens levenswerk elke schrijver inspireert. Dank aan Anita Baker en Walter Bridgeforth, die me met hun vrijgevigheid hielpen de magere jaren door te komen, jazzlegende Jimmy Scott, die me leerde hoe ik moest swingen, saxofonist Grover Washington jr., Gary Burton, Everett Harp, mijn maatjes Damon Due White en Rachelle Ferrell, Gerard Harris, collega-schrijver Ed Shockley, Larry Woody, Sy Friend en Vinnie Carrissimi, die nog steeds niet kan swingen; aan George Caldwell, collega-muzikant Pura Fé, Dana Crowe, Lisa Hartfield Davé, professor Wendell Logan, Fred Nelson III, Laurie 'Colgate' Weisman, Roz Abrams en de familie Rouet uit Frankrijk. Ten slotte, dank aan de familie Bien uit Concord (New Hampshire) en hun zonen, Alec en Leander, die nachtenlang opbleven om te luisteren hoe ik mijn dromen navertelde, en me steunden in de harde werkelijkheid van de daaropvolgende dagen.

'Ken Hem in al uw wegen, dan zal Hij uw paden recht maken.'
Spreuken 3:6

James McBride

James McBride is schrijver, componist en saxofonist. Hij werkte als stafmedewerker bij de *Wilmington News Journal* (Delaware), *The Boston Globe*, *People* en op de moderedactie van *The Washington Post*, en schreef verder voor de *Philadelphia Enquirer*, *Rolling Stone*, *Us* en *Essence*. In 1993 won hij op het American Music Theater Festival de Stephen Sondheimprijs voor zijn muziektheatercomposities, waaronder de zeer lovend ontvangen jazzpopmusical *Bobos*. Hij schreef onder andere muziek voor Anita Baker, Grover Washington jr. en Gary Burton, en ondersteunt de legendarische jazzvocalist Jimmy Scott vaak op tournee. Na zijn opleiding aan Oberlin College studeerde hij af als journalist aan Columbia University. Hij woont met zijn vrouw en twee kinderen in South Nyack (New York).

Ruth McBride-Jordan

Ruth McBride-Jordan werd in 1921 geboren in Polen als Rachel Deborah Shilsky (Ruchel Dwajra Zylska). Toen ze twee was emigreerde haar familie naar de Verenigde Staten, om zich uiteindelijk te vestigen in Suffolk (Virginia). Na de middelbare school verhuisde ze naar New York City, waar ze trouwde met Andrew D. McBride, met wie ze in Brooklyn de New Brown Memorial Baptist Church stichtte. Na de dood van haar man in 1957 hertrouwde ze met Hunter Jordan, die overleed in 1972. In 1986 studeerde ze op vijfenzestigjarige leeftijd af als maatschappelijk werkster aan de Temple University in Philadelphia. Vandaag de dag gaat Ruth regelmatig naar Parijs, Londen, New York en Atlanta; werkt ze als vrijwilligster bij een noodopvang voor dakloze minderjarige moeders in Philadelphia; leidt een leesgroep in de openbare bibliotheek van Ewing (New Jersey); en werkt bij de Jerusalem Baptist Church in Trenton (New Jersey) in een projectgroep die voedsel verstrekt aan daklozen. Ze woont met haar dochter Kathy Jordan en Kathy's kinderen, Gyasi en Maya, in de gemeente Ewing. Ze heeft twaalf kinderen en twintig kleinkinderen.

Inhoud